# THE WORLDS OF DUNE

# 듄의 세계

아직 너무 어렸던 내게
『듄』을 건네준 아버지를 위하여

**THE WORLDS OF DUNE:**
The Places and Cultures that Inspired Frank Herbert
by Tom Huddleston

First published in 2023 by Frances Lincoln,
An imprint of The Quarto Group.

# THE WORLDS OF DUNE

# 듄의 세계

## 『듄』에 영감을 준 모든 것들

톰 허들스턴 글 | 강경아 옮김

황금가지

일러두기

- 본 도서는 2023년 출간된 『The Worlds of DUNE』을 저본삼아 우리 말로 옮겼습니다.
- 본문에서 위첨자 숫자로 표기된 주석은 본도서 194페이지부터 시작되는 미주 항목에서 확인 가능합니다.
- 본문에 사용된 『듄』의 용어는 황금가지 출간본을 기준으로 하였습니다.

서론

# 창조자

Thinker Series
puzzles & games
Thinker Series
puzzles & games
DUNE
DUNE
DUNE

## 어떤 작가가 세계를 쌓아 올릴 때,
## 어떤 작가는 전 우주를 탄생시킨다.

프랭크 허버트의 『듄』은 출간 이후 수십 년간 수많은 파생 작업을 배출하며 SF 사상 가장 많이 팔리고 가장 널리 알려진 소설이 됐다. 작가가 직접 다섯 편의 속편을 쓰기도 했고, 허버트의 공동 집필가 케빈 J. 앤더슨(Kevin J. Anderson)과 허버트의 아들 브라이언이 손잡고 『듄』의 세계관을 더 넓은 멀티버스로 확장했으며, 여러 대규모 영화 및 TV 드라마 각색작과 수많은 롤플레잉 게임, 컴퓨터 게임, 보드게임이 제작됐고, 학자와 동료 작가들이 써내는 『듄』 관련 글이나 비판적 연구뿐만 아니라, 팬들의 열띤 온라인 토론글도 갈수록 늘어가고 있다. 여러 행성을 넘나드는 웅장한 플롯과 뇌리에서 지워지지 않는 그로테스크한 등장인물들이 새로운 독자들을 유혹한다면, 소설의 복잡한 주제, 풍부한 상상력으로 그려낸 매혹적인 미래, 구조의 독창성은 한 번 소설을 읽어본 독자도 다시금 돌아가 책장을 들춰보게 만든다.

워싱턴 출신 전직 해군이었던 기자가 어떻게 전 세계를 사로잡은 소설을 쓸 수 있었을까? 어떻게 그토록 많은 신화와 의미의 층위를 소설 속에 켜켜이 쌓아낼 수 있었을까? 200권이 넘는 논픽션 작품을 읽고[1] 이슬람 신화부터 의미론, 천문학, 선불교, 아메리카 원주민의 부족 의식 등 온갖 것을 공부한 허버트는 『듄』의 구상 단계에서 출판에 이르기까지 "대략 6년간의 조사와 일 년 반 동안의 집필 기간이 소요"[2]됐다고 말한다. 허버트는 생태학과 유전학의 최신 흐름을 탐구하는 한편, 보츠나와의 산(San)족과 로마 황제들의 삶도 들여다봤다. 이후 그는 조사한 내용들을 새롭고 독특한 형태로 빚어내어, 독창적이고 공상적인 동시에 유구한 전통이 배어 있으며, 익숙하면서도 완전히 그럴듯한 인류의 미래를 그려냈다.

이 책에서는 아라키스의 프레멘 반란에 영감을 준 격렬한 아랍 반란에서부터 베네 게세리트 자매단의 모태가 된 허버트의 가톨릭 신자 이모들에 이르기까지, 허버트에게 영향을 미친 다양한 요인들을 살펴볼 것이다. 화성을 배경으로 펼쳐지는 에드거 라이스 버로스의 로맨스 활극과 아라비아의 로렌스가 자신을 직접 신화화한 『지혜의 일곱 기둥』 등, 허버트에게 영감을 준 문학 작품을 들여다보고, 반대로 팝 스타, 스레시 메탈 밴드, 프랑스 신시사이저 구루들의 앨범에서부터 역대 가장 흥행한 영화 프랜차이즈에 이르기까지 『듄』이 촉발한 문화 현상들도 간략하게 훑을 것이다.

하지만 우선 이 모든 것을 가능케 한 작가이자, 기자이자, 아버지이자, 사진작가이자, 강연자이자, 연설문 작성자이자, 뱃사람이자, 환경운동가이자, 이야기꾼이자, 건축가이자, 몽상가인 다재다능한 르네상스형 인간, 프랭클린 패트릭 허버트 주니어의 삶과 그에게 커다란 영향을 미친 경험들을 면밀하게 살펴보자.

은근하게 급진적이고 해박하며, 독특한 구석이 있는 프랭크 허버트는 제2차 세계대전 이후 몇십 년간 미국에서 등장하곤 했던 공상적 미래주의자 중 한 명이었다. 허버트는 어슐러 K. 르 귄, 아이작 아시모프, 「스타 트렉」의 작가 진 로든버리, 그리고 사이언톨로지 창시자이자 진취적인 SF 작가 L. 론 허버드와 같은 동료 작가들과 어깨를 견줄 수 있을 것이다. 대부분 독학가인 데다 무한한 자신감을 소유한 이들은 의도했든 그렇지 않든 열렬한 마니아층을 형성해 냈고, 이 팬들은 작가의 삶과 작품을 낱낱이 파헤치고자 했다. 영웅 숭상의 위험성을 경고한 소설로 가장 유명한 작가인 만큼, 허버트는 자신을 향한 그러한 찬사를 극구 피하고 싶었을 터다. 하지만 그렇다고 해서 팬들이 작가의 글을 꼼꼼히 뜯어 읽으며 신비한 진실을 파헤치고, 『듄』이 불가사의한 예지력을 지닌 작품이라고 주장하는 것을 막을 수는 없었다.

# "시작이란 아주 섬세한 시기다."

— 베네 게세리트 격언, 『듄』[3]

1920년 10월 8일, 프랭크 허버트는 워싱턴 타코마에서 버스 기사였던 프랭크 허버트 시니어와 아일린 사이에서 아일린의 19번째 생일에 태어났다. 어린 시절 허버트의 집은 타코마에 있었지만, 벌리 석호에 인접한 근처 마을 벌리에서 대가족과 함께 많은 시간을 보내곤 했다. 1898년, 공동 소유라는 사회주의 원칙에 기반해 설립된 유토피아 공동체인 벌리는 "우리 아이들이 자연의 품에서 자라며 소박하고 자연스러운 삶을 영위하고, 개인의 복지는 공동체의 복지와 불가분의 관계에 있다는 매우 중요한 교훈을 깨칠 수 있는 곳"[4]이 되기를 꿈꿨다. 하지만 20세기에 들어서자 벌리의 이상주의적 기획은 점차 흐려져만 갔고, "별 볼 일 없는 작은 마을"[5] 정도로 전락하고 말았다. 하지만 허버트는 벌리 역사 공부를 통해 생태학적 원칙을 따르는 대안적 공동체 생활과 사회 구성 방식에 처음으로 눈떴다.

다섯 살 때부터 독서광이었던 허버트는 그 나이 아이들이 읽지 못할 법한 책들을 탐독하며 H. G. 웰스, 쥘 베른, 에드거 라이스 버로스의 웅장한 이야기에 전율했고, 이후에는 윌리엄 셰익스피어와 마르셀 프루스트의 모든 작품을 독파했다. 하지만 허버트는 집 밖에서도 많은 시간을 보냈다. 당시만 해도 미대륙에서 꽤 외딴곳이었던 해안과 오지에서 허버트는 가족과 함께 혹은 혼자서 하이킹하고, 수영하고, 배를 타고, 야영하곤 했다. 그는 동식물의 이름, 별과 물의 움직임을 익히며 능숙한 뱃사람이자 항해사로 거듭났다.

하지만 허버트가 십 대에 접어들자, 집안 사정이 급격히 어려워졌다. 허버트의 아버지 프랭크 허버트 시니어는 그때까지만 해도 주 경찰의 기동순찰대원이라는 안정적인 직업을 지니고 있었지만, 부부가 모두 술을 너무 좋아한 탓에 어린 허버트는 자신보다 훨씬 어린 여동생 퍼트리샤의 안전과 안위가 염려스러웠으며, 허버트 자신의 학업에도 지장이 가기 시작했다. 게다가 고교 신문사에서 수습기자로 활동하고, 지역지 《타코마 렛저》에서 종종 준전문 기자로 활동하느라 그러잖아도 집중하기 어려웠던 학업에 더욱 소홀해졌다. 1938년, 집안이 기울 대로 기울자 허버트는 다섯 살 난 퍼트리샤를 데리고 집을 떠나 이모 집이 있는 오리건 세일럼으로 내려갔다. 이후 퍼트리샤는 타코마로 돌아갔지만, 허버트는 오리건에 남아 고등학교를 졸업하고 1940년까지 《오리건 스테이츠맨》에서 상시 대기 인력으로 일하며 구독 및 광고 관련 일부터 글쓰기와 검수일까지 도맡아 했다.

제2차 세계대전이 점차 가속화되던 이듬해 여름, 21살이던 허버트는 알고 지낸 지 고작 몇 달밖에 되지 않았던 플로라 파킨슨과 결혼하기 위해 타코마로 돌아갔다. 플로라와 허버트는 1942년 2월, 딸 페넬로페를 낳았다. 하지만 허버트는 같은 해 7월에 미 해군으로 입대하는 바람에 플로라의 곁을 떠나야 했고, 버지니아 포츠머스의 노포크 해군 조선소에서 사진병으로 복무했다. 이후, 기지에서 텐트 줄에 걸려 넘어져 머리에 혈전이 생기는 사고를 당한 허버트는 1943년에 명예 제대했다. 그런데도 허버트의 결혼생활은 이어지지 못했다. 플로라는 이미 이혼을 요구한 상태였고, 딸의 양육권을 따내기 위해 소송을 걸 참이었다. 허버트는 다시 태평양 북서부로 돌아와 신문업에 뛰어들었다.

허버트는 그곳에서 평생의 반려자를 만나게 된다. 허버트는 여러 신문사에서 일해보기도 하고 두 편의 단편 소설을 잡지에 팔아보기도 했지만, 전쟁이 끝날 무렵에도 여전히 자신의 지평을 넓히고 싶어 했다. 그렇게 허버트는 심리학, 수학, 영문학 공부를 위해 워싱턴대학에 입학한 뒤, 짙은 갈색 머리의 아일랜드계 여성 베벌리 스튜어트 포브스와 창작 수업을 함께 듣게 되었고 금세 베벌리에게 빠져들었다. 이번에도 허버트는 베벌리와 번개처럼 빠르게 약혼하고 1946년 6월에 결혼했다. 그로부터 일 년 뒤, 첫째 아들 브라이언이 태어났고, 1951년에는 브루스가 태어났다.

수염이 없던 시절: 1952년경,
캘리포니아 켄우드에서 찍은 젊은
프랭크 허버트의 모습

이후 수십 년간 베벌리는 허버트에게 아내 혹은 파트너 그 이상의 존재였다. 그녀는 허버트의 돈과 우편물을 관리했고, 어려운 때에 가장 노릇을 했다. 베벌리는 허버트가 글 쓰고 공부하는 것을 지지하고 독려하면서 그의 가장 충실하고 열렬한 독자가 되어주었다. 또, 과거와 미래의 다른 많은 여성과 마찬가지로, 베벌리는 남편의 성공을 위해 자신의 문학적 열정을 영원히 가슴속에 묻어둬야만 했다.

허버트의 가족은 1950년대 내내 끊임없이 이사했다. 워싱턴 시애틀에서 캘리포니아 산타로사로 이주한 허버트는 미래주의적 잠수함에서 전쟁의 중압감을 견뎌내는 선원들에 관한 이야기가 담긴 첫 번째 소설 「심해에서」를 집필하기 시작했다. 그런 뒤, 1953년에 허버트 부부는 새로운 친구 잭 밴스의 가족과 함께 멕시코로 여행을 떠났다. 이미 당시 존경받는 SF 작가였던 밴스는 허버트의 중요한 지지자가 되었고, 허버트도 밴스에게 마찬가지였다. 두 가족이 멕시코에 체류한 기간은 고작 몇 달에 불과했지만, 육군 장성들과 만난 일화부터 허버트가 우연히 환각 물질을 접하게 된 일화까지 다양한 이야기를 가득 안고 돌아올 수 있었다.

그런데 허버트는 이후 정계의 한복판에 발을 들이게 된다. 그는 몇 달간 가족과 떨어져 워싱턴 DC에서 지내면서, 재선을 노리던 오리건의 강경한 보수주의 공화당 상원 의원인 가이 코르동의 연설문 작성자로 일했다. 이 일을 통해 허버트는 조사원으로서의 실력을 갈고닦을 수 있었다. 코르동은 미국의 해외 영토를 감독하는 위원회를 관리하는 동시에, 공공 토지 벌목권부터 해저 석유 탐사에 이르기까지 토지 이용과 자원 채취에 특별히 관심을 두고 있었다. 그래서 허버트는 단편 소설 집필과 투고를 이어가던 와중, 잠깐이나마 정치 분야로의 진출을 고려하기도 했다. 비록 낙방하긴 했지만, 미국령 사모아 정부직에 지원하기까지 했다.

코르동이 상대 민주당원에게 패하자, 허버트는 가족과 함께 타코마로 돌아와 벌목 로비 단체인 '더글러스 전나무 합판 협회'에 취직했고, 마침내 첫 번째 소설을 완성할 시간이 주어졌다. 「심해에서」는 《어스타운딩 사이언스 픽션》에서 1955년에 먼저 연재된 뒤, 이듬해에 『바다의 용』이라는 새로운 제목을 달고 단행본으로 출간되었다. 허버트는 원제를 밀고 나가고 싶었지만, 출판사의 요청에 따라 하는 수 없이 제목을 새로 지어야 했다.[6] 그는 가족과 함께 떠난 두 번째 멕시코 여행 중에 출판본을 받아봤고, 이 소설은 《뉴욕 타임스》의 극찬을 받기도 했다.

비평적 성공을 거둔 『바다의 용』은 허버트에게 SF 작가로서의 명성을 안겨다 주어 이후 단편 소설을 더 많이 팔 수 있게 해주었지만, 대중의 입맛을 사로잡은 작품은 아니었다. 두 번째 소설인 『스토리십』은 세상의 빛을 보지 못했으며, 허버트는 다시 정계에 발을 들여 공화당 의원 후보 필 로스의 홍보팀으로 잠깐 일했으나, 이번에도 선거에서 패배하고 말았다. 허버트 부부의 재정 상황은 좋지 않았다. 이들은 베벌리가 광고 카피라이터로 버는 돈과 허버트가 이따금 글로 버는 돈으로 겨우 입에 풀칠하며 지냈다. 허버트는 『바다의 용』 영화 판권을 판매하기도 했는데, 실제로 소설이 영화화되지는 못했지만 판권료 4000달러는 무척 요긴하게 쓸 수 있었다.

그러던 중 1957년, 정계에 몸담은 한 친구가 허버트에게 오리건 플로렌스 근처에서 진행 중인 어느 연구 프로젝트에 관해 귀띔했다. 미국 농림부는 이 프로젝트를 통해 사막의 모래가 사람들이 사는 곳을 침범하지 못하게 막아낼 방법을 찾고자 했다. 허버트는 관련 잡지 기사를 구상하면서 사막의 생태와 역사에 관해 더 깊게 파고들기 시작했다. 비록 기사는 쓰지 못했지만, 이 자그마한 불씨는 결국 커다란 들불이 되어 프랭크 허버트의 삶을 통째로 집어삼키게 된다.

1969년, 학자이자 작가인 윌리스 E. 맥넬리와의 인터뷰에서 프랭크 허버트는 자신만의 조사 방식에 관해 상세하게 설명한 적 있다. 그는 엄청나게 많은 파일 폴더를 모으고, 방대한 양의 데이터를 축적하며, 독서 흐름을 끊기 싫어서 사전을 들춰보는 것조차 꺼린다고 말했다. 이러한 방식으로 인해, 미국 농림부의 사막 모래 프로젝트 조사를 시작하자 자료가 걷잡을 수 없이 불어났다. 허버트가 맥넬리에게 말했다. "기사 한 편, 단편 소설 한 편만 달랑 쓰고 말기에는 너무 많은 걸 조사했다는 생각이 들었습니다. (…) 엄청나게 많은 데이터를 모았고, 거기서 사방으로 뻗친 가지를 따라 모아야 할 데이터가 더 늘어났으며, 전 그저 그 길들을 따라가고 있었죠."[7]

결국 프랭크 허버트는 "모래로 뒤덮인 사막 행성이 있다면 어떨까?"[8]라는 흥미로운 질문에 답하기 시작했다. 게다가 그는 이미 "인간 사회에 주기적으로 등장하는 메시아적 격변"[9]을 파헤치기 위해 종교 지도자에 관한 글을 쓸 생각을 하고 있었다. 이 두 가지 아이디어는 서로를 완벽하게 보완해주는 것 같았다. "수많은 종교가 사막 환경에서 태동했다는 사실은 익히 알려져 있죠. 그래서 나는 두 아이디어를 합치기로 했습니다."[10]

**하단**: 1956년에 출간된 허버트의 심해 스릴러 『바다의 용』 초판본 표지

**다음 페이지**: 2021년 영화 「듄」 속 폴 아트레이데스(티모시 샬라메)와 그의 어머니 제시카(레베카 퍼거슨)

"그것이 지식의 시작이다.
우리가 이해하지 못하는 것의 발견이."

— 레토 2세, 『듄의 신황제』[11]

그토록 거대한 은하계는 이처럼 미약한 시작에서 탄생했다. 물론 시간이 걸렸지만 말이다. 허버트는 「스파이스 행성」이라는 가제의 정통 SF 소설을 구상했다가 폐기했다. 그 소설은 제시 링캠이라는 귀족이 은하계 대황제의 명을 받고 고향 행성 '카탈란'을 떠나 수수께끼의 사막 세계로 향하는 모험담이었다.[12] 또, 허버트는 화성을 배경으로 글을 쓰는 것도 잠깐이나마 고려했지만, 화성은 이미 SF 독자들에게 너무 식상한 소재라는 생각이 들어 관뒀다.[13]

1960년, 베벌리가 소매 광고업 일자리를 제안받아 온 가족이 샌프란시스코로 이사한 뒤, 그곳에서 『듄』 세계의 대부분이 탄생했다. 허버트는 《샌프란시스코 이그재미너》에서 야간 사진 편집자직을 맡았고, 그 덕에 낮 동안에는 글쓰기에 전념할 수 있었을 뿐만 아니라, 신문사의 방대한 기록 보관소도 이용할 수 있었다. 어느 동료 기자는 이렇게 회상했다. "허버트는 슬금슬금 우리 도서부로 와서는 '건조 기후 생태학과 관련된 게 있다면 뭐든 달라'고 말하곤 했다. (…) 나중에 그는 사막 관련 자료, T. E. 로렌스, 쿠란 등을 탐독했다."[14] 이후 1961년 겨울에 허버트는 그간 작업해 온 글의 한 챕터를 베벌리와 브라이언에게 읽어줬다. 등 떠밀려 고통의 시험을 치르게 된 한 청년의 이야기였다. 허버트는 이 이야기가 새 소설의 도입부가 될 것이라고 말했다.

『듄』을 간략하게 요약하려는 시도는 불가능에 가깝다. 소설은 그만큼 사건으로 가득 차 있고, 다양한 생각을 담아내기 때문이다. 하지만 핵심 줄거리는 다음과 같다. 패디샤 황제 샤담 4세가 통치하던 10191년, 귀족 아트레이데스 가문은 온화한 해양 세계 칼라단에서 '듄'으로 불리는 사막 행성 아라키스로 이주한다. 이들은 그곳에서 인간의 수명을 연장하고 얼마간의 예지력을 선사하는 강력한 천연 향신료인 멜란지의 생산과 유통을 관리하는 임무를 맡게 된다. 하지만 이들은 철천지원수인 하코넨 가문이 놓은 덫에 걸려 기습 공격당한다. 이에 레토 아트레이데스 공작은 사망하고, 그의 첩인 제시카와 아들 폴은 가혹한 아라키스의 사막으로 내몰린다.

두 사람은 그곳에서 사막 부족 프레멘을 만난다. 이들은 아라키스를 황무지에서 낙원으로 바꿔놓기 위해 비밀리에 움직이고 있었다. 폴은 이들의 대의에 동참해 프레멘식 이름인 '무앗딥'을 사용하며 하코넨 가문과 황제에게 대항하는 혁명전쟁을 일으킨다. 그 과정에서 폴은 스파이스를 사용해 엄청난 예지력을 얻고, 프레멘 사이에서 메시아로 부상한다. 아라키스 지배권을 둘러싼 최후의 결전에서 폴은 적들을 무찌르고 제국의 왕좌에 오르게 되며, 이로써 프레멘 추종자들이 은하계 지하드인 성전을 벌일 수 있게 물꼬를 터주고 만다.

이 소설은 단행본으로 출간되기 전, 두 파트로 나뉘어 《아날로그》에서 8회에 걸쳐 연재됐다. 「듄이라는 세계」는 1963년 12월부터 1964년 2월까지 연재됐고,[15] 뒤이어 「듄의 예언자」가 1965년 1월부터 5월까지 연재됐다.[16] 허버트는 「괴물(The Thing)」이라는 제목으로 영화화된 SF 고전 「거기 누구냐?」[17]의 작가이자 《아날로그》의 편집자였던 존 W. 캠벨(John W. Campbell)의 조언을 참고해 소설의 아이디어를 가다듬고 명료화했지만, 두 사람의 의견이 항상 일치했던 것은 아니었다. 캠벨은 무앗딥의 예지 능력에 문제가 있다고 봤지만, 허버트는 자기 생각을 심지 굳게 밀고 나아갔다.[18]

『듄』 단행본은 1965년에 출간됐다. 하지만 "열두 군데가 넘는 출판사에 거절당하고 나서야 겨우"[19] 세상에 나올 수 있었다고 작가가 부루퉁하게 말했다. 소설은 결국 자동차 수리 안내서를 주로 취급하던 칠튼 북스에서 출판됐으며, 별다른 홍보도 이뤄지지 않았다. 상황이 이러하니 『듄』이 곧장 베스트셀러가 되지 못한 것도 그리 놀랍지 않다. 하지만 SF 소설 팬과 동료 작가들은 이 소설의 진가를 곧장 알아봤다. 1966년, 『듄』은 오늘날 SF 분야의 최고상으로 여겨지는 네뷸러상을 주최 첫 회에 받았고, 휴고상 장편소설 부문에서 로저 젤라즈니의 『내 이름은 콘래드』와 함께 공동 수상했다.[20] 이후 아서 C. 클라크를 포함한 유명 인사들이 줄지어 이 책을 찬양하는 등, 수많은 논평이 쏟아져 나왔다. 한편, 『듄』을 싫어한 이들도 있는데, 그중에는 J. R. R. 톨킨도 있었다. 그는 "『듄』을 몸서리치게 싫어한다."[21]고 밝혔다. 하지만 터놓고 말하자면, 옥스퍼드대학 교수인 고상한 톨킨과 까칠한 독학가 허버트는 그야말로 대척점에 서 있다고 할 수 있다.

이후 10년간 『듄』의 명성은 점차 높아졌다. 『듄』 연구자 대니얼 임머바르(Daniel Immerwahr)가 지적했듯, 『듄』이 다루는 "환경주의, 환각제, 신비주의, 난교 잔치, 귀농 생존주의, 원주민의 생활 방식, 반식민주의 반란, 아랍 민족주의, 정치적 암살"[22]과 같은 내용들은 마치 1960년대를 위한 맞춤형 주제와도 같았다. 『반지의 제왕』과 함께, 『듄』은 대학생들 사이에서 필독서가 되었다. 브라이언의 말에 따르면 정작 허버트는 히피들에게 관심을 두지 않았지만, 그런데도 히피들은 허버트를 받들었다.

첫 번째 속편인 『듄의 메시아』는 1969년에 출간되자마자 커다란 논쟁을 불러일으켰다. 전작보다 훨씬 분량이 적은 『듄의 메시아』에서 허버트는 무앗딥의 은하계 지하드에 도사린 잔혹함을 폭로하고, 폴을 메시아라는 지위와 예지력이라는 '재능'에 포박당한 무력한 인물이자 따라서 앞으로의 인생에 있어 아무것도 놀랄 것이 없는 인물로 그리고 있으며, 전작의 많은 것들을 전복시켰기 때문이다. 규모가 큰 사건보다는 음모와 개인적 비극에 더 치중한 이 속편은 폴과 달리 허버트가 추종자들의 기대에 얽매이기를 거부했다는 것을 보여준다.

하지만 허버트는 『듄』에만 파묻혀 있지 않았다. 『듄』의 결말부를 작업 중이던 1965년부터 두 번째 속편 『듄의 아이들』이 나온 1976년 사이에 허버트는 엄청난 생산성을 발휘해 3편의 단편 소설집과 10편의 소설을 발표했다. 반유토피아적 우화 『산타로가 장벽』(1968), 종교적 SF 대서사 『신 창조자들』(1972), 곤충에게 영감을 받은 음모론 스릴러 『헬스트롬의 벌집』(1973)과 같이, 『듄』 이외에 가장 잘 알려진 허버트의 작품들이 이 시기에 집필됐다.

『듄』의 영화 판권은 1971년에 처음으로 팔렸고, 3년 뒤 칠레의 신비주의 감독 알레한드로 호도로프스키(Alejandro Jodorowsky)가 이끄는 첫 번째 영화화 시도가 사전 제작에 시동을 걸었다. 이 영화는 결국 완성되지 못한 것으로 유명하지만, 이 책의 맺음말 부분에서 『듄』이 마침내 스크린에 오르기까지의 여정을 상세하게 살펴볼 예정이다.

은하계를 이루는 아이디어들: 프랭크 허버트의 1981년 판 『신 창조자들』 표지, 『듄』(1965)의 초판본 표지, 『하이젠베르크의 눈』(1966)의 초판본 표지

“자신이 창조하는 것에 그 어떤 순간이라도 모든 것을 쏟아붓지 않는 사람은 바보다.”

— 프랭크 허버트[23]

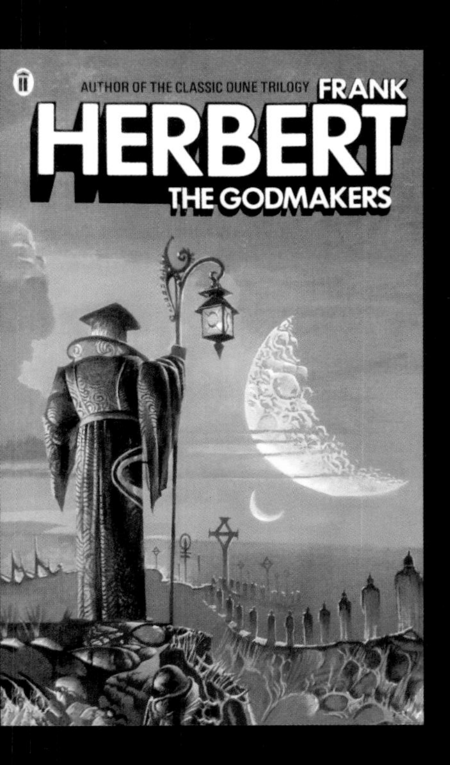

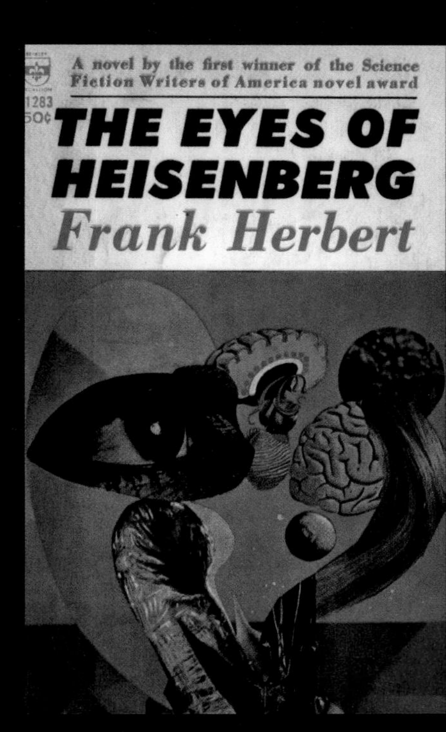

1972년, 두 아들이 모두 출가한 뒤, 허버트 부부는 『듄』 시리즈 수익금으로 허버트가 유년기를 보냈던 워싱턴 지역 내 포트 타운센드 근처에 7260평짜리 농장을 구매했다. 허버트는 농장에 쿠빌라이 칸의 전설적인 궁을 따라 '재너두(Xanadu)'라는 이름을 붙이고, 농장을 '생태적 삶 시범 프로젝트'의 현장으로 바꿔놓기 시작했다. 풍차, 과수원, 포도밭, 오리, 거위, 닭, 잡종 벼가 있고, 감귤나무로 가득한 온실까지 갖춘 이곳은 지속 가능한 삶을 연습하는 진보적 터전이 됐다. 하지만 1974년, 베벌리가 폐암을 진단받으며 이후 몇 년간 수없이 입원을 반복해야 했기 때문에 이 프로젝트는 좌절되고 말았다.

『듄의 아이들』은 출간 즉시 베스트셀러가 된 허버트의 첫 책이다. 사실 베스트셀러가 된 최초의 하드커버 SF 소설책이기도 하다. 폴의 쌍둥이 자녀 레토 2세와 가니마에게 초점을 맞춘 이 책은 선천적으로 예지 능력을 지닌 10살짜리 아이들이 파괴적인 은하계 성전을 멈추고, 아버지가 메시아로 부상함으로써 발생한 피해를 되돌리기 위해 분투하는 이야기를 그리며 무앗딥의 신화를 더 상세히 풀어나간다. 『듄의 아이들』은 독자에게 많은 사랑을 받은 인물인 레이디 제시카, 검술 대가 거니 할렉, 사망한 하코넨 남작이 등장하는 마지막 시리즈이자 원래 계획했던 『듄』 삼부작을 마무리 짓는 소설이지만, 『듄』 시리즈의 마지막은 아니다.

베벌리가 여전히 투병 중이던 1980년, 허버트 부부는 하와이의 마우이섬 해안에 대규모 부지를 사들였고, 허버트가 직접 설계한 집을 짓기로 했다. 기후가 따뜻하면 베벌리의 폐에 더 좋으리라 판단했기 때문이다. 하지만 건물 공사는 더디게 진행됐고, 허버트의 일은 점점 늘어나 어느 때보다 정신없는 시기를 보내게 되었다. 이듬해, 『듄』의 네 번째이자 가장 기이한 시리즈 『듄의 신황제』가 출간됐다. 이번에도 폴의 아들 레토 아트레이데스 2세의 이야기가 담긴 이 소설에서 레토는 3500년간 서서히 변이 과정을 거쳐 괴물 같은 형태의 모래벌레 결합체로 거듭나, 이제는 녹지가 된 아라키스에서 안정화된 은하계 제국을 통치한다. 이 소설은 레토 아트레이데스 2세가 오래전 사망한 폴의 검술 스승인 던컨 아이다호의 부활체 '골라'를 포함한 신하들과 펼치는 철학적, 정치적, 사회학적 논의로 대부분 채워져 있음에도 엄청난 베스트셀러가 됐다.

**좌측**: 재너두에서: 1979년, 포트 타운센드 집의 서재에 있는 작가의 모습

**상단, 우측**: 레디, 액션! 폴 아트레이데스 역의 카일 맥라클란(왼쪽)이 출연한 1984년 영화 「듄」의 첫 촬영 현장에서 감독 데이비드 린치를 대신해 슬레이트를 들고 있는 프랭크 허버트의 모습(위)

하와이로 이주도 하고 수술도 몇 차례 성공적으로 마쳤음에도 불구하고, 베벌리의 건강은 좀처럼 나아지지 않았다. 1984년, 대규모 제작비가 투입되고, 떠오르는 신예 데이비드 린치 감독이 메가폰을 잡았으며, 초호화 출연진을 갖춘 영화 「듄」이 마침내 스크린에 걸렸다. 그해, 『듄』 시리즈의 다섯 번째 소설인 『듄의 이단자들』이 출간됐고, 이와 함께 『내셔널 램푼의 둔』[24]이라는 소설 한 권 분량의 패러디물이 등장했다. 듄 세계관에 추가된 조금은 엉뚱한 이 작품은 신비한 중독성 물질인 맥주의 통제권을 놓고 은하계 전쟁이 발발한 시대를 배경으로, 디저트 행성 아루쿠스에서 펼쳐지는 폴 모우빕의 모험을 그리고 있다.

하지만 프랭크 허버트에겐 아내 베벌리의 죽음보다 커다란 사건은 없었다. 어느 2월 아침, 베벌리가 눈을 감은 다음 날에 허버트는 베벌리가 "아무런 걱정도, 눈물도 없이 (…) 평온하게 잠들었다."[25]고 썼다. 베벌리가 세상을 떠나자, 허버트는 자신이 다른 모든 것에 신경을 끈 채 오로지 작업에만 집중할 수 있게 삶을 지탱해 주었던 가장 큰 후원자를 잃게 되었다. 머지않아 허버트의 건강도 악화하기 시작했다.

『듄의 이단자들』은 『듄』 시리즈의 새로운 장을 여는 작품으로, 1500년여가 흐른 시점에 고대의 신비주의 여성 조직인 베네 게세리트 자매단을 중심으로 이야기가 펼쳐진다. 고대부터 은하계의 평화를 유지하고자 애써 온 베네 게세리트의 노력은 이 소설에서 성(性)을 무기로 권력을 장악하려는 '명예의 어머니'라는 괴물 같은 전사들의 방해를 받는다. 후속작 『듄의 신전』은 손에 땀을 쥐게 하는 결말로 끝났지만, 시리즈는 더 이상 이어지지 않고 끝내 미완성으로 남게 된다. 하지만 『듄의 신전』에는 베벌리에게 바치는 진심 어린 헌사가 담겨 있다. "우리가 함께 지낸 세월을 돌아볼 때면 글로 형용할 수 없는 행복감이 드는 건 당연한 게 아닐까?"[26] 허버트처럼 뭐든 써낼 법한 타고난 작가에게 이는 커다란 고백이라고 할 수 있다.

프랭크 허버트의 말년은 이전과 마찬가지로 바빴다. 그는 아들 브라이언과 소설을 공동 집필했고, 출판사 대표 테레사 섀클퍼드와의 짧은 세 번째 결혼생활을 시작했다. 허버트가 눈을 감기 전, 『듄』의 일곱 번째 소설을 쓰기 위해 남겨둔 메모가 있기는 했지만, 출간하기에는 너무 조야한 수준이었다. 대신 허버트의 공동 집필가 케빈 J. 앤더슨과 브라이언이 함께 『듄의 사냥꾼들』과 『듄의 모래벌레』를 써내어 『듄의 신전』에서 미처 다 풀지 못한 이야기의 타래를 풀어내고 『듄』의 대서사를 마무리 지었다. 그뿐만 아니라 이들은 지금도 시리즈의 프리퀄과 '인터퀄' 소설을 작업하며, 프랭크 허버트의 공식 정전들 사이에 빈 이야기를 채워 넣고 있다. 브라이언 허버트와 케빈 J. 앤더슨의 작품을 존중하지만, 본 도서에서 이들의 작품은 상세히 다루지 않을 예정이다.

1986년 2월 11일, 베벌리가 세상을 떠난 지 꼭 2년 만에 프랭크 허버트가 췌장암 수술 후 회복 과정에서 폐색전으로 숨을 거뒀다. 그 무렵, 『듄』은 수차례 베스트셀러로 등극했고, 「스타워즈」 시리즈에 등장하는 사막 배경과 신비한 힘에 영감을 주는가 하면, 생태학 운동의 중요성에 관한 의식을 고취하는 데도 한몫하면서 문화 영역 전반에 걸쳐 커다란 영향을 미쳤다. 『듄』은 역사상 가장 중요한 필독 소설 목록에서 빠지지 않는 소설이 됐고, SF 소설이 문학의 한 형태로 인정받게 된 데 큰 공을 세웠으며, 드니 빌뇌브가 2부작으로 각색한 영화 「듄」으로 인해 그 영향력은 더욱 널리 퍼지게 되었다.

하지만 『듄』의 가장 놀라운 점은 이 책이 무척이나 복잡다단하고, 풍성하고, 풍부하다는 점이다. 프랭크 허버트는 조사한 자료에서 너무 많은 것들을 가져오는 바람에 그 아이디어들이 얽히고설켜 출구 없는 개념적 미로를 탄생시키는 데 그칠 수도 있었다. 하지만 허버트의 명확한 내러티브 감각과 인물에 관한 탁월한 감 덕분에 『듄』은 응집력 있고 일관된 재미를 선사하는 글이 되었다. 누구라도 눈을 뗄 수 없는 은하계 이야기이자, 과학적 탐구, 역사 연구, 정치 이론, 종교 철학이 복잡하게 한데 얽혀 깊이 있는 독서를 원하는 이들에게도 제격인 책이 탄생한 것이다.

본 도서에서는 소설을 깊이 파헤치고 싶어 하는 이들을 위해 『듄』이라는 세계를 행성별로 소개하고자 한다. 특히 집중적으로 탐구할 시리즈의 첫 번째 소설을 비롯해 다섯 편의 속편에 관한 독자들의 경험이 더욱 풍부해지고 즐거워지기를 바란다. 프랭크 허버트의 삶과 작품, 세심하고도 다양한 자료들, 그리고 그의 상상력 넘치는 탁월한 글에 이 책을 바친다.

**행복한 결혼생활**: 1979년, 포트 타운센드의 집에서 휴식을 취하고 있는 베벌리와 허버트의 모습

“사람의 살은 그 사람 자신의 것이지만,
그의 물은 부족의 것이오.”

— 프레멘 격언, 『듄』[27]

# THE WORLDS OF DUNE

## 1부

## 아라키스

1장

# 사막 행성

**사막의 힘**: 1930년대에 불어닥친 황진이 오클라호마 보이시시티의 작은 목장을 덮치는 모습

생물과 환경의 관계를 다루는 학문인 생태학은 『듄』의 핵심이다. 『듄』을 "어딘가에 있을 메마른 땅의 생태학자들"[1]에게 헌정한 작가는 애초에 "인간과 인간 문제를 둘러싼 이야기뿐만 아니라 수많은 함축이 담긴 생태 소설"[2]을 쓰고자 했다. 환경에 관한 이러한 관심은 이 책의 중심 무대인 "듄이라는 이름으로 알려진 행성 아라키스"[3]에 가장 선명하게 담겨 있다.

글과 함께, 자연은 프랭크 허버트의 첫사랑이었다. 허버트가 유년 시절을 보낸 태평양 지역은 아라키스의 메마른 사막과는 닮은 구석이 거의 없었다. 하지만 석호에 굴이 넘치고, 반도에는 숲이 빽빽하고, 개울에는 송어가 바글거리는 또 다른 자연의 품속에서 자란 덕에 허버트는 탐험을 향한 열정을 키울 수 있었고, 이러한 열정은 이후 삶에서도 쭉 이어졌다. 실제로 허버트는 1946년에 결혼한 뒤, 부인 베벌리와 함께 켈리 뷰트의 꼭대기에 자리한 오두막에서 4개월간 신혼여행을 즐겼다. 켈리 뷰트는 높이가 1.6km인 산봉우리로, 한때 허버트가 산불 감시원으로 일했던 워싱턴 주 캐스케이드산맥에 있다(베벌리는 "그 숲에서 가장 커다란 불은 우리였지."라며 장난스레 말했다).[4]

하지만 1950년대 후반과 1960년대 초반, 프랭크 허버트가『듄』을 집필하며 자료를 조사하던 시기에 미국의 자연이 품은 아름다움에 매료된 건 허버트뿐만이 아니었다. 미국의 자연보호 운동은 허버트가 태어나기 전부터 활발했다. 헨리 데이비드 소로가 자연을 찬양하며 1854년에 쓴 회고록『월든』[5]이 선풍적 인기를 끌자, 탐욕스러운 벌목과 채굴로부터 자연을 지키려는 대중 운동에 불이 붙은 것이다. 시어도어 루스벨트는 대통령이 되기 전, '분 앤드 크로켓 클럽'이라는 선구적인 단체를 설립해 운동을 이끌었고, 국립공원 조성 계획을 확대하기 위해 로비 활동을 펼쳐 1905년에 미국 산림청을 창설해 냈다.

두 번의 세계대전과 대공황이 미국 정치의 우선 순위를 바꾸어 놓았지만, 1950년대에 이르니 야생 보호 운동이 다시금 관심사로 떠올랐다. 실소득이 증가하면서 대자연과 함께하고자 하는 열망이 새로운 모습으로 나타나기 시작한 것이다. 미국 산림청에 따르면 1943년에는 국립공원에서 캠핑하는 사람이 대략 110만 명 수준이었지만, 1960년에는 그 숫자가 1090만 명으로 치솟았다.[6] 마찬가지로, 1952년에는 그랜드 캐니언을 통과하는 콜로라도강 루트를 이용한 사람이 19명에 불과했지만, 그로부터 20년 뒤에는 1만 6000명 이상이 그 루트를 이용했다.[7]

이와 동시에, 귀농 운동이 급격히 성장해『월든』과 유사하게 도시로부터의 도피를 다루는 회고록이 여러 권 출간됐다. 베티 맥도널드의『계란과 나』[8], 헬렌과 스콧 니어링의『조화로운 삶』[9]뿐만 아니라, 비트 세대의 아이콘 잭 케루악이 허버트 부부의 신혼여행지인 켈리 뷰트 근처의 데솔레이션 피크에서 산불 감시원으로 보낸 63일간의 이야기를 일부 풀어낸『다르마 행려』도 그중 하나였다.[10] 이후 10년간 타인의 시선을 피해 헌법상의 자유를 행사하려는 수많은 미국 시민이 도시에서 시골로 귀농했고, 이러한 현상은 히피 시대에 발흥해 대부분 안타까운 끝을 맞이한 공동체에서부터 광신도들과 생존주의자에 이르기까지 다양한 형태로 나타났다.

1964년, 미국은 야생보호법을 제정해 "전 인류의 영속적 이익을 위하여" 야생을 보호할 것을 법제화했다. 야생보호법이 명확하게 정의한 바에 따르면, 야생은 "땅과 그곳의 생명 공동체가 인간의 구속을 받지 않는 영역이자, 인간이 머물지 않고 방문자에 그치는 영역"[11]이다.

하지만『듄』이라는 씨앗을 심은 건 잘 알려지지 않은 어느 생태 프로젝트였다. 1957년, 정계의 한 지인이 허버트에게 오리건 플로렌스 근처의 미국 농림부 산하 연구기지를 들러보라고 권했다. 그곳에서는 '사막 확장'을 통제하기 위한 실험을 성공적으로 이끌고 있었다. 인류사 내내 사막은 계속해서 움직이고 있었다. 실제로, 모래에 뒤덮이기 전에 사하라 사막 대부분은 비옥한 땅이었으며, 많은 사람이 사는 곳이었다. 그 무렵 오리건에서는 사막이 플로렌스의 마을 쪽으로 이동해 농장, 건물, 철길, 고속도로를 집어삼키는 문제가 발생했었다. 하지만 수년간의 실험 끝에, 미국 농림부는 해결책을 찾아냈다. 모래가 많은 척박한 땅에서도 잘 자라며, 대공황 시기에 여물용으로 널리 재배되었던 이른바 '꼬인새'라는 식물을 심었더니 사막이 확장을 멈췄고, 심지어 사막의 범위가 줄어든 것이다. 이집트, 칠레, 이스라엘을 포함해 사막 문제에 관심이 있던 여러 나라는 이미 과학자와 정책 입안자를 파견해 이 프로젝트를 연구하고 그로부터 배우고 있었다.[12]

**상단**: 숲속의 불: 허버트와 베벌리의 신혼여행지였던 켈리 뷰트 정상에 자리한 오두막

**하단 좌측**: 1903년, 미국 대통령 시어도어 루스벨트가 분 앤드 크로켓 클럽에서 연설하고 있다

**하단 중간**: 궁극의 선구자: 개척자 대니얼 분은 미국 광야의 영웅이었다

**하단 우측**: 잭 케루악, 워싱턴 주 산불 감시원 출신의 또 다른 베스트셀러 작가

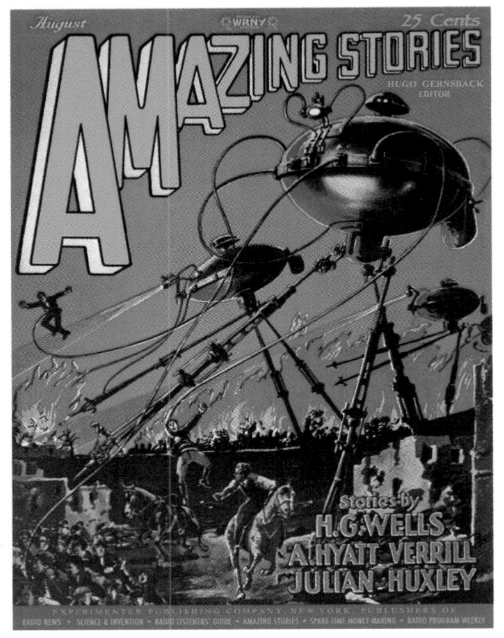
August
WRNY
25 Cents
AMAZING STORIES
HUGO GERNSBACK
EDITOR
Stories by
H.G.WELLS
A.HYATT VERRILL
JULIAN HUXLEY
EXPERIMENTER PUBLISHING COMPANY, NEW YORK, PUBLISHERS OF
RADIO NEWS • SCIENCE & INVENTION • RADIO LISTENERS' GUIDE • AMAZING STORIES • SPARE-TIME MONEY MAKING • RADIO PROGRAM WEEKLY

**상단 좌측**: 천문학자 퍼시벌 로웰이 자신의 이름을 딴 애리조나 플래그스태프의 로웰 천문대에 있는 모습

**상단 우측**: H. G. 웰스의 『우주전쟁』이 연재된 1927년 판 《어메이징 스토리》

**하단**: 플로렌스 부근의 오리건 사구 국립 휴양지는 『듄』 구상 초기에 영감을 준 원천 중 하나였다

호기심이 고조된 허버트는 세스나 프로펠러기를 빌려 플로렌스로 날아가 사진을 찍고, 「움직이는 모래를 멈춘 사람들」이라는 제목의 잡지 기사를 쓰기 위해 메모를 남겼다. 허버트는 사람들의 관심을 사로잡을 인간미 넘치는 시각과 생태 연구가 결합한 기사가 탄생하리라 기대했지만, 이내 실망하고 말았다. 완고한 뉴요커이자 러튼 블래싱게임이라는 거창한 이름을 지닌 허버트의 출판 대리인이 글에 별다른 관심을 보이지 않았기 때문이다(허버트는 "확실히 대중적인 관심사는 아니었다."라고 썼다).[13]

기사는 영영 빛을 보지 못했지만, 아이디어는 허버트의 머릿속에 뿌리 내려 떠날 줄 몰랐다. 그는 궁금했다. 사막을 무한히 확장하도록 내버려 둔다면 무슨 일이 일어날까? 결국 사막이 지구 전체를 집어삼킬까? 그렇다면 미국 농림부가 주관했던 것과 같은 선구적인 프로젝트를 전 지구적 규모로 실시할 수 있을까? 사막에 잠식당했던 지구가 언젠가 다시 사람이 살 수 있는 곳으로 변할 수 있을까? 지역적 차원이 아니라 지구적 차원에서 이러한 생태학적 질문을 고심하던 프랭크 허버트는 확실히 시대를 앞서가고 있었다. 이러한 주제를 다룬 가장 유명한 작업인 화학자 제임스 러브록의 '하나의 지구' 가이아 가설은 1972년에 이르러서야 세상에 나왔기 때문이다.[14]

하지만 사막 행성이라는 아이디어를 처음으로 떠올린 건 허버트가 아니었다. 19세기 말 즈음, 미국의 사업가이자, 천문학자이자, 망원경 제작자인 퍼시벌 로웰(Percival Lowell)은 화성 표면에서 뚜렷하게 관찰되는 선들이 사실은 운하라는 주장을 펼쳤다. 고도로 발달한 화성의 고대 문명이 건설한 운하라는 것이다. 그는 심지어 두 개 이상의 운하들이 합류하는 지점인 '오아시스'를 여러 개 짚어낼 수 있다고 믿었다.[15] 로웰은 세 개의 과학 논문을 통해 자신의 이론을 확장하면서, 지금은 멸망한 과거의 문명이 빠르게 메말라 사막으로 변해가는 행성에서 살아남고자 운하를 건설해 극지의 물을 끌어왔다고 주장했다.

물론 오늘날 그 운하는 일종의 착시 현상이었던 것으로 밝혀져 로웰의 주장은 결국 폐기됐다. 하지만 물 부족으로 멸망해 가는 행성 문명이라는 아이디어는 강력했다. 이러한 아이디어에서 영감을 받은 작가 중에는 H. G. 웰스도 있었다. 웰스는 그러한 문명 출신의 화성인 침략자를 『우주전쟁』에 등장시키면서 이들이 "부러움 가득한 눈빛으로 지구를 바라봤고, 지구를 침공할 계획을 천천히, 그러나 확실하게 세워나갔다."[16]고 썼다. 몇 년 후, 『타잔』의 작가인 에드거 라이스 버로스는 생태계가 파괴된 화성 '바숨'을 배경으로 한 이야기를 연재하기 시작했고, 작가 로버트 A. 하인라인과 레이 브래드버리도 소설에 화성의 운하를 등장시켰다.

행성이 말라붙어 사막으로 변한다는 생각은 완전히 터무니없는 공상은 아니었다. 특히 20세기 중반 미국인들에게 그랬다. 아라키스의 생태계를 구성하는 데 영향을 미친 요소 중 더욱 현실과 밀접했던 사건은 허버트가 살아냈던 대공황 시대와 끔찍한 모래 폭풍, 그리고 이에 수반된 기근이었을 터다. 허버트는 특히 미국의 과학자 폴 비글로 시어스가 1935년에 쓴 『행진하는 사막』[17]에서 많은 것을 배웠다. 주위를 피폐하게 만드는 황진에 고통받던 미국 독자들에게 생태학적 해결책을 제시하고자 한 이 책은 인간이 환경에 영향을 미치는 방식을 콕 짚어냈다. 시어스는 대공황 시기 중 목격했듯, 삼림 벌채나 토사 유출 같은 인간 활동이 필연적으로 환경의 '사막화'를 유발한다고 지적함으로써 생태학이 미국인의 일상에 미치는 직접적 영향을 일깨우고, 재발을 방지할 방법들도 제안했다.

이후 미국생태학회, 미국과학진흥회, 미국자연주의자학회의 회장으로 임명된 시어스의 작업은 이제 막 싹을 틔우던 환경 운동과 『듄』에 큰 영향을 미치게 된다. 실제로 그가 남긴 명언 중 하나인 "과학의 최고의 기능은 결과를 이해하는 것이다."라는 말은 허버트의 책에서 거의 토씨 하나 틀리지 않고 생태학자 파도트 카인즈의 입을 통해 흘러나오며,[18] 시어스의 또 다른 명언인 "진실을 존중하는 것이야말로 모든 도덕의 기반이라고 할 수 있다."는 말은 폴 아트레이데스의 아버지가 아들에게 베푼 가르침으로 등장하기도 한다.[19]

**좌측**: 1930년대에 미국을 덮친 참혹한 황진이 오클라호마 가이먼(위)과 사우스다코타(아래)를 덮친 모습

**우측**: 세상에 큰 영향을 미친 책 『침묵의 봄』의 작가인 환경 보호 운동가 레이철 카슨

시어스는 인류를 환경의 바깥이나 위가 아니라 그 안에 위치시킨 최초의 사상가 중 한 명으로, 인간의 행동이 인간을 둘러싼 세계에 어떻게 영향을 미치고, 그 영향이 다시금 어떻게 인간에게 돌아오는지 탐구했다. 이처럼 생태계를 상호 연결된 체계로 보는 개념은 『듄』에서 무척 중요하다. 『듄』에서 발생하는 모든 사건의 영향력은 책과 속편에 걸쳐 바깥으로 퍼져나가기 때문이다. 소설의 부록에서 파도트 카인즈는 이렇게 말한다. "생태학에 무지한 사람들은 생태계가 바로 하나의 체계라는 사실을 깨닫지 못한다. (…) 체계에는 한 점에서 다른 점으로 물 흐르듯 이어지는 질서가 있다. 만약 뭔가가 이 흐름을 막는다면 질서는 무너진다."[20]

『듄』에 담긴 생태학적 메시지에도 영향을 줬을 뿐만 아니라, 환경 운동 전반에 영향을 미친 또 다른 책이 있다. 바로 해양 생물학자이자 환경 보호 운동가인 레이철 카슨(Rachel Carson)이 1962년에 출간한 『침묵의 봄』[21]으로, 이후 10년간 수많은 사람에게 널리 읽혔다. 카슨은 조류 및 수생 동물의 원인 모를 사망과 인간의 암 발병률 증가처럼, 겉으로 보기에 아무런 공통점이 없는 여러 환경 문제의 원인을 추적하다 보면 DDT 같은 살충제의 과도한 살포라는 하나의 지점에서 수렴하리라고 확신했다. 카슨은 이러한 주장을 과학 논문 형식이 아니라 대중 생태학 서적이라는 형식으로 전달하고자 했다. 화학 회사 측에는 곤혹스럽게도, 이 책은 크게 성공해 닉슨 정부 시기인 1970년에는 환경보호국 설립을 이뤄냈고, 그로부터 2년 뒤에는 DDT의 전국적 사용 금지라는 조치를 끌어냈다.[22]

허버트가 카슨의 책에서 인상 깊게 본 지점은 살충 목적의 화학 물질이 먹이 사슬에 관여해 인간과 여러 생명체에 영향을 미친다는 예에서 알 수 있듯, 언뜻 보기에 관련 없는 환경 문제들 간의 보이지 않는 연관성과 인간이 자연에 간섭함으로써 발생하는 부정적 영향들을 평이한 언어로 풀어냈다는 점이었다. 카슨과 시어스의 작업은 "종말론적 생태학"[23]으로 분류됐다. 두 사람은 생태계가 보내는 중요한 위험 신호를 무시한다면 전 지구에 파괴적인 결과가 들이닥치리라고 주장했기 때문이다. 21세기를 사는 우리는 이들이 옳았음을 알고 있다.

허버트가 그린 아라키스는 종말론적 생태계의 결정판일지도 모른다. 이곳에서는 생태학적 변화로 인해 환경이 완전히 바뀌어버려 인간이 살 수 없는 지경에 이른 세계가 펼쳐지기 때문이다. 하지만 『듄』은 변화의 가능성도 함께 제시한다. 『듄』의 이야기가 진행되는 시점에서 수십 년 전, 제국의 생태학자인 파도트 카인즈는 아라키스의 모든 수분을 포집해 꼬인새와 물을 머금는 식물을 심는 데 사용하겠다는 계획을 세웠다. 하지만 이러한 생태학적 혁명이 순식간에 이루어지리라 기대한 것은 아니다. 실로 카인즈는 초기 계획 실행에 3~5세기가 걸릴 것으로 예상했다. 그러나 그에게는 비장의 무기가 있었다. 바로 모든 사람이 듄을 테라포밍하는 데 전력을 쏟고 있다는 점이었다. 이를 깨달은 카인즈는 "그들은 얼마나 훌륭한 도구가 되어줄 것인가!"라며, "프레멘은 생태학적으로, 지질학적으로 거의 무한한 잠재력을 지니고 있었다."라고 말했다.[24]

이것이 바로 『듄』이 환경 운동에 채택된 이유 중 하나다. 『듄』에는 행성의 공동체 전체가 단 하나의 환경 목표를 향해 합심한다는 비전과 생태학적 필요가 모든 인간 삶의 구심점 역할을 한다는 비전이 들어 있었기 때문이다. 이러한 비전은 이상적으로 보일 수 있지만, 현 인류가 맞닥뜨린 환경 재난에서 벗어날 한 가지 방법이 될 수 있다. 게다가, 프레멘의 인내심은 무진하다. 프레멘의 수장인 스틸가는 제시카에게 "우리 세대는 그 변화된 모습을 보지 못하겠지. 우리 자식들도, 그 자식의 자식들도, 그 자식의 손자들도……. 하지만 그날은 반드시 올 거요."[25]라고 말한다.

**지구 지키기**: 애리조나의 사와로 국립공원 동쪽에서 침입종 버펠그라스를 제거하는 작업 중인 자원봉사자들

*

「움직이는 모래를 멈춘 사람들」과 관련해 러튼 블래싱게임에게 보낸 편지에서 프랭크 허버트는 사막의 모래언덕을 바다의 파도와 비교하면서 "1초에 6m가 아니라 1년에 6m를 움직인다는 점만 다를 뿐, 사막의 파도는 모든 면에서 해일 못지않은 파괴력을 지닐 수 있다."[26]고 썼다. 사막과 바다의 동질성에 매료된 허버트는 윌리스 맥넬리와의 인터뷰에서 "모래의 유체 역학"을 언급하고, 모래언덕을 물과 유사하게 바라보면 "통제하는 법을 배울 수 있을 것"이라고 말한다.[27]

바다와 유사한 사막 이미지는 『듄』에서 되풀이되어 등장한다. 허버트는 암석의 형태를 "섬처럼 솟아 있다."[28]고 쓰거나, 사막을 "달빛을 받아 은빛으로 반짝이는 물결 같은 무늬들로 가득 차 있었다."[29]라고 묘사하기도 한다. 프레멘은 해도, 지도, 신비한 지식을 지니고서 나침반과 별빛의 안내를 따라 이 항구 저 항구를 항해하는 선원 무리와 비슷하기도 하다.

일평생 선원의 정체성을 간직한 채 살았던 허버트는 바닷가에서 자랐고, 젊은 시절에는 쥘 베른의 『해저 2만리』와 같은 해양 모험 이야기를 닥치는 대로 섭렵했다. 허버트가 쓴 첫 번째 소설인 『바다의 용』 또한 잠수함을 무대로 이야기가 펼쳐진다. 이후 허버트는 『듄』으로 번 돈으로 두 척의 보트를 구매하기도 했다. 첫 번째 보트는 바다가 많은 아트레이데스 모행성의 이름을 따라 '칼라단'이라고 불렀고, 두 번째 보트에는 프레멘어이자 아랍어로 '전리품'이라는 뜻을 지녔으며, 『듄의 아이들』 속 어린 주인공의 이름이기도 한 '가니마'라는 별칭을 붙였다.

『해저 2만리』나 허먼 멜빌의 『모비 딕』과 같은 해양 서사와 『듄』 사이에는 또 다른 공통점이 있다. 베른의 소설에는 대서양을 항해 중인 최첨단 잠수함 노틸러스호를 공격하는 거대오징어 떼가 등장하며, 『모비 딕』에는 제목에서도 알 수 있듯 전설적인 불로의 거대 흰고래가 등장한다. 『듄』에도 이러한 리바이어던*이 등장한다. 바로 아라키스의 모래 바다 아래에 도사리는 거대한 모래벌레로, 프레멘 사이에서는 샤이 훌루드(shai hulud) 혹은 '창조주'로 불리며, 신으로 여겨진다.

프랭크 허버트의 리바이어던인 "모래벌레가 탄생하는 데 직접적인 영향을 준 것은 제임스 프레이저의 『황금가지』[30]였다."[31] 신화와 종교를 다룬 이 중대한 연구에서 스코틀랜드 출신 인류학자 프레이저는 전 세계의 전설과 종교 서적을 검토해 공통점들을 찾아냈다. 그중 하나는 그리스 신화부터 욥기와 요나서에 이르기까지 모든 곳에서 반복적으로 등장하는 용과 바다 괴수 이미지였다. 예로부터 뱀은 어린 처녀를 잡아먹기 위해 깊은 곳에서 올라오는 존재라는 다소 뻔한 의미를 지니고 있지만, 허버트의 모래벌레는 조금 달랐다. 오히려 모래벌레는 허버트의 동시대 작가인 J. R. R. 톨킨의 작업과 더욱 밀접하게 관련되어 있었다.

허버트가 샤이 훌루드를 탄생시키는 데 영감을 준 대상은 주로 '웜(wyrm)'으로도 불리며 유럽 신화에 두루 등장하는 뱀과 용이었다. 특히 전사 왕 베오울프를 다룬 영국 고대 서사시에 등장하는 용을 눈여겨볼 만하다. 오늘날 사람들은 베오울프 전설의 초반부, 그러니까 무시무시한 괴물 그렌델과 그 어미가 등장하는 이야기에 더 익숙할 것이다. 하지만 서사시의 끝부분에서 베오울프는 잔 하나를 도둑맞은 것에 분개해 온 영토를 파괴하는 용에 맞서 싸우는데, 이 이미지는 『호빗』에 등장하는 스마우그와 무척 유사하다. 베오울프는 전투에서 괴수를 죽이지만, 끝내 자신도 그 전투로 인해 숨을 거둔다.

허버트는 모래벌레를 "금이 있는 동굴 지하에 서식하는 전형적인 검은 야수"[32] 또는 "엄청난 보물을 지키는 지성이 없는 수호자 (…) 값비싼 여의주를 입에 문 용"[33] 정도로 설명한다. 이러한 비유에서 금이나 "값비싼 여의주"는 『듄』 세계관 속 모래벌레와 깊은 연관성을 지닌 스파이스 멜란지라는 물질과 등치된다. 모래벌레의 생애 주기는 허버트가 자세히 다루는 만큼, 『듄』 시리즈에서 무척 중요하다. 모래벌레는 '모래송어'로 불리는 유충에서 시작해 프레멘이 생명의 물을 만들기 위해 잡아다 물에 빠트리는 성장기를 지나, 마침내 수수께끼의 부산물인 스파이스를 생성해내는 성충 시기에 진입한다. 하지만 처음에 이 모래벌레는 독자에게만큼이나 등장 인물들에게 본능적 두려움을 불러일으키는 존재이자, 인류의 가장 오래된 악몽 속에 도사리는 심연의 어두운 공포와 같은 존재로 등장한다.

하지만 아라키스에서 인간의 생명을 위협하는 가장 위험한 존재는 모래벌레가 아니다. 사막 그 자체가 훨씬 위험한 적이며, 따라서 『듄』은 SF 소설인 만큼이나 생존에 관한 이야기이기도 하다. 허버트는 프레멘의 '수분 유지' 방식과 '사막 규율'을 설정하는 데 커다란 공을 들였다. 그 분투의 흔적은 모든 실내를 반드시 밀실로 만들어야 한다는 엄격한 규칙이나, 폴이 최고의 사막 생존 행낭인 '프렘 행낭'에서 발견한 "사막 텐트, 에너지 모자, 리캐스, 모래스노크, 쌍안경, 사막복 수리 행낭, 바라디 권총, 저지대 지도, 코마개, 파라컴퍼스, 창조자 작살, 모래 막대기"[34]와 같은 도구를 묘사하는 부분에서 발견할 수 있다.

이러한 도구 대부분은 온전히 프랭크 허버트의 상상력에서 탄생했지만, 현실 세계의 존재들을 참고하기도 했다. 특히 보츠와나의 칼라하리 사막에 사는 산족의 생존 방식이 많은 영감을 주었다. 아라키스와 마찬가지로 칼라하리는 원래 물이 풍부하고 비옥한 땅이었지만, 메마른 황무지로 변모했다. 수천 년에 걸친 지각 운동으로 고원이 융기하고, 강의 물길이 바뀌고, 호수 전체가 고갈된 결과, 칼라하리는 진흙 바닥이 되었다가 마침내 사막으로 변했다.[35] 그 과정에서 식물, 동물, 인간은 환경에 적응해야만 했고, 그렇지 못하면 도태할 수밖에 없었다. 지구상 가장 오래된 문명 중 하나인 산족도 그러한 갈림길에 맞닥뜨려야 했다.

**상단 좌측**: 네모 선장 대 대왕오징어: 『해저 2만리』에 담긴 19세기 삽화

**상단 우측**: 불 뿜는 용: 용에 맞서는 베오울프, 1916년 삽화

**하단**: 칼라하리 사막 북쪽의 마사르와족 사냥꾼들, 1892년 삽화

**다음 페이지**: 세상에 이런 괴물이! 2021년 작 영화에 등장한 아라키스의 거대한 모래벌레

---

* 리바이어던(leviathan): 우가리트 신화와 성경에 등장하는 거대한 뱀 형태의 바다 괴수를 가리킨다.

**상단**: 2021년 영화 「듄」에서 사막복을 제대로 착용하고 있는 제시카, 챠니, 스틸가, 폴의 모습

**하단**: 유명 인류학자 로렌스 반데어 포스트 경

## "칼라단에서는 해군력과 공군력이 있었어요. 여기선, 사막 작전 능력이 있어야 해요."

— 폴 아트레이데스, 『듄』[36]

무리나 가족 단위로 모여 유목 생활을 하는 수렵 채집 집단인 산족은 특별한 규율을 따르지 않으면 하루도 생존할 수 없는, 지구상 가장 가혹한 환경에서 살아남는 능력을 지녔다는 점에서 특별하다. 산족은 기력을 절약하기 위해 낮 동안에는 한 조각의 그림자를 따라 조금씩 이동할 뿐 거의 움직이지 않으며, 수분 손실을 최소화하기 위해 코로만 호흡한다. 이는 프레멘이 철저히 따르는 방식이기도 하다. 산족은 가열된 지표면과 직접 접촉하지 않기 위해 매트나 담요를 깐 채 그 위에 앉고, 극한의 상황에서는 온몸을 모래 속에 파묻기도 하며, 심지어 온도를 더 내리려고 그 모래에 소변을 보기도 한다.[37] 이들은 식용 다육식물과 구근식물부터 야생 사막 박과 식물에 이르기까지, 물을 머금는 모든 종류의 식물에 밝다. 또, 오늘날 천연 식욕 억제제로 밝혀진 '후디아'라는 약용 식물을 최초로 사용한 이들이기도 하다.[38]

허버트는 논란 많은 남아프리카 공화국 출신 작가이자 인류학자인 로렌스 반데어 포스트(Laurens van der Post)가 제작한 다큐멘터리 시리즈 「잃어버린 세계, 칼라하리」를 알고 있었을 것이다. 1956년 BBC에서 방영한 이 다큐멘터리는 1958년에 뒤이어 파생 출간된 베스트셀러[39] 책과 함께 산족과 그 문화를 전 세계에 소개했다. 제2차 세계대전 당시, 영국군 군인으로 많은 곳을 여행한 반데어 포스트는 그 인류학 작업으로 영국인이라면 누구나 알 정도로 유명해졌고, 이후에는 현재 영국 국왕이자 당시 왕자였던 찰스 3세와 절친한 친구가 되었으며, 찰스 3세의 아들이자 후계자인 윌리엄의 대부가 되어주었다. 반데어 포스트는 산족을 '칼라하리의 부시맨'이라고 불렀고, 이 표현은 수십 년간 산족에게 따라붙었지만, 오늘날에는 비하적 표현으로 여겨진다. 그는 산족의 문화를 온 세계에 선보였지만, 산족을 '길 잃은 영혼들'로 신비화하는 데에는 얼마간 시혜적이고 유럽 중심적인 태도가 엿보인다.[40]

하지만 『듄』에 등장하는 사막 생존 장비 중 가장 인상적인 장비는 온전히 허버트가 구상해낸 것이다. 전신을 감싸는 사막복은 착용 시 신체의 거의 모든 수분을 보존함으로써 깊은 사막에서도 며칠을 살 수 있게 해준다. 생태학자 리에트 카인즈가 "고효율 필터와 열교환 시스템"[41]이라고 설명했듯, 땀, 호흡, 심지어 대소변까지 거두어 정화하는 사막복은 까다로운 설계에 따라 프레멘이 직접 제작한다. 프랭크 허버트는 실제로 존재하는 우주복, 궤도 캡슐, 다이빙벨과 같은 '폐쇄 루프형' 생존 시스템에 관해 잘 알고 있었겠지만, 신체에서 배출되는 수분을 직접 재활용하는 사막 슈트는 이제껏 그 누구도 상상하지 못한 것이었다.

하지만 사막복은 실용적 의미 그 이상을 지니고 있다. 이는 압제자 하코넨과 우주 조합의 책임자들, 심지어 황제의 눈마저도 피해 수십 년간 거대한 비밀을 지켜 온 비밀스러운 종족인 아라키스인들의 일상복인 동시에, 아라키스인 그 자체를 나타내는 상징이다.

# 2장

# 프레멘

19세기 중반, 다게스탄의 사자 이맘 샤밀(Shamil, 혹은 Shamyl)의 기치 아래
북캅카스산의 이슬람 부족들 사이에서 전례 없던 휴전 협의가 타결됐다.
수 세기 동안 이어진 내전 속에서 힘겹게 살아가던 유목민들이 자신의 땅을
침략한 러시아 제국주의자들에 대항하기 위해 합심한 것이다. 이들은 성전을
일으켜 25년이 넘도록 치열한 게릴라전을 펼쳤다. 이들의 전쟁은 패배로 막을
내렸다. 실제로 오늘날까지도 이 지역은 잉구셰티아, 체첸, 다게스탄 등지로
나뉘어 러시아의 지배하에 놓여 있다. 하지만 샤밀의 혁명전쟁은 뜻밖의
문학적 유산을 남겼다.

이맘 샤밀은 동족 사이에서도 전설적인 인물이었다. 정치적, 군사적, 종교적 지도자였던 샤밀의 공식 직책은 캅카스 이마메이트의 3대 이맘*으로, 강렬한 카리스마와 꺾이지 않는 독실함을 지닌 것으로 유명하며, 신앙에 따라 부족의 모든 추종자를 동등하게 대했다.[1] 샤밀의 군사 작전은 여러모로 순탄하지 못했다. 1839년, 러시아군은 여성과 아이를 포함한 4000명의 추종자와 이맘이 숨어든 산중 바위 요새 아쿨고를 포위했다. 그 봉쇄 작전에서 샤밀의 부대가 가까스로 빠져나오기까지는 80일이 걸렸고, 그사이 양측에는 총 수백 명의 희생자가 발생했다. 그중에는 샤밀의 두 번째 부인과 누이도 포함되어 있었다. 하지만 샤밀의 업적은 어느 모로 보나 비범했다. 1843년, 샤밀의 부대는 아바리아 전역을 휩쓸며 러시아 전초 기지를 한 군데만 제외하고 모두 점령했고, 2000명이 넘는 사상자를 발생시켰다. 러시아는 샤밀 부대를 격파하기 위해 1만 병력을 집결시켰다. 하지만 역부족이었다. 샤밀 부대는 러시아군을 뒤쫓아 체첸의 숲속으로 들어갔고, 거기서 러시아군을 포위한 뒤 몰살했다.[2]

하지만 종내에 반란군은 실패할 수밖에 없는 운명이었다. 1856년, 러시아는 25만 병력을 캅카스 지역으로 파견했다. 부족은 격렬하고 끈질기게 저항했지만, 이들보다 더 잘 훈련받았고, 무장 상태도 뛰어났으며, 머릿수도 더 많은 침입자를 이길 방도는 없었다. 1859년, 이맘 샤밀은 쇠사슬에 묶인 채 배를 타고 상트페테르부르크로 이송됐으며, 그곳에서 황제 알렉산드르 2세를 만났다. 하지만 놀랍게도 샤밀은 살아남아 비교적 풍족한 여생을 누렸다. 샤밀은 아들들과 주기적으로 편지를 주고받으며 키이우의 어느 집에서 편안하게 지냈으며, 심지어 1869년에는 하즈(Hajj)라는 성지 순례를 떠나기 위해 메카로 향하기도 했다.

물론 체첸을 포함한 캅카스 지역의 이슬람인과 러시아 간의 갈등은 샤밀의 대에서 끝나지 않았고, 150여 년이 흐른 지금도 전쟁은 진행 중이다. 하지만 다게스탄의 사자에 관한 전설은 계속해서 퍼져나가 전 세계의 상상력을 자극했다. 1960년, 영국의 역사학자이자 여행작가이며 사교계 인사인 레슬리 블랜치(Lesley Blanch)는 이맘의 생애와 군사적 위업을 훌륭하게 다룬 서술식 역사서 『낙원의 사브르』를 출간했다.[3] 흥미진진하면서도 풍부한 조사에 기반한 이 로맨스 서사는 프랭크 허버트의 『듄』에 중요한 영감의 원천이 되었다.

블랜치는 전시 기간에 영국 《보그》의 특집 기사 에디터로 일한 경력에서부터, 사랑을 찾아 유럽을 떠나 중동으로 향한 네 여성의 삶을 들여다보는 『야생의 물가에 피어난 사랑』[4]과, 블랜치의 지인이자 이란의 마지막 왕이었던 남편을 잃고 망명을 떠난 황후 파라 팔라비(Farah Pahlavi)의 전기를 다룬 『이란의 황후 파라』[5]를 포함해 여러 논픽션 서적을 출간한 경력에 이르기까지, 다양한 경력을 지닌 놀라운 사람이었다. 블랜치는 프랑스 외교관이자 소설가이며 영화 제작자였던 로맹 가리(이후 로맹 가리는 배우 진 세버그와 사랑에 빠져 블랜치를 떠난다)와 결혼해 전 세계를 여행했다. 그녀는 2001년에 영국 정부로부터 대영제국훈장을 받았고, 2004년에는 프랑스 문화예술공로훈장을 받았으며, 그로부터 3년 뒤 102세를 일기로 눈을 감았다.

블랜치는 허버트의 글에 막대한 영향을 미쳤다. 『듄』에는 『낙원의 사브르』에서 직접 인용한 구절이 여럿 등장하는데, 그중에는 아라킨 착륙장 외벽에 새겨진 탄원글[6]뿐만 아니라 폴 아트레이데스가 깨달은 두 가지 중요한 교훈도 있다. 그 교훈이란, "칼끝으로 죽이는 건 예술적이지 않다."는 구절과 원문의 '언덕' 대신 '사막'을 넣은 "세련된 것은 도시에서 오고, 지혜는 사막에서 온다."[7]는 구절이다.

블랜치의 책에 실린 수많은 캅카스어도 조금씩 변형되어 『듄』에 나타난다. 캅카스의 아주 오래된 사냥 언어인 차콥사어(chakobsa)는 프레멘과 베네 게세리트가 쓰는 비밀 언어다. 이마메이트가 러시아 황제를 가리키는 용어인 패디샤(Padishah)는 『듄』 황제의 세습 칭호로 쓰인다. 샤밀을 추종하는 전사들이 차던 양날 검 킨잘(kindjal)은 허버트가 창조한 세계 속 귀족들이 수천 년 뒤에 재발견한 것으로 등장한다. 허버트가 블랜치의 이슬람 혁명사에 나오는 용어를 그대로 가져오기만 한 건 아니다. 허버트는 샤밀 부족의 원수였던 러시아 황제 측 전사인 코사크족의 언어로 '야영지'를 뜻하는 두 단어를 결합해 아라키스에 있는 무앗딥의 숨겨진 보금자리인 타브르 시에치라는 용어를 주조했다.

**좌측**: 러시아 장군 바랴틴스키 백작에게 항복하는 이맘 샤밀의 모습이 담긴 알렉세이 다닐로비치 키브셴코의 1880년 그림

**우측**: 1965년, 요르단의 와디 럼을 방문한 레슬리 블랜치

* 캅카스 이마메이트(Caucasian Imamate)의 이맘(Imam): '이마메이트'란 '이맘'으로 불리는 이슬람 지도자가 통치하는 나라를 일컫는 말로, '캅카스 이마메이트'는 캅카스 전쟁 당시 러시아 제국에 대항하기 위해 다게스탄과 체첸의 이맘이 함께 세운 이슬람국이다.

“오! 이곳에서 우리가 겪는 고통을 아는 이여,
우리를 위한 기도를 잊지 말길!”

— 캅카스 포로들, 『낙원의 사브르』에서 인용[8]

1891 F. Roubaud

## “억압이 있는 곳에서 종교가 번성한다는 건 널리 알려진 사실이지.”

—투피르 하와트, 『듄』[9]

『낙원의 사브르』가 허버트에게 미친 영향은 이러한 용어 너머에서도 감지된다. 작가 윌 콜린스가 글 「듄의 비화」에서 말했듯, 사람이 살기 어려운 외딴 지역에서 억압받으며 사는 사람들이 자신보다 훨씬 강력하고 기술적으로 진보한 제국군에 대항해 종교적 색채를 띤 격렬한 게릴라전을 펼친다는 블랜치 글의 내용은 허버트 소설의 근간이며,[10] 샤밀에 관한 생생한 묘사는 허버트에게 깊은 인상을 남긴 것이 분명하다. 블랜치의 책 속 한 인상적인 구절에는 1832년 김리 전투에서 세 명을 죽이고 네 번째 적군의 총칼에 찔린 샤밀의 모습을 본 어느 러시아 병사의 말이 담겨 있다.

“그는 살에 박힌 총검을 움켜쥐어 뽑아낸 뒤, 그 병사를 베어내곤 또 한 번 초인적인 힘을 발휘해 벽을 뛰어넘어 어둠 속으로 사라졌다.”[11]
무앗딥의 경우에서와 마찬가지로, 실로 인간과 신화를 구분 짓는 경계는 점점 희미해지고 있다.

*

프레멘은 『듄』에서 거친 이들로 묘사된다. 이 사막 부족은 단호하고, 무자비하며, 감성적인 면모를 찾아볼 수 없는 한편, 매우 충직하고, 영적 가치를 신봉하며, 전투 시 호적수가 거의 없을 정도로 강인하고, 정당한 이유로 자유를 향해 투쟁을 펼치는 이들이기도 하다. 프레멘은 아라키스의 거친 환경에서 수 세기 동안 살아남으며 매서운 전사로 거듭났지만, 아라키스 원주민은 아니다. 실제로 허버트는 프레멘이 고대 이슬람 디아스포라의 후손이라고 명시하고 있다. 라말로 대모는 이집트를 뜻하는 아랍어 ‘미스르’를 사용하고 “우린 미스르의 민족이오.”라며 애통한 듯 말한다.[12] “순니 조상들이 나일강의 알 우루바(혹은 나일 계곡)에서 도망친 이래 우린 도주와 죽음의 삶을 살아왔소.”[13] 이처럼 매우 구체적으로 언급된 만큼, 이들의 기원은 프레멘의 언어, 문화, 전통, 종교적 관습에 그대로 반영되어 있다.

프레멘과 아랍인 사이의 뚜렷한 연관성에 불편함을 느끼는 독자들도 있었다. 아랍 문화를 정식으로 공부한 적도 없고, 심지어 책을 집필하기 전까지 단 한 번도 중동에 가본 적도 없는 백인 미국인이 이런 소설을 썼다는 이유 때문이다. 『듄』의 첫 편집자들도 이러한 사실에 언짢아했다. 그중 한 명은 허버트에게 “이 소설은 왜 이렇게 무슬림의 색채가 짙은지”[14] 집요하게 묻기도 했다.

하지만 다른 이들은 프랭크 허버트가 아랍 문화에 쏟은 정성과 관심에 집중한다. 이들은 프레멘 문화가 그저 이국적 향취를 풍기는 이름이나 용어들을 아무렇게나 모아둔 잡동사니가 아니며, 아랍의 영향력을 시종일관 충분히 존중한 채 각고의 노력으로 연구한 공상 미래 문화라고 주장한다.[15] 이슬람사 교수 알리 카르주라바리는 “허버트는 많은 당대인이나 현대인과 달리, 서양과 기독교 신화에 기반하지 않은 세계를 기꺼이 상상하고자 했다. (…) 우리는 허버트가 이슬람과 종교를 클리셰로 전락시키지 않으면서 그 속을 들여다봤다는 점을 높이 사야 한다.”[16]고 말한다. 무슬림 학자이자 『듄』의 팬인 하리스 두라니(Haris Durrani)도 이에 동의한다. “『듄』은 무슬림의 역사, 아이디어, 관습을 그저 비열하게 표절하는 게 아니라, 그와 활발하게 관계 맺고 있다.”[17]

# "단 하나의 진실 따위는 없으며, 모든 것이 허용된다."

— 하산 에 사바흐의 말로 추정되는 격언

허버트가 아랍어에서 빌려 온 '차용어'를 모두 나열하려면 여기에 허용된 지면보다 훨씬 많은 양이 필요하다. 관심 있는 이들은 『듄』의 팬 칼리드 바헤옐딘[18]이 꼼꼼하게 작성한 용어집을 비롯한 여러 자료를 온라인에서 찾아보면 좋을 것이다. 여기서는 그중 눈여겨볼 만한 용어 몇 가지를 소개하는 것으로 갈무리하겠다. 프레멘어로 성직자 여성을 의미하는 '사이야디나(Sayyadina)'는 지도자를 뜻하는 아랍어 '사이에드(sayyed)'에서 가져왔고, 프레멘 부족의 일원을 나타내는 '나입(naib)'은 보안관을 뜻하는 아랍어에서 따왔다. 또, 프레멘이 거대 모래벌레를 지칭하는 '샤이 훌루드'라는 단어는 두 개의 아랍어를 차용했다. '샤이(shai)'는 대상을 가리키는 '것'의 뜻을 지니고, '훌루드(hulud)'는 영원불변을 뜻한다. '지하드(jihad)', '샤리아(shariah)', '하즈', '라마단(Ramadan)'과 같이 익숙한 아랍어 또한 모두 『듄』에 등장하며, 사막 환경 관련 용어인 '블레드(bled)'*나 '에르그(erg)'**, 그리고 운하를 뜻하는 '카나트(qanat)'와 같은 단어는 원래의 아랍어 의미를 그대로 간직한 채, 프레멘들이 사용하는 용어로 나온다.

아랍 문화는 언어 이외에도 『듄』의 세계에 많은 영향을 미쳤다. 눈만 내놓은 채 후드를 둘러쓰고 로브를 걸친 프레멘의 모습은 북아프리카 베두인 유목민들의 사막 의복을 연상케 한다. 프레멘 종교의 이름 또한 '젠수니'로, 이는 선불교, 수니파 이슬람교, 기타 여러 종교가 혼합된 고대 종교다. 젠수니 신앙은 『듄』 속 전 세계에 퍼져 있지만, 특히 프레멘은 이를 단순한 신앙 이상으로 열렬히 신봉한다. 프레멘에게 젠수니는 모두를 하나로 통합해주는 힘이자 저항의 상징이다.

이처럼 사람들을 하나로 묶어주는 종교의 역할을 보노라면 프랭크 허버트가 프레멘을 구상하는 데 영향을 미친 또 다른 인물이 떠오른다. 바로 신화적 위업을 이룬 하산 에 사바흐(Hasan-i Sabbah), 또는 하산 빈 알리 빈 무함마드 빈 자파르 빈 알 후세인 빈 무함마드 빈 알 사바흐 알 힘야리(Hassan bin Ali bin Muhammad bin Ja'far bin al-Husayn bin Muhammad bin al-Sabbah al-Himyari)[19]라는 이름의 학자다. 그는 이슬람 선교사로, 고대 페르시아의 니자리국을 건국하기도 했다. 하지만 하산은 수수께끼의 군사 조직인 하시신(Hashishin) 또는 아사신단(Order of Assassins)[20]을 창단한 인물로 더 유명하다.

**프레멘의 조상**: 유목민족 베두인 또는 베두족 사람들

역사학자들이 생각하는 하산 에 사바흐의 모습이 소문과 신화에 물들어 있다는 사실은 그리 놀랍지 않다. 1050년에 태어난 하산 에 사바흐의 자서전이 더는 존재하지 않고, 그의 생애에 관해 가장 많이 인용되는 글은 하산 사후 100년도 더 뒤에 태어난 마르코 폴로(Marco Polo)의 글이며, 그 글에서 하산은 '사기꾼'[21]으로 격하되어 있기 때문이다. 하산은 오늘날 이란에서 일곱 번째로 규모가 큰 도시인 콤 출신이며, 천문학, 철학, 언어학, 기하학을 독학했다. 시아파 이슬람의 분파로 알려진 이스마일파 선교사였던 그는 카이로로 유학을 떠났다가 돌아오는 길에 배가 난파되고 만다. 이후 시리아 해안가에서 구조된 하산은 1088년, 카스피해 근처의 알라무트 산악 요새 주변을 여행했고, 그렇게 전설이 탄생했다.[22]

---

* 블레드(bled): 탁 트인 땅이나 사막을 뜻하며, 한국어판에서는 "광활한 사막"으로 옮겨져 있다.

** 에르그(erg): 모래언덕이 펼쳐져 있는 광활한 지역. 모래의 바다. —『듄』, 제국의 용어들

**좌측**: 말을 타고 전장으로 진격하는 신화적 영웅 하산 에 사바흐

**우측**: 아사신의 칼: 영국 국왕 에드워드 1세를 살해하려는 아사신의 모습을 그린 귀스타브 도레의 19세기 삽화

놀랍게도, 하산 에 사바흐는 폭력 없이 알라무트성을 점령한 것으로 알려져 있다. 전설에 따르면 그는 2년 넘게 묵묵히 현지인들을 한 명 한 명씩, 마을을 하나하나씩 개종시킨 뒤, 마침내 성에 자신의 추종자를 잠입시켜 성을 점령했다고 한다. 또 다른 기록에 따르면, 하산이 요새를 차지하기 위해 직접 거액의 돈을 지불했거나, 다른 사람이 지불하도록 만들었다고 전해진다. 하산은 알라무스 지역에 있는 모든 산맥의 요새와 성채를 잇고 학문, 문명, 지혜의 오아시스라고 불리던 니자리 이스마일 국가를 건국했다. 하지만 교육만으로는 나라를 통합할 수 없었다. 하산에게는 목숨을 불사하고서라도 명령을 수행할 전속 전사, 즉 피다이*가 필요했다.

여기서부터 사실과 전설이 손쓸 수 없이 엉켜버리고 만다. 하산은 니자리국에 통합되기를 거부하는 군 간부나 지주에게 비밀리에 심복을 파견해 암살을 시도한 것으로 알려져 있다. 그러는 편이 전면 전쟁을 벌이는 것보다 양측 모두 목숨이나 비용을 아낄 수 있다고 판단한 것이다. 당시 니자리 국민은 '아사신'으로 불리고 있었기 때문에, 정적을 살해하는 관행과 이를 수행하는 악명 높은 이들을 가리키는 용어가 혼용되기까지 그리 오래 걸리지 않았다.

그렇다면 마찬가지로 이 전설에서 유래한 것으로 알려진 하시시**는 어디서 등장하는 걸까? 마르코 폴로는 '어쌔신'이라는 단어가 '하시시'에서 유래했다고 주장한다. 또, 하산이 추종자들을 마약에 취하게 만든 뒤, 벽으로 둘러싸인 지상 낙원과 흡사한 정원에 이들을 데려가고 나서 자신만이 다시금 그곳으로 데려다줄 수 있다고 말했다고 한다. 이에 따라 전사들이 결속력을 다지기 위한 일종의 종교의식으로 마약을 피웠다는 믿음이 생겨났다. 하지만 오늘날 일부 역사학자는 하시시라는 단어가 '하층민'을 뜻했고, 실제로는 니자리인들을 모욕하기 위해 적들이 사용했던 용어에 가까웠다며, 오늘날 마약을 가리키는 단어와는 아무런 연관성이 없다고 주장한다.[23]

---

* 피다이(fidā'i) 혹은 페다인(fedayeen): 뜻을 이루기 위해 자기희생도 불사하는 전사들을 일컫는 아랍어다.

** 하시시(hashish): 대마초를 뜻하는 아랍어다.

전설과 역사가 얼마나 복잡하게 얽혀있든, 하산 에 사바흐의 전설이 프랭크 허버트의 상상력을 자극했음은 분명하다. 아사신단에는 종교 전사로 구성된 비밀결사가 존재하는데, 이들은 정신에 영향을 주는 물질을 사용해 결속을 다지고, 머나먼 곳에서 온 신과 유사한 지도자를 열렬히 추앙한다. 또, 이들은 자신의 지도자가 깨달음이라는 선물을 선사하고 지상에 새로운 낙원을 건설하리라고 믿는다. 허버트가 『듄』을 집필할 당시에는 오스트리아 역사학자 요제프 폰 하머푸르크시탈의 미심쩍은 『아사신의 역사』[24]와 슬로베니아 작가 블라디미르 바르톨의 소설 『알라무트』[25] 등을 통해 하시신을 둘러싼 신화를 어렵지 않게 접할 수 있었다. 그중에는 평생 하시신에 매료되어 있었던 윌리엄 S. 버로스의 작품들도 있었고, 특히 버로스가 1960년에 쓴 시 「하산 사바흐의 유언」은 역사에 길이 남을 다음과 같은 구절을 탄생시켰다.

**"그리고 너희, 어떤 뒷간에서 완성된 더러운 거래의 배후에 있는 권력자들. 자신의 것이 아닌 것을 취하고, 자기 아들들을 영원히 팔아넘긴 자들!
아직 태어나지 않은 발들이 밟을 땅을
영원히 팔아넘긴 자들은 내 말을 들어라."**[26]

니자리국은 하산 에 사바흐가 사망한 뒤에도 지속되었고, 아사신단의 악명도 갈수록 높아져만 갔다. 이후 수 세기 동안 아사신단은 각 지역 에미르와 술탄* 살해 혐의부터 시작해, 1192년 예루살렘의 왕 몬페라토의 콘라드를 포함한 유럽 십자군 살해 혐의에 이르기까지, 수없이 많은 살해 혐의를 받게 된다. 하지만 13세기 말, 니자리국은 쿠빌라이 칸이 이끄는 몽골의 침략자들에게 정복당했고, 하산 에 사바흐의 이름은 그렇게 전설로 남았다.

프레멘에게 영향을 준 것은 아랍 문화만이 아니다. 프랭크 허버트는 14살 때, 벌리 근처의 야생에서 헨리 마틴이라는 사내를 만났다. 그는 그 지역의 토착 부족이자 퀼리우트(Quileute)라고 불리는 아메리카 원주민 부족에 속한 호(Hoh)족의 일원이었다. 허버트의 아들 브라이언에 따르면, 어린 허버트는 '인디언 헨리'라고 부르곤 했던 그 남자와 "금세 친구가 되었"고, 허버트보다 훨씬 나이가 많았던 헨리는 "발로 물고기를 잡는 방법, 생선을 삶는 방법, 숲속에서 식용 식물과 약용 식물을 구분하는 방법"[27]과 같은 부족의 지식을 허버트에게 전수했다. 이 '우정'에 관한 진실은 알 수 없지만, 부족 장로가 소년을 보살피는 이미지는 『듄』의 중심에 자리한다. 15살의 폴 아트레이데스가 멘토인 스틸가의 슬하에서 프레멘의 방식을 배운다는 설정이 바로 그것이다. 헨리와의 만남은 허버트의 1972년 작 소설 『소울 캐처』에도 영향을 미쳤다. 아메리카 원주민 남성이 유망한 백인 정치인의 13살짜리 아들과 친구가 된 뒤 혁명 활동의 일환으로 아이를 납치한다는 내용은 그렇게 탄생했다.

* 에미르(emir)와 술탄(sultan): 에미르는 '사령관'이라는 뜻의 아랍어로, 특정 단체의 우두머리를 일컫는다. 주로 왕족과 귀족을 지칭하는 경우가 많으며, 에미르가 통치하는 국가를 에미레이트라고 한다. 술탄은 '권력' 혹은 '지도자'를 뜻하는 아랍어로, 통치자의 호칭으로 쓰인다. 본래 세속적 왕과 달리 보다 종교적인 의미가 짙은 호칭이었으나, 시대에 따라 그 쓰임이 달라졌다.

> “폴은 다시 스틸가 앞에 섰다. 스틸가가 말했다.
> “이제 넌 이찬 베드윈, 우리 형제들 중의 하나다.””
>
> — 프랭크 허버트, 『듄』[28]

퀼리우트족은 유럽 정착민이 발을 들이기 전부터 현재의 워싱턴 지역에 거주하고 있었다. 조선 기술과 낚시 실력이 뛰어났던 이들은 다른 부족민을 노예로 삼기도 했고, 토종 나무로 도구를 만들었으며, 모피를 얻기 위해 개를 길렀다. 실제로 퀼리우트족은 부족 신화에 따라 자신을 늑대의 후예로 칭한다. 여기서 영감을 얻은 스테파니 메이어는 『트와일라잇』 시리즈에 퀼리우트를 늑대인간 부족으로 등장시키기도 했다.

퀼리우트족과 유럽 침략자들은 18세기 후반에 처음 조우한 것으로 추정된다. 기록에 따르면 스페인 선원과 현지 부족은 서로 평화롭게 거래하기도 했지만, 종종 전투가 발생하기도 했다. 그러다 이들은 1855년에 이르러 정식으로 법적 관계를 맺었다. 적어도 당시 관습에 따르면 합법적인 관계였다. 침략자들에게 설득당해 올림피아 조약에 서명한 퀼리우트족은 부족의 드넓은 땅을 미국 정부에 양도하고 자신들은 워싱턴 포크스 근처의 라 푸시 보호구역에 거주하는 데 합의했다.[29]

유년기 대부분을 라 푸시에서 보낸 헨리 마틴과 마찬가지로, 허버트에게 커다란 영향을 미친 또 다른 인물이자 절친한 친구인 환경운동가 하워드 핸슨(Howard Hansen)도 라 푸시에서 나고 자랐다. 핸슨은 퀼리우트족의 정식 부족원은 아니었지만, 퀼리우트족에 공식적으로 입양되어 컸다(핸슨의 친부모님에 관해서는 알려진 바가 거의 없다). 핸슨은 전쟁 직후 시애틀에서 개최된 한 피아노 연주회에서 프랭크 허버트를 만났고, 두 사람의 우정은 오래도록 이어졌다. 핸슨은 허버트와 베벌리의 결혼식에서 들러리를 서 주었고, 허버트의 첫째 아들인 브라이언의 대부가 되어주었다. 허버트는 처음부터 생태학적 아이디어에 매진했던 것은 아니고 심지어 한때 보수 진영의 상원 의원이나 벌목 관련 이권 집단과 함께 일한 적도 있으나, 환경에 관한 핸슨의 가치관은 성장 과정에서부터 훨씬 굳건하게 형성된 것이었다. 전해지는 말에 따르면 핸슨은 허버트에게 “백인들이 지구를 갉아먹고 있다.”고 말했고, 허버트는 주위를 쓱 둘러보는 것만으로도 친구의 말이 사실이라는 것을 깨달을 수 있었다.[30] 실로, 환경 보호와 생태학에 헌신하는 프레멘의 태도는 아랍 문화권보다는 아메리카 원주민들이 지닌 자연 중심적 신념과 닮은 점이 더 많다.

하지만 허버트는 핸슨과 퀼리우트족에게서 생태학적 관점 그 이상을 배웠다. 퀼리우트족은 직접 만든 작은 배를 타고 주기적으로 워싱턴 해안으로 나가 고래를 사냥하곤 했는데, 이 놀라운 용기는 프레멘이 갈고리 모양의 ‘창조자 작살’을 사용해 사막의 거대한 ‘고래’인 샤이 훌루드를 사로잡는 방식과 흡사하다. 하지만 프랭크 허버트와 선주민 간의 관계를 다룬 대니얼 임머바르의 에세이 「퀼리우트족과 『듄』」에 나와 있듯, 가장 중요한 점은 허버트가 동시대인들과 상당히 다른 관점으로 유럽인 정착민과 선주민 간의 관계를 바라보는 방법을 마틴과 핸슨에게서 배웠다는 점이다. 당시는 카우보이와 인디언,

**좌측**: 어린 현자: 데이비드 허드슨은 11세의 어린 나이로 퀼리우트 부족의 족장으로 임명되었다

**우측**: 프랭크 허버트의 1979년 판 『소울 캐처』

The terrifying novel of the Spirit World
by the bestselling author of DUNE
FRANK HERBERT
SOUL
CATCHER
A BERKLEY BOOK

QUILEUTE
TRIBAL SCHOOL

THE QUILEUTE TRIBE WELCOMES YOU TO
LaPush
Lonesome Creek
STORE
Oceanside
RESORT
& RV PARK
RIVERS EDGE
RESTAURANT
MARINA

INDIANS
WELCOME
UNITED
PROPERTY

존 웨인과 존 포드, 클리블랜드 인디언, 애틀랜타 브레이브스, 워싱턴 레드스킨스의 시대였던 것이다.

허버트는 제국주의 침략자들에 맞서 고군분투하는 부족민들에 대한 존경을 소설에 담아냄으로써 시대를 앞서 나가는 작가가 되었고, 1960년대 후반에는 이러한 점으로 인해『듄』이 뜻밖의 동시대성을 획득하게 된다. 시민권 쟁취 투쟁을 벌이던 아메리카 원주민이 1969년부터 1971년까지 19개월 동안 앨커트래즈섬을 점령하면서 그 투쟁이 정점에 다다른 시기에 마침『듄』이 처음으로 엄청난 대중적 관심을 받게 된 것이다. 또 1970년 3월, 인디언부족연합원들이 허버트의 집과 가까운 시애틀 포트 로튼을 점령하며 시위를 벌였을 때, 허버트는 이에 주목해 운동의 지도자 중 한 명인 밥 사티아쿰[31]을 호의적으로 소개한 글을《시애틀 포스트 인텔리전서》에 싣기도 했다.

『듄』의 후반부에서는 프레멘과 아메리카 원주민 선조들 사이의 연관성이 더욱 복잡해진다. 후반부에서 아라키스 전사들은 사막과의 연결성을 잃게 되면서 삶의 목적도 잃고, 아무런 의미도 이해하지 못한 채 그저 고대 의식을 수행할 뿐인 '박물관 프레멘'으로 전락한다. 이러한 대목에 시혜적 태도가 서려 있다는 비판을 못 본 체하고 넘어가기는 어렵겠지만, 적어도 수많은 아메리카 원주민이 땅을 빼앗긴 뒤 마주해야만 했던 비극을 담아내고자 애쓴 허버트의 선의를 엿볼 수는 있다.

현재 퀼리우트족은 위태로운 처지에 놓여 있다. 기후 변화로 인해 거주 구역이 더욱 습해져 끔찍한 홍수가 발생하고 있고,[32] 퀼리우트족 고유 언어를 사용하던 마지막 원어민이 1999년에 사망한 것과 더불어, 지난 2세기 동안 부족 문화와 종교에 관한 수많은 지식이 소실됐다. 하지만 퀼리우트족 학교에서 퀼리우트어를 가르치고, 퀼리우트어로 된 오디오북을 제공하는 등, 이 멸종 언어를 다시 소생하기 위한 노력이 현재 진행 중이다. 프랭크 허버트의 삶과 작품에 미친 아메리카 원주민의 엄청난 영향력과 현재도 계속되고 있는 그 반향에 대한 기념비로서 언젠가 퀼리우트어판『듄』이 출간될지도 모를 일이다.

**상단 좌측**: 워싱턴 라 푸시 소재의 퀼리우트족 학교

**상단 우측**: 방문자를 환영하는 라 푸시의 퀼리우트 센터 표지판

**하단**: 1969년, 캘리포니아의 앨커트래즈섬을 점령한 아메리카 원주민 활동가들

3장

# 스파이스

스파이스 멜란지는 『듄』 세계관에서 가장 귀중한 상품이다. 아라키스 행성에서만 채취되는 스파이스는 거대한 토착 모래벌레의 생애 주기에 따라 생산되는 부산물로, 사용자에게 얼마간의 예지력을 부여하는 성질을 지니고 있어 우주 조합의 성간 항법사들이 아득히 먼 거리를 안전하게 항해할 수 있게 해주는 데 무척 중요한 물질이다. 극도로 비싸고 중독성이 매우 강한 스파이스 멜란지는 베네 게세리트의 의식을 확장하는 절차에도 사용되며, 랜드스라드의 귀족 가문들은 '노화 방지' 혹은 생명 연장 효과를 누리기 위해 스파이스를 비축해두고 사용한다.

# "인간의 무의식 깊은 곳에는 이해 가능한 논리적 우주에 대한 욕구가 배어 있다. 그러나 현실 속의 우주는 항상 논리에서 한 발짝 벗어나 있다."

— 무앗딥 어록 중, 『듄』[1]

스파이스는 아라키스의 모든 것에 배어 있다. 모래에서 채취되어 사막 바람이 실어 나르는 스파이스는 프레멘의 식생활에 빼놓을 수 없다. 또, 스파이스는 계피의 향과 맛이 나는 것으로 묘사되어 있는데, 이는 달고 짠 음식에 공통적으로 계피를 사용하는 아랍 세계와의 또 다른 연관성이 드러나는 부분이다. 하지만 스파이스 멜란지는 먹을 때마다 조금씩 다른 맛이 나기에, 계피보다는 그 맛을 유추하기 어렵다. 이러한 특징은 유에 박사가 제시카에게 "스파이스는 인생과 같죠. 먹을 때마다 다른 얼굴을 내보인다는 점에서요."[2]라고 말하는 대목에서 잘 드러난다.

스파이스의 은유적 의미 또한 마찬가지로 모호하다. 그나마 가장 선명하게 드러나는 지점은 제국에서 스파이스가 지니는 위상이 오늘날 해외 석유에 의존하는 우리의 모습을 반영한다는 점이다. 석유는 사막에서 채굴되며 현실의 제국주의 국가들이 서로 차지하기 위해 싸우는 대상인 동시에 이동 수단을 가동하는 데 무척 중요하듯, 스파이스 또한 우주를 여행하는 데 핵심적인 물질이다. 그래서 아라키스는 은하계 외교의 요지라고 할 수 있다. 제국에서는 스파이스를 포함한 모든 상품의 거래를 '초암'이 관장한다. 초암은 황제와 귀족 가문들이 운영하는 공사로, OPEC 또는 석유수출국기구로 불리는 실제 기구로부터 영감을 받아 탄생했다. 이러한 두 조직의 유사성은 초암 사에 할애된 장에서 다시 언급할 것이다. 이번 장에서는 스파이스 그 자체, 그러니까 『듄』의 서사 속 스파이스의 용도가 무엇인지, 허버트의 세계관에서 스파이스가 영웅과 악당에게 미치는 영향이 무엇인지에 집중해보자.

프랭크 허버트가 『듄』을 집필하던 1960년대 초반에는 LSD 혹은 애시드로 알려진 리세르그산 디에틸아미드라는 약물이 그리 널리 보급되지 않은 상태였다. 1938년에 스위스의 화학자 알버트 호프만이 합성한 이 약물은 민중의 의식에 스며드는 데 꽤 시간이 걸렸다. LSD는 1960년대 초반부터 종종 오락용으로 사용되기도 했지만, 『듄』 1권 출간 2년 후인 1967년이 되어서야 심리학자이자 '애시드 구루'인 티모시 리어리(Timothy Leary)가 '영적 발견을 위한 연맹(League for Spiritual Discovery, LSD)'을 설립했고, 본격적으로 사이키델릭 혁명이 시작됐다.

하지만 향정신성 약물과 환각제는 낯선 것이 아니었다. 이미 몇 세기 동안 메스칼 콩, 실로시빈, '마법' 버섯이나 페요테 선인장에서 추출한 동명의 천연 약물 페요테를 사용해 온 집단이 있었다. 바로 프랭크 허버트가 많은 영감을 받았던 아메리카 원주민을 비롯한 여러 선주민 부족이다. 이들은 이 환각 물질을 종교의식에 사용해왔다. 이와 비슷하게, 프레멘도 스파이스에서 생성된 생명의 물, 혹은 주술사 대모의 몸을 거쳐 화학적으로 '변형된' 생명의 물을 사용해 '시에치 잔치'를 시작한다. 시에치 잔치란, 챠니가 폴에게 "우린 모두 함께 있는 거야. 우린…… 함께 나누는 거야. 난…… 다른 사람들이 함께 있는 걸 느낄 수 있어."[3]라고 말하는 장면을 통해 그 모습을 짐작해볼 수 있다.

**상단**: 사막의 모래 속에서 반짝이는 스파이스, 2021년 영화 「듄」의 한 장면

**하단**: 선주민들은 수 세기 동안 실로시빈 또는 '마법' 버섯과 같은 천연 환각제를 사용했다

1960년대의 히피와 영적 탐구자들에게 LSD나 페요테 같은 향정신성 약물은 적어도 초기에는 스파이스와 동일한 역할, 즉 단체로 복용해 커다란 통일감과 일체감을 끌어내는 역할을 했다. 이러한 점에서도 『듄』이 사람들 앞에 나타난 시기는 정확했다. 반제국주의자들의 저항에 동조하는 이 책이 급진적 반체제주의자들의 입맛에 맞았듯, 약물이 발생시키는 환각 효과에 관한 묘사가 담긴 이 소설은 '반문화'로 불리는 현상에 커다란 호소력을 발휘했다.

허버트가 소설의 이러한 측면을 기꺼이 받아들인 것만은 아니다. 그는 "마약이 해답이라고 생각하지 않습니다. (…) 마약에 의존하게 된 사람들은 정신을 잃기 시작하죠."[4]라고 말했다. 하지만 작가는 환각제를 복용한 적이 딱 두 번 있다고 시인하기도 했는데, 두 번 다 1953년에 멕시코로 여행을 떠났을 때 우연히 일어난 일이었다. 처음에는 대마가 첨가된 과자를 무심코 먹었고, 두 번째에는 나팔꽃 씨앗으로 만든 음료를 마셨다고 했다.[5] 허버트가 더 강력한 마약을 시도했다는 확실한 증거는 없지만, 저명한 균류학자이자, SF 커뮤니티에서는 「스타 트렉: 디스커버리」 속 동명의 과학자가 탄생하는 데 영감을 준 것으로 유명한 폴 스타메츠(Paul Stamets)는 다른 주장을 펼쳤다. 스타메츠는 허버트와 함께 환각제에 관한 얘기를 나눈 적 있다면서, 프레멘의 "온통 새파란" 눈은 실로시빈 버섯의 푸르스름한 색에서 따온 것일 뿐만 아니라, "허버트의 상상력은 마약 버섯을 사용해 본 경험에서 발휘된 것"[6]이라고 허버트가 인정했다고 썼다.

이러한 주장의 진위는 확인할 수 없지만, 허버트가 실제로 향정신성 약물을 많이 써 보지 않았을지라도 환각 상태에 대한 놀랍도록 정교한 묘사를 『듄』의 여러 구절에서 찾아볼 수 있다. 그는 생명의 물을 마신 제시카에 대해 "독이 든 그 약이 그녀를 변화시킨 것이다. (…) 그녀는 자신의 인생이 패턴을 만들어가는 속도가 느려지고, 그녀를 둘러싸고 있는 모든 인생의 속도는 빨라"[7]지는 것처럼 느꼈다고 묘사한다. 폴이 그 물을 마시는 장면에서 울림은 더욱 강렬해진다. 아들의 의식을 들여다본 제시카는 "그곳에서는 바람이 불고 불꽃이 번쩍였다. 빛의 고리들이 팽창했다가 수축했다. 잔뜩 부풀어 오른 하얀 형체들이 그 빛의 위아래, 사방에서 줄을 지어 흘러다녔다. 빛의 고리들을 그렇게 움직이고 있는 것은 어둠과 갑작스레 불어온 바람이었다."[8]라고 말한다. 허버트의 이러한 글을 읽은 수많은 사람은 분명 '기이하다'고 말할 것이다.

**온통 새파란 눈**: 2021년 영화 「듄」 속 챠니(젠데이아)의 모습에서 볼 수 있듯, 프레멘의 독특한 눈 색깔은 스파이스에 장시간 노출된 결과다

프랭크 허버트는 반문화, 특히 리어리와 또 다른 관심사도 공유했다. 이들은 인간 정신이 지닌 미지의 가능성과 집단의식의 확장에 매료되어 있었다. 마약의 인기는 날이 갈수록 치솟았고, 1950년대 후반부터 과학계 주변부에서는 이 약물의 장기적 효과를 둘러싼 활발한 논의가 펼쳐졌다. 아마추어 균류학자 고든 R. 왓슨이 1957년 《라이프》에 기고한 「마약 버섯을 찾아서」와 같은 글들은 환각성 버섯이 뇌 속에 연결 통로를 내어 인류를 위한 새로운 길을 제시할 수 있을지에 관해 논의했다.[9]

허버트는 스파이스를 통해 이와 같은 아이디어를 탐구했다. 스파이스는 과거를 열어젖히고 유전적 기억의 거대한 저장고를 향한 창을 낼 수 있는 능력을 베네 게세리트의 대모에게 선사할 뿐만 아니라, 장기 복용자는 초감각 지각(extra-sensory perception, ESP)*을 경험하기도 한다. ESP는 사람의 마음을 읽고 미래를 보는 능력으로, 프랭크 허버트의 또 다른 주요 관심사다.

---

* 초감각 지각(ESP): 물리적 감각이 아니라 정신적 감지를 통해 정보를 얻는 초능력의 한 분류로, 텔레파시, 사이코메트리, 투시, 예지 등의 능력이 여기에 포함된다.

# “희망은 관찰을 흐리게 만든다.”

— 베네 게세리트의 격언, 『듄』[10]

허버트는 젊은 시절, 많은 미국인과 마찬가지로 심령 체험 및 현상에 관한 과학 연구 혹은 초심리학의 창시자인 조지프 뱅크스 라인(Joseph Banks Rhine)의 실험에 큰 흥미를 느꼈다. 1895년, 펜실베이니아에서 태어난 라인은 신앙인인 동시에 회의론자였다. 라인이 유명 영매 미나 크랜든을 두고 사기꾼이라고 주장하자, 그 유명한 『셜록 홈즈』의 작가이자 열렬한 심령론자였던 아서 코난 도일은 《보스턴》에 “J. B. 라인은 멍청이다.”[11]라는 글을 싣기도 했다.

하지만 1930년대에 라인은 ESP의 존재를 증명할 강력한 과학적 증거를 발견했다고 주장하고 나섰다. 라인은 동료인 칼 제너(Karl Zener)와 함께 고안해낸 기호 카드를 사용해 과학자가 피험자의 마음에 어떤 이미지를 ‘투사’하는 테스트를 개발했다. 전기 충격이 없다는 점만 빼면, 「고스트버스터즈」의 오프닝 신에서 빌 머레이가 실시하는 것과 동일한 바로 그 테스트다. 테스트 참가자 중 일부의 점수가 평균보다 월등하게 높게 나오자, 라인은 그 결과를 1934년에 출간된 『초감각 지각』에 실었는데, 이 책은 뜻밖에도 베스트셀러가 된다.[12] 이후 몇 년 동안 수천 명의 아마추어 초심리학자들이 라인의 실험을 반복했지만, 과학계는 여전히 의심의 눈초리를 거두지 못했다. 1936년, 프린스턴대학에서 136명의 피험자를 대상으로 2만 5000번 이상 실험을 시행한 어느 연구는 “‘평범한 사람’, 또는 조사한 집단의 평균, 또는 해당 집단의 그 어떤 개인에게서도 초감각 지각의 증거는 찾을 수 없었다.”라고 일갈했다.[13]

열렬한 ESP 신봉자였던 젊은 시절의 프랭크 허버트는 어느 날 밤, 잘 섞인 52장의 카드 덱을 가지고 패티라는 이름의 여성에게 자기가 개발한 버전의 라인 실험을 감행했다. 허버트는 데이트 상대가 차례로 쳐다본 카드를 모조리 맞혔다. 그랬더니 “패티가 갑자기 ‘무서워! 더는 안 하고 싶어!’라고 말하곤 카드를 벽난로에 집어 던졌다.”[14]고 한다. 훗날 허버트는 “패티의 눈에 비친 ‘카드의 반사상’이나 그와 비슷한 것을 봤을 수도 있다.”[15]며, ESP가 아닌 다른 요인으로 추측이 들어맞았을 가능성도 열어두었다.
하지만 그 사건으로 허버트는 고도로 발달한 정신력이라는 주제에 심취하게 되었으며, 평생을 이어진 이 관심사는 폴 아트레이데스라는 예언자 캐릭터를 통해 활짝 만개한다.

그러나 폴의 능력은 독심술이 아니라 예지력이다. 미래를 내다보는 능력, 천지개벽 이래로 예언가, 신비가, 사기꾼들이 지녔다고 주장해온 바로 그 능력 말이다. 허버트가 『듄』에서 상상하고자 했던 것은 살아 있는 예언자, 진정으로 미래를 볼 수 있는 능력이 있는 자에게 진짜로 어떤 일이 일어나는지였다. 그러니까 “완전한 예언과 그 위험성에 대한 고찰”[16]을 시도한 것이다.

**상단**: 애시드 구루: 1967년, 샌프란시스코의 ‘휴먼 비-인(Human Be-In)’ 축제에서 티모시 리어리가 대중에게 연설하는 모습

**하단 좌측**: ESP에 대한 믿음으로 1934년에 『초감각 지각』을 쓴 J. B. 라인

**하단 우측**: 논란 많은 ESP 실험에서 라인이 사용한 것과 같은 제너 카드

상단: 물리학의 지각변동: 양자 이론의 선구자인 베르너 하이젠베르크

하단: 예지력이 무르익기 전인 폴 아트레이데스(티모시 샬라메)가 칼라단 행성에 있는 모습, 2021년 영화의 한 장면

상상의 끝에 도달한 곳은 그리 아름답지 못했다. 폴의 삶은 예언 능력 때문에 비참해졌다. 『듄』의 후반부 내내 폴은 수십억 명의 삶을 앗아갈 은하 전쟁이 다가온다는 걸, 자신이 그 겁화의 도화선에 불을 붙이리라는 걸 알고 있다. 하지만 폴에게는 그러한 일을 막아낼 힘이 없다. 운명의 수레바퀴는 이미 굴러가기 시작했고, 파괴는 이미 이루어졌기 때문이다. 이후 『듄의 메시아』에서 폴은 예지력 때문에 더욱 무력해진다. 더 이상 뜻밖의 일은 일어나지 않고, 지하드가 향하는 방향을 틀어보려는 노력은 아무런 결실을 얻지 못한다. 이처럼 영웅으로 그려졌던 1권의 인물이 괴물 혹은 끽해야 피해자로 변해버리자, 허버트의 첫 출판인이었던 조셉 M. 캠벨이 격분해 2권을 출간할 기회를 거절해버리고 만다.[17]

폴의 예언 능력은 퀴사츠 해더락으로 점지된 유전적 운명의 일부로서 천부적인 것이지만, 폴은 스파이스와의 접촉을 통해 능력이 만개한 뒤에야 변화하는 시간의 가능성들을 볼 수 있게 된다. 하지만 그러한 경지에 도달하려면 연습이 필요했다. 처음에 그의 예지는 종잡을 수 없었고, 눈앞에 그려지는 미래의 모습은 신뢰할 수 없었다. "예지력은 예지에 의해 드러나는 것들의 한계를 명료하게 만드는 빛이라는 것을 그는 깨달았다. 예지력은 정확성의 원천이자 의미심장한 실수의 원인이기도 했다. 하이젠베르크의 불확정성 원리와 같은 어떤 것이 개입했다."[18]

이 대목에서 허버트는 수많은 동시대 독자들이 익히 알고 있었을 또 다른 사상가의 이름을 언급했다.[19] 독일의 이론 물리학자 베르너 하이젠베르크는 1927년에 그 악명 높은 불확정성의 원리를 발표한 뒤 1932년에 "양자역학을 창시한 공로"를 인정받아 노벨상을 받았고, 『듄』이 출간되고 10년 남짓 지난 1976년에 세상을 떠났다. 양자역학은 아원자 수준에서 우주를 분석하는 복잡하고도 난해한 물리학의 한 분야로, 하이젠베르크는 동료인 볼프강 파울리와 영국 수학자 폴 디랙과 함께 양자역학의 기틀을 마련한 사상가였다.

양자역학이 발견되자 물리학계에 지각변동이 일어났다. 이유는 명확했다. 이제껏 통용되던 법칙들이 아원자 수준에서는 적용되지 않는다는 것이 하이젠베르크의 주장이었기 때문이다. 그는 한 강의에서 "물질의 가장 작은 단위는 일반적 의미에서의 물체가 아니다."라고 말했고, 이후 그 강의는 1958년에 『물리학과 철학: 현대 과학의 혁명』이라는 책으로 정리되어 출간된다. 책에서 그는 이렇게 주장했다. "그것은 수학적 언어로만 명확하게 표현할 수 있는 형태이자 관념이다."[20]

이 새로운 과학을 떠받치는 기둥 중 하나인 불확정성의 원리는 물리학자가 아니고서야 완벽하게 이해할 수 없겠지만, 대략적인 아이디어는 다음과 같다. 우주 속 입자의 위치와 속도를 측정할 때, 한 가지 요인에 대해 많이 알게 될수록 다른 요인에 대해서는 더 알 수 없어지기 때문에 두 가지 모두를 완벽한 정확도로 측정하기란 불가능하다. 이 법칙으로 인해 근본적으로 물리학은 식자들의 추측 작업으로 변했다. 이러한 사실은 동료 물리학자에게 보내는 편지에 "신은 우주와 주사위 놀이를 하지 않는다."[21]라는 유명한 말을 쓴 알베르트 아인슈타인을 포함한 전통적인 사상가들을 격분하게 했다.

허버트의 세계관 속에서 아들인 레토가 황제에 등극하기 전까지는 신에 가장 가까운 존재로 그려지는 폴 아트레이데스에게 하이젠베르크의 불확정성 원리는 물리적 입자가 아니라 시간의 구조에 적용된다. 즉, 폴이 미래에 대해 더 많이 알게 될수록 미래에 영향을 미치기란 어려워지고, 미래에 영향을 미치려고 노력할수록 미래를 예측하기란 어려워진다. 따라서 그는 자신의 재능이라는 덫에 갇혀버리고, 앞으로 일어날 일뿐만 아니라 과거와 더 넓은 현재를 볼 수 있게 예지력이 강해질수록, 그 힘은 폴을 파괴하기 시작한다. 결국, 폴은 이 예언의 덫에서 벗어날 유일한 방법이 죽음뿐임을 깨닫는다. 그렇게 우주의 황제이며 제국에서 가장 고귀한 가문의 아들이자 후계자인 그는 불명예스러운 최후를 맞이하고 만다.

# THE WORLDS OF DUNE

## 2부

## 칼라단

4장

# 아트레이데스 가문

스페인인 투우사 후안 벨몬테는
오늘날 사람들이 투우 하면 떠올리는
수많은 상징을 창안해 냈다

『듄』의 은하 제국은 경직되어 있고 획일적일지라도, 그 속의 귀족 가문들은 그렇지 않다. 잔혹한 사디스트 하코넨 가문부터 이들의 라이벌이자 칼라단을 모행성으로 둔 고결하고 존경받는 아트레이데스 가문에 이르기까지, 귀족 가문들의 규모, 부, 힘, 기질은 모두 각양각색이다.

## "난 약한 새들 사이에 군림하는 매처럼 눈과 발톱으로 다스려야 해."

— 레토 아트레이데스 공작, 『듄』[1]

'정의의 레토'로 불리는 아트레이데스 공작은 존중, 관용, 자기희생을 통해 백성들의 충성심을 얻은 인물이다. 아라키스에서의 모습에서 알 수 있듯, 레토에게 인간의 목숨은 억만금의 스파이스보다도 더 귀중하다. 하지만 레토의 첩인 제시카가 말하듯, "공작님은 사실 두 사람"의 모습을 지니고 있다. 공작에게는 자애롭고 인정 많은 모습도 있지만, "차갑고 냉담하고 이기적이고 (…) 겨울 바람처럼 냉혹하고 잔인"[2]한 모습도 공존한다. 그는 또한 정적과 황제, 그리고 운명이 쳐 놓은 덫에 꼼짝없이 갇혀버린 인물이기도 하다. 레토라는 인물의 영감을 어디서 얻었는지를 고려한다면 이는 당연한 결과다.

아트레이데스라는 이름은 트로이 전쟁의 영웅인 아가멤논의 성 '아트레우스'에서 따온 것이다.[3] 아가멤논은 경쟁심 많고, 의심 많은 전사들이 서로 아웅다웅하던 그리스군을 순전히 개인의 통솔력으로 규합해 트로이로 진격한 인물이다. 호메로스에 따르면, 아가멤논은 그리스 최고의 전사 중 한 명이었으며, 수백 명의 적을 죽인 전장의 '사자'였다. 레토 공작과 마찬가지로 아가멤논도 가문의 명예를 지키겠다는 충성심이 깊은 인물이었다. 그 결과, 남동생의 아내 헬레네가 트로이인에게 납치되었을 때 아가멤논은 다시 돌아오지 못하리라는 예감을 품은 채로 고향에서 아주 멀리 떨어진 전쟁터로 향해야 했다.

이와 동시에 아가멤논에게도 레토와 같은 무정한 면모가 있었다. 공작의 오만함이 황제와 하코넨 가문의 시기심과 분노를 불러왔듯, 아가멤논의 거만한 태도는 아킬레우스와의 갈등을 촉발해 그리스군 전체가 와해될 뻔했다. 아가멤논은 오디세우스가 그리스군에 합류하지 않으려고 하자 오디세우스의 갓 난 아들을 죽이겠다고 위협하거나, 충직한 부하인 팔라메데스가 반역죄를 저질렀다는 거짓 모함에 분노해 팔라메데스를 돌로 쳐 죽이고, 일부 신화에 따르면 심지어는 아르테미스 여신의 분노를 달래기 위해 자기 딸 이피게네이아마저 희생시키는 잔혹한 모습을 보인다. 아들을 사랑하고 걱정하는 레토 공작은 그 정도로 냉혹하지는 않지만, 두 사람 모두 어쩔 수 없이 타인이 보기에 무자비한 행동을 할 수밖에 없는 지도자의 자리에 앉아있다.

아트레이데스의 본거지이자 드넓은 바다가 펼쳐진 행성 '칼라단'의 이름도 고대 그리스의 도시 칼리돈에서 따 왔다.[4] 칼리돈은 에베누스 강둑에 자리한 도시로, 아르테미스 여신이 도시와 그 통치자를 벌하기 위해 사나운 칼리돈 멧돼지를 보냈던 곳이다. 하지만 아트레이데스 가문의 귀족들은 다른 짐승, 즉 강인한 살루사 황소에 맞서 자신의 기지를 시험해보곤 한다. 실제로 레토 공작의 아버지인 노공작은 황소의 뿔에 들이받혀 사망했으며, 그 황소의 머리는 쭉 칼라단 성에 걸려 있다가 아트레이데스가 아라킨으로 이주한 뒤에는 식당 벽에 걸리게 된다. 레토 공작은 존경과 두려움의 대상이었던 아버지를 떠올리고자, 뿔에 아버지의 피가 그대로 말라붙어 있는 황소 머리를 늘 곁에 둔다.

**상단 좌측**: 아가멤논의 가면으로 알려진 고대 유물, 1876년 미케네에서 발굴

**상단 우측**: 페테르 파울 루벤스가 그린 17세기의 명화「아킬레우스의 분노」, 아가멤논이 왕좌에서 분연히 일어나고 있다

**하단**: 피에르 비아르 2세가 그린 17세기 작품「이피게네이아의 희생」, 아가멤논 딸의 죽음을 묘사했다

**다음 페이지**: 1611~1612년경 페테르 파울 루벤스가 그린「칼리돈의 멧돼지 사냥」, 칼리돈에 나타난 신화 속 짐승의 모습이 담겨 있다

C. o touro colleu depoi lo ome boo
C. o touro se leyxou caer en tera tendudo come morto.
C. o touro se ergeu e depois nũca qs faz mal a nĩuu.

# "머리를 보니 이 황소는 정말 큰 놈이었나 봅니다."

— 샤도우트 메입스, 『듄』[5]

**상단**: 중세의 투우 장면을 묘사한 13세기 채색 삽화 「길이 든 사나운 황소」

**하단**: 1850년경 아돌프 루에르그, 에밀 루에르그가 후세의 투우 장면을 그린 「스페인 세비야에서의 투우」

투우 전통은 초기 지중해 문명으로까지 거슬러 올라간다. 투우는 현존하는 가장 오래된 문학 작품 중 하나인 메소포타미아의 시 「길가메시 서사시」에서 중요한 역할을 한다. 투우, 황소 뛰어넘기, 황소 희생식은 모두 이란, 크레타, 로마에서 수 세기 동안 행해진 일반적인 관행이지만, 오늘날 익숙한 투우의 전통이 확립된 것은 이베리아반도에서였다.[6]

봉건적 칼라단에서와 마찬가지로, 중세 스페인에서도 투우는 거의 놀이용 소를 키우고 훈련할 여유가 있는 부유층에게만 독점적으로 허용된 전통이었다. 투우 애호가로 알려진 역사 속 인물 중 가장 유명한 사람은 아마 프랑크족의 왕이자 이후 신성로마제국의 황제가 되어 8세기에 유럽 대륙 대부분을 통치한 샤를마뉴 대제일 것이다. 당시 투우는 기마 투우사가 창을 든 채로 말을 타고 소를 찌르는 마상 창 시합에 가까웠다. 훌륭한 투우사는 커다란 존경을 받았고, 그중에는 그 유명한 11세기 기사이자 스페인의 국가적 영웅인 엘 시드도 있었다.

소를 흥분시키는 데 사용하는 붉은 깃발인 물레타(muleta)와 십자가 모양의 칼자루가 달린 양손 검 에스토크(estoc)를 든 채, 말을 타지 않고 땅에 서서 소와 싸우는 형태가 확립된 것은 18세기에 들어서였다. 오늘날 투우 하면 떠오르는 의상이나 자세를 비롯한 수많은 전통은 20세기 초반이 되어서야 확립되었으며, 그중 대부분은 굳건히 서서 소가 접근하기를 기다리는 테크닉을 개발해 투우사의 전형이 된 후안 벨몬테(Juan Belmonte)로부터 탄생했다.

『듄』에서 투우는 자만심의 상징이자, 훨씬 막강하고 공격적인 적 앞에서도 굽히지 않고 굳건히 버티겠다는 공작의 결의를 상징한다. 하지만 노공작이 스릴 넘치는 투우 경기의 유혹을 참지 못해 목숨마저 저버렸듯, 레토 공작도 순전히 자신의 의지와 힘만으로 위험을 헤쳐나갈 수 있으리라 믿고, 하코넨이 놓은 덫임을 알고도 그 속으로 순순히 걸어 들어간다. 노공작과 마찬가지로, 이러한 레토 공작의 잘못된 믿음은 비극적 결과를 낳는다.

아트레이데스라는 이름은 그리스의 영향을 받았고, 투우라는 스포츠 전통은 스페인의 영향을 받았다면, 아트레이데스 가문을 둘러싼 건축물과 물리적 환경은 무척 다른 곳의 풍광을 연상케 한다. 돌로 지은 성과 폭풍이 휩쓸고 간 바다가 있는 칼라단 행성은 확실히 북유럽의 분위기가 느껴진다. 브라이언 허버트에 따르면 이는 프랭크 허버트가 좋아하는 작가 중 한 명인 윌리엄 셰익스피어의 영향을 나타낸다고 한다.

브라이언은 아버지인 프랭크 허버트의 삶을 다룬 전기 『듄의 몽상가』에서 "연회장과 어두컴컴한 복도가 있는 『듄』의 궁전들은 셰익스피어의 인물들이 고뇌하고 책략을 꾸미던 성들과 무척 유사한 분위기를 풍긴다."[7]라고 썼다. 그는 또한 『듄』의 귀족 가문들이 꾸미는 살인 음모와 이들 간의 반목을 셰익스피어의 역사극 속 궁정 음모와 왕위 계승을 놓고 벌어지는 분투에 비교한다. 『듄』에서는 하코넨 남작이 자랑스레 꾸미는 "계획 안에 또 계획이 있고, 그 안에 또 계획"[8]이 있는 상황이 등장한다면, 셰익스피어의 『리처드 3세』에는 비틀린 괴물 같은 악당의 권모술수에 의해 위풍당당한 왕조가 몰락하는 이야기가 담겨 있다.

셰익스피어의 영향은 『듄』의 첫 장에서부터 드러난다. 『로미오와 줄리엣』과 같은 희곡은 다음과 같이 앞으로 우리가 목격할 상황에 대해 미리 설명하며 각 막을 연다.

> "두 숙적 집안의 숙명적인 가랑이에서
> 별이 점지한 불행을 안은 한 쌍의 연인이 생명을 가져가네.
> 불운하고 가련한 파멸을 맞는 연인이여,
> 죽음으로 부모 간의 앙심을 묻는구나."[9]

**상단 좌측 및 하단**: 로렌스 올리비에가 감독하고 출연한 1948년 영화 「햄릿」 속 엘시노어의 동굴 같은 복도

**상단 우측**: 1793년경 헨리 푸젤리가 그린 「맥베스, 뱅코, 그리고 마녀」에서 셰익스피어의 영웅이 자신의 운명에 맞서는 모습

이와 마찬가지로, 『듄』도 각 장 앞머리에서 유에 박사의 배신이나 레토 공작의 죽음과 같이 아직 드러나지 않은 이야기를 독자에게 미리 귀띔한다. 또, 셰익스피어의 희곡에는 인물들이 자신의 속마음을 관객에게 드러내는 시적 독백이 등장하는데, 허버트도 이와 비슷한 기법을 사용해 독자에게 인물들의 의도, 의심, 희망, 두려움을 들려줌으로써 훨씬 풍부한 통찰을 제공한다.[10]

또 다른 궁정 암투극이자 복수극인 『햄릿』에 등장하는 인장 반지에서부터 『템페스트』의 폭풍과 마찬가지로 폴과 제시카를 문명 세계에서 미지의 영역으로 데려가는 폭풍에 이르기까지, 셰익스피어적 상징들은 허버트의 소설 전체에 걸쳐 여기저기 나타난다.

하지만 『듄』에 가장 큰 영향을 미친 셰익스피어의 희곡은 스코틀랜드를 배경으로 한 『맥베스』일 것이다. 두 작품 모두 거칠 것 없는 커다란 권력을 손에 쥔 인물들이 그 권력으로 인해 주위의 모든 것을 망치고, 대신 고통, 유혈, 죽음만이 남게 되는 이야기를 그리고 있다. 두 이야기에는 예언의 그림자가 짙게 드리워 있다. 폴이 아라키스에 등장하리라는 예언은 베네 게세리트 자매단이 심어둔 이야기에 담겨 있고, 맥베스가 왕위에 오르리라는 예언은 '마녀', '운명(weird)'*, '자매'라는 말들로 불리는 한 무리 여성들의 말에 담겨 있다. 또, 두 작품 모두 단명하는 던컨이라는 인물이 등장하고, 미래에 아무런 영향을 미칠 수 없다는 자신의 무능함과 존재의 허망함을 깨달은 영웅이 절망과 우울에 빠지는 모습이 묘사되어 있다.

---

* 운명(weird): 19세기까지 'weird'라는 단어는 '이상하다'는 뜻이 아니었다. 『맥베스』에 쓰인 'weird'라는 단어는 '운명'을 뜻하는 앵글로색슨족의 단어 'wyrd'에 가깝다. 따라서 이 세 마녀는 신화 속 운명의 세 여신을 상징한다고 할 수 있다.

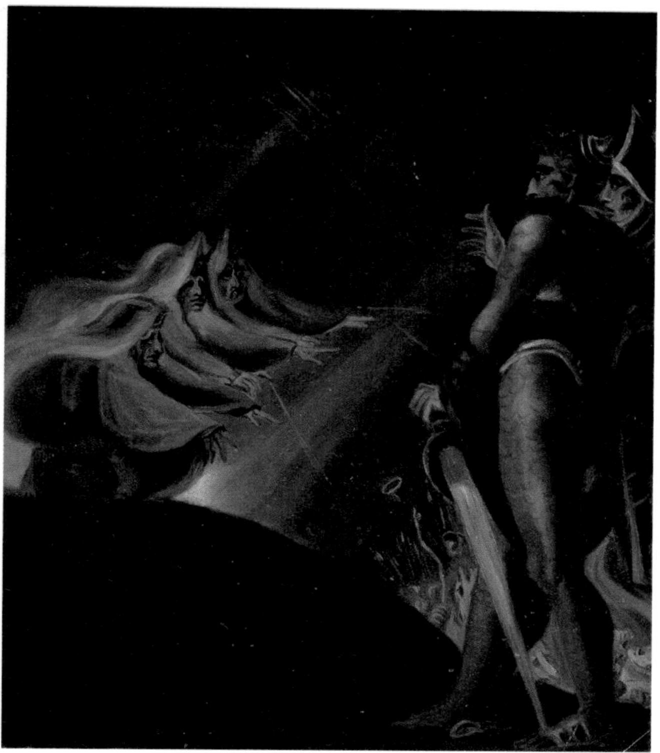

"인기가 좋은 사람은 권력자들의 질투심을
불러일으키게 마련이죠."

— 투피르 하와트, 『듄』[11]

아트레이데스 가문은 품위라는 중요한 자질을 지녔지만, 그렇다고 해서 이들이 무결한 영웅인 것은 아니다. 후에 프랭크 허버트는 "아트레이데스 가문이 '평민'을 대하는 태도는 적들의 그 오만한 태도와 같다는 사실을 망각해서는 안 된다."[12]는 점을 강조했다. 아트레이데스 가문의 외모나 관습이 본질적으로 유럽 혹은 미국의 것인 만큼, 아트레이데스 가문이 아라키스에 정착하는 것도 식민지 세력이 '현지의' 전초 기지를 통솔하는 상황과 비슷하다.

앞서 논의했듯, 허버트는 프레멘을 창조하는 데 아랍 문화와 아메리카 원주민 문화를 많이 참고했으며, 강력한 아트레이데스 가문과 이들의 '통치 대상'인 사막 부족민 간의 줄다리기는 유럽인 침략자와 중동 및 북아메리카 원주민 간의 역사적 관계와 매우 유사하다. 즉, 프레멘이 무슨 말을 하든, 무슨 행동을 하든 상관없이 아트레이데스 가문이 이들을 통치한다는 사실은 변하지 않는다. 이러한 지점은 2021년에 영화화된 「듄」의 오프닝에서 "이번에는 누가 우리를 억압하러 올까?"[13]라고 말하는 챠니의 보이스오버에서 명징하게 드러난다.

물론 이전 억압자 하코넨과 비교하자면 아트레이데스는 자애롭다고까지 할 수 있다. 아트레이데스 가문은 아라키스 사람들을 노예로 부리지 않고, 심심풀이로 프레멘을 학살하지도 않으며, 레토 공작은 스파이스의 금전적 가치보다 인간을 더 귀하게 여긴다. 아트레이데스 가문은 심지어 프레멘의 문화를 기꺼이 배우고자 한다. 공작은 프레멘의 시에치에 던컨 아이다호를 일종의 특사로 파견해 그곳에서 사막 생존 기술과 프레멘이 만든 사막복의 올바른 사용법, 그리고 프레멘의 관습들을 배우게 했다. 이처럼 아이다호가 프레멘의 중요한 관습들을 배워 온 덕에 레토 공작은 탁자에 침을 뱉는 스틸가의 행위가 모욕이 아닌 존경의 표시라는 점을 오해 없이 이해할 수 있었다.[14]

충직한 두 명의 고문 투피르 하와트(스티븐 맥킨리 핸더슨), 던컨 아이다호(제이슨 모모아)와 함께 있는 레토 아트레이데스 공작(오스카 아이작), 2021년 영화 「듄」

하지만 아트레이데스에게는 이 사막의 전사들을 자기편으로 끌어들여야 하는 이기적인 이유도 따로 있다. 아이다호 덕분에 레토 공작은 생각보다 훨씬 많은 수의 프레멘이 있을지도 모른다는 사실과 이들이 사납고도 노련한 전사들이라는 사실을 간파할 수 있게 됐다. 이에 따라 공작은 프레멘의 낯선 전통을 기꺼이 받아들이는 동시에, 프레멘을 스파이스 채취 노동자로, 하코넨에게 맞서 싸울 병사로, 심지어는 수가 틀릴 때를 대비해 사막에서 가족의 몸을 숨겨줄 수 있는 '뒷문'으로 이용하고자 한다.

물론 종내에는 폴이 '무앗딥'이라는 프레멘식 이름을 사용하고 '사막의 힘'이 무앗딥의 이름으로 승리할 수 있게 길을 열어줌으로써 자신을 프레멘에게 내어준다. 하지만 레토 공작과 그 가신들에게 프레멘은 함께해야 할 부족이라기보다는 사용해야 할 도구에 가까웠다. 이러한 관점은 검술 대가 거니 할렉의 말에 정확히 드러난다. "그들은 어떤 사람이 원주민들과 지나치게 동화되었다는 뜻으로 '스파이스 붓의 터치'라는 표현을 썼다. 그리고 그 말 속에는 항상 그런 사람을 믿어서는 안 된다는 암시가 포함되어 있었다."[15]

이러한 관계는 프랭크 허버트가 제국주의 세력을 묘사하는 방식에서 드러나는 흥미로운 모순을 보여준다. 확실히 작가는 피억압자의 고난에 동정심을 표한다. 하지만 그는 공화당 상원 의원, 벌목업 로비 단체와 함께 일한 적 있는 유럽계 백인 미국인이기도 하다.[16] 그러니 제국군에 맞서 싸우는 프레멘의 분투는 단순히 책장 위에서 펼쳐지는 전투일 뿐만 아니라, 허버트 자신의 마음과 영혼 속에서 벌어지는 전투를 상징한다고 할 수 있다. 그렇다면 그러한 갈등은 SF 소설사상 가장 복잡하고 문제적인 영웅인 『듄』의 핵심 인물을 통해 가장 탁월하게 드러날 것이다.

5장

# 폴 무앗딥

사막 의복을 갖춰 입은 군인이자
외교관인 T. E. 로렌스, 사실 로렌스는
낙타를 싫어한다

『듄』에서 행성 생태학자 리에트 카인즈는 사막에서 죽어가던 중, 아버지인 파도트 카인즈의 환영을 본다. 파도트 카인즈는 아라키스의 사막을 녹지화하는 계획을 개시한 제국의 과학자였다. 일순간 의식이 "놀라울 정도로 명료해"진 리에트 카인즈는 아버지의 목소리를 듣기 시작한다. 파도트의 음성은 『듄』 시리즈에서 가장 중요하다고 봐도 무방할 말을 전한다. "너의 동족들이 영웅의 손에 떨어지는 것보다 더 끔찍한 재앙은 없다."[1]

프랭크 허버트가 맨 처음 『듄』을 통해 탐구하고자 했던 것 중 하나는 종교적 지도자에 관한 신화였다. 허버트는 《환경운동가》를 통해 "인간이 지도자를 따르는 이유"를 들여다보면서 "인간 사회에 내재한 메시아를 향한 욕구를 파헤치는 책을 쓰고 싶었다."라고 밝혔다. 그리고 그러한 글을 쓰고 싶었던 이유는 "내 생각엔 (…) 이들에게는 건강에 해롭다는 경고 문구가 붙어 있어야 할 것만 같기 때문"[2]이라고 말했다. 메시아가 어떻게, 그리고 왜 출현하는지에 관한 물음을 탐구하기 위해 허버트는 "비교 종교학, 심리학, 정신분석학을 공부했고, 역사, 언어학, 경제학, 정치학, 철학의 당대 최신 이론들을 탐독"[3]했다.

억압받는 프레멘들에게 폴 아트레이데스의 등장은 유구한 시간 동안 진심으로 올렸던 기도에 대한 응답이었을 것이다. 무앗딥의 관점에서 보자면 메시아로 추앙받는 일은 일생의 운명이 실현되는 것이자, 정당하고 신성한 권력을 손에 넣는 것이다. 또, 아라키스 행성에게 폴의 도래는 메마른 사막 세계를 풍요로운 녹지대 낙원으로 빠르게 바꾸어 줄 궁극의 축복이다. 하지만 『듄』의 현실은 그리 녹록지 않다.

프레멘 추종자들은 폴 아트레이데스를 먼 곳에서 와 아라키스를 바꿔놓을 예언된 지도자라고 보고 '마디(Mahdi)'라고 부른다. 다른 많은 단어와 마찬가지로, 마디 또한 '인도된 자'라는 뜻의 아랍어로, 종말이 임박한 때에 등장해 세계가 결딴나기 전에 진정한 종교를 회복하는 영적 지도자를 일컫는다. 수 세기 동안 수많은 이슬람 지도자들이 마디로 불렸고, 그중 한 명은 폴 아트레이데스의 탄생에 직접적인 영향을 주기도 했다.[4]

오스만과 이집트가 통치하던 1844년, 수단에서 태어난 무함마드 아마드(Muhammad Ahmad), 혹은 무함마드 아마드 빈 압드 알라(Muhammad Ahmad bin Abd Allah)는 젊은 시절, 가업인 조선 사업을 물려받지 않고 수니파 교리를 공부하는 데 삶을 바쳤다. 무함마드 아마드는 나중에 시크(sheikh)*라는 직함을 얻고, 수피즘으로 알려진 영적이고 금욕적인 이슬람 분파의 한 갈래인 사마니야 교단의 지도자가 된다. 추종 세력이 불어난 아마드는 1881년, 오랜 예언 속 마디가 자신이라고 선언하고 나섰다. 이미 많은 학자가 사마니야 교단에서 마디가 탄생하리라고 믿고 있던 때였다. 현지의 모든 종교 권위자가 아마드의 주장을 지지한 건 아니었지만, 수단의 수도 하르툼에 있는 정부를 실질적으로 위협할 만큼 많은 이들이 아마드의 편에 결집했다. 총독은 아마드를 매수하기 위해 편지를 썼고, 자칭 마디는 이렇게 답장을 썼다. "나를 믿지 않는 자는 칼로써 정화되리."[5]

이후 무함마드 아마드는 무슬림과 비무슬림 부족을 규합해 공통의 압제자에 대항했고, 혁명은 들불처럼 수단 전역으로 퍼졌다. 1883년, 마디주의자 전사들이 중무장한 이집트 군대를 제압하고 이들의 신식 무기인 소총과 총알을 빼앗아 차지했다. 그 무렵 이 혁명과 무관하게 이집트에서 벌어진 어느 봉기 이후, 하르툼 정부는 찰스 고든(Charles Gordon) 장군 휘하의 영국군으로 대체되었지만, 마디주의자들을 대하는 영국군의 태도는 이전의 하르툼 정부와 다를 바가 없었다(프레멘과 그 억압자들에 관한 챠니의 말은 이 상황에서도 다시 한번 들어맞는 듯하다). 이후 마디군을 진압하기 위해 4000명의 영국 병사가 파견되었고, 초반에는 진압에 성공한 듯 보였으나, 머지않아 퇴각해야 하는 신세로 전락했다.

고든은 1884년에 하르툼을 손에 넣었으나, 이미 때는 너무 늦었다. 마디군이 병참선을 끊어버리자 고든은 카이로에 사자를 보내 지원군을 요청했다. 하지만 무함마드 아마드의 군대는 포위망을 더욱 옥죄어 왔고, 4월에는 수도 하르툼을 포위해버렸다. 영국은 마침내 고든 쪽으로 지원군을 보냈으나, 이번에도 지원군이 너무 늦게 도착하고 말았다. 1885년 1월, 고든의 부하 장교 한 명이 성문을 열자, 마디군이 도시로 물밀듯 밀고 들어왔다. 영국 수비대는 무참하게 학살당했고, 고든의 시체는 갈가리 찢겼다. 마디는 자기 발치에 놓인 고든의 머리를 가리키며 "지나가는 모든 이들이 경멸의 눈빛으로 쳐다보고, 아이들이 돌을 던지고, 사막의 매들이 휙 날아와 그 위에서 맴돌 수 있게"[6] 나무에 걸어두라고 명령했다.

**좌측**: 마디로 여겨지는 무함마드 아마드의 모습이 담긴 작자 미상의 1886년 삽화

**우측**: 영국 낙타단을 이끄는 고든 장군을 그린 그림

* 시크(sheikh): 아랍의 왕자, 족장, 지도자를 뜻한다.

**“여기 무너진 신이 누워 있다.**
**그의 몰락은 작은 것이 아니었다.**
**우리는 그의 받침대를 세웠을 뿐이다.**
**좁고 높은 받침대를.”**

— 틀레이랙스의 경구, 『듄의 메시아』[7]

# “이곳의 사막 원주민들은 대부분 미신적입니다.”

— 리에트 카인즈, 『듄』[8]

무함마드 아마드의 매장지.
1910년경의 최초 모습(위), 현대적인 기념물로 재건축된 모습(아래)

하지만 추종자들의 믿음과 달리, 마디는 불멸의 존재가 아니었다. 하르툼 점령 6개월 뒤, 마디군이 여전히 수단을 휩쓸고 다니던 때에 무함마드 아마드는 발진티푸스에 걸려 사망하고 만다. 그는 폐허가 된 하르툼 근처에 묻혔다. 하지만 아마드의 무덤은 나중에 영국군에게 파괴되었다. 윈스턴 처칠에 따르면 키치너 경이 아마드의 머리를 “석유통에 넣어 운반해 전리품으로”[9] 가져왔다고 한다. 하지만 이후, 예언가를 자청한 아마드를 기리고자 무덤이 재건되었다.

허버트가 어디서 처음으로 마디를 접하게 됐는지는 정확하지 않다. 아마 A. E. W. 메이슨이 쓴 베스트셀러 모험 이야기이자, 수단 출정을 피하고자 퇴역을 선택한 겁쟁이 영국 장교가 결국에는 마디군 진압에 관여하게 되는 이야기가 담긴 『네 개의 깃털』[10]이나 이 소설을 영화화한 작품을 통해 알게 됐을 가능성이 가장 크다. 이 작품들은 영국 제국군을 용감무쌍하게 그리는 한편, 마디군은 갈색 피부를 한 수다스러운 사막의 악마로 묘사했다. 물론 이러한 인종차별적 수사는 프랭크 허버트가 소싯적에 읽었던 수많은 모험 서사에서 흔한 요소였다. 실제로 허버트가 소년 시절 처음으로 쓴 모험 소설의 제목 또한 『암흑의 아프리카 모험(Adventures in Darkest Africa)』[11]이었다. 그렇기에 인종차별적 수사는 의식적으로든 무의식적으로든 허버트가 사막 부족 프레멘과 이들의 식민적 메시아를 탄생시키는 데 영향을 미쳤고, 이에 『듄』은 ‘백인 구세주’ 내러티브라는 비판에 직면하기도 했다.

백인 구세주 내러티브는 다양한 형식을 띠지만, 핵심은 동일하다. 즉, 유럽 혈통의 인물(주로 남성)이 ‘원시적’ 비백인 개인 혹은 집단과 조우한 뒤, 자신의 우월한 지식이나 기술을 사용해 이 새로운 동료들을 억압 혹은 ‘어둠’으로부터 구원한다는 것이 요지다. 그 과정에서 이 영웅이 부족의 지혜나 생존 기술 한두 개를 교훈처럼 습득해 ‘문명화된’ 동족에게 전수하는 플롯도 자주 등장한다.

이 문제적인 ‘백인 구세주’ 수사는 대니얼 디포의 『로빈슨 크루소』(1719)부터 포카혼타스 전설을 지나, 인도 출신 영국 기자이자 『정글 북』의 작가인 러디어드 키플링이 1899년에 쓴 시 「백인의 임무」에 이르기까지, 유구한 역사를 지닌다. 필리핀 제도를 식민지로 삼은 미국에 영감을 받은 키플링의 시는 미국인과 다른 백인 제국주의 세력이 자기 이익을 위해서가 아니라 더 가난하고, 어둡고, 품위가 부족한 이들을 위해 “가장 우수한 동족을 파견”해야 한다고 주장한다. 맹목적 애국주의에 빠져들게 된 그는 백인 동료들을 향해 “야만적인 평화의 전쟁”을 벌여서 “반은 악마고 반은 아이인” 이 불행한 원주민이 자신들의 넘치는 결함에 잠식당하지 않도록 이들을 구해주자고 외쳤다.[12]

이후에도 백인 구세주들은 우리의 책장과 스크린에 계속해서 출몰하고 있다. 『말이라 불리운 사나이』나 「인디아나 존스: 미궁의 사원」 같은 노골적인 인종주의 작품에서부터 『앵무새 죽이기』, 「늑대와 춤을」과 같이 취지는 선한 자유주의적 작품에 이르기까지 그 형태도 다양하다. 무엇이 백인 구세주 수사에 해당하는지를 둘러싼 논란은 오늘날에도 여전히 뜨거운 감자다. 마블 코믹스의 『닥터 스트레인지』와 『아이언 피스트』는 아시아인을 ‘신비주의적’ 집단으로 그리는 게으른 수사를 사용했다고 비난받았고, 실화를 바탕으로 한 2018년 오스카 수상작 「그린 북」은 주인공인 아프리카계 미국인 재즈 피아니스트 돈 셜리의 실제 가족들이 많은 이와 함께 영화를 비판하고 나섰다.[13]

폴 아트레이데스의 이야기가 기존의 '백인 구세주' 내러티브에 포개어지는 방식은 한눈에 보인다. 폴의 혈통은 확실히 유럽계의 영향을 받은 한편, 프레멘은 "그을린" 피부와 "강인한" 몸을 지녔으며 부족 의식과 옛 관습을 받드는 모습으로 묘사된다. 폴은 프레멘의 방식을 배우고 심지어 그들의 문화를 완전히 받아들이는 동시에, 프레멘들에게 새로운 전투 방식, 윤리, 정치술을 '가르치며', 이러한 시도는 성공하기도, 실패하기도 한다.

하지만『듄』의 기본적인 틀은 '백인 구세주' 서사를 따르고 있을지라도, 프랭크 허버트는 바로 그 서사를 들여다보고 해체하는 데 골몰했기 때문에 결과는 훨씬 복잡하다고 말하는 이들도 있다. 학자 하리스 두라니는『듄』을 "단순한 '백인 구세주' 서사보다 훨씬 매력적이고 전복적"[14]이라고 평한다. 왜냐하면 이 소설은 소위 영웅으로 불리는 이들의 목적을 끊임없이 질문하고 비판할 뿐만 아니라, 프랭크 허버트가 프레멘을 무척 풍부하게 묘사하고 있기 때문이다. 두라니는『듄』이 "이슬람과 중동, 북아프리카를 아주 자세하고 구체적으로 참고하고 있다."며, "도미니크계 파키스탄인 무슬림 어린이였던 내게『듄』은 인생을 바꿔준 책이었다. 이슬람과 식민주의를 진지하게 사색한 대작은『듄』이 처음이었다."[15]라고 말한다.

물론,『듄』에 가장 큰 영향을 준 '백인 구세주' 이야기가 무엇인지 알아채기란 어렵지 않다. 바로 T. E. 로렌스 대령의 이야기다. 로렌스는 영국군 장교이자 외교관이며, 장편 회고록『지혜의 일곱 기둥』의 작가이기도 하다. 이 회고록은 허버트가 분명히 읽은 책이며,[16] 역사상 가장 유명한 영화 중 하나이자 1962년 12월 21일에 로스앤젤레스에서 초연한 영화「아라비아의 로렌스」의 영감이 되어준 책이기도 하다. 허버트는 잡지에 연재될「듄」의 전반부를 작업할 때, 그러니까 영화가 개봉한 다음 해 초에 영화를 봤을 것이다.

할리우드 블록버스터「늑대와 춤을」(위)과「인디아나 존스」(아래)는 모두 백인 구세주 수사를 차용하고 있다

토머스 에드워드 로렌스는 1888년, 웨일스 카나번셔에서 귀족 토머스 채프먼과 가정 교사 사라 저너 사이에서 사생아로 태어났다. 로렌스라는 이름은 사라의 아버지로 추정되는 또 다른 귀족의 이름에서 따왔는데, 그는 집안 하인과의 사이에서 사라를 낳았다. 사생아의 사생아라는 족쇄에도 아랑곳하지 않았던 로렌스는 옥스퍼드 대학교에서 역사를 공부했고, 이후 고고학자가 되어 대영박물관에서 일하며 시리아의 고대 수도 카르케미시 발굴을 돕는 프로젝트에 참여하기도 했다. 1914년 초에는 오늘날 이스라엘의 일부인 네게브 사막에서 지도를 제작하는 작업도 수행했다. 이 작업은 겉으로는 연구 목적으로 보였지만, 사실은 영국 군대의 지시하에 진행된 것이었다.[17]

제1차 세계대전이 발발한 뒤, 정식으로 군대에 입대한 로렌스는 카이로의 아랍 문제 담당국*으로 임시 파견되었고, 그곳에서 그간 쌓아왔던 그 지역과 사람들에 관한 지식을 유용하게 써먹을 수 있었다. 1914년 11월, 영국과 동맹국들은 독일뿐만 아니라 오스만 제국과도 전쟁을 벌이고 있었다. 당시 오스만 제국은 세력이 점차 쇠하고 있었지만, 아랍어를 사용하는 중동의 여러 지역을 6세기 동안 지배한 여전히 강력한 국가였다. 오스만 제국은 갈수록 불안정해졌다. 1908년에는 개혁을 약속한 청년 튀르크당 혁명이 일어나 메흐메트 5세를 술탄으로 내세운 입헌군주제가 도입됐다. 하지만 잠깐의 중립 기간을 거친 뒤, 모종의 이유로 동맹국 측에 가담해 제1차 세계대전에 참전했고, 참담한 결과를 맞이하고 말았다.

* 아랍 문제 담당국(Arab Bureau): 제1차 세계대전 당시, 영국군이 이집트에서 카이로 정보국 산하에 설립한 영국 정보기구다.

**"나는 저 하늘에, 저 별들에**
**내 뜻을 새겨넣었다."**

— T. E. 로렌스[18]

처음부터 불 보듯 뻔한 결과는 아니었다. 1915년 2월, 영국은 지중해와 마르마라해 사이의 좁은 물길인 다르다넬스 해협을 꽉 틀어쥐어 튀르키예가 흑해에서 접근하는 것을 차단하며 오스만 제국을 무력화했다. 이후 갈리폴리 반도를 둘러싼 갈등은 1년 이상 지속되며 50만여 명의 목숨을 앗아갔다. 대부분 호주와 뉴질랜드에서 징집된 병사들이었다. 하지만 이 싸움은 오스만 제국의 승리로 끝났다. 제1 해군 장관인 윈스턴 처칠이 이끄는 영국군은 오스만 제국에 크게 당해 후퇴할 수밖에 없었다.

영국은 외압으로 오스만 제국을 무너뜨리는 데 실패하자, 내부 분열을 일으키는 작전으로 돌아섰다. 1915년에는 메카의 에미르였던 샤리프* 후세인 빈 알리(Hussein bin Ali)가 이끄는 아랍의 민족주의 운동이 세를 불리고 있다는 말이 돌았다. 후세인은 영국에 한 가지 제안을 했다. 자신이 튀르키예군에 대항해 무장 반란을 일으킬 테니, 오스만 제국이 패망한 이후에 독립적인 아랍 국가를 수립할 수 있도록 지원해 달라는 것이 골자였다. 영국은 흑심을 숨긴 채 제안을 수락했다. 그렇게 1916년, 로렌스가 오늘날 사우디아라비아인 헤자즈 지역으로 파견을 떠났고, 그곳에서 후세인과 그의 아들들을 만났다. 세 아들 알리, 압둘라, 파이살을 만나본 로렌스는 파이살이 반란을 이끌 적임자라고 생각했다.[19]

로렌스는 공식 교섭관으로서 파이살과 압둘라를 설득해 이들의 혁명과 해당 지역 내 영국군의 움직임을 조율했고, 현지 베두인 부족민을 동원해 대규모 게릴라 전투를 펼쳐 오스만 군대에 맞설 계획을 파이살과 함께 세웠다. 로렌스는 튀르키예 군대의 주요 이동 수단인 헤자즈 철길의 거점들을 폭파하는 등, 여러 군사 작전에도 참여했다.

**좌측**: 1924년, 지지자들과 함께 요르단 암만에 있는 거처를 떠나는 샤리프 후세인 빈 알리

**우측**: 구원자인가, '뻔뻔한 자기 과시자인가'인가? 1916년경, 전통 사막 의상을 입은 T. E. 로렌스

1917년, 파이살의 부대가 사막을 건너 해안의 전략적 요충지인 아카바를 기습으로 공격해 점령에 성공한 뒤, 로렌스는 영국군으로부터 자유의 몸이 되었다. 로렌스의 상관인 알렌비 장군은 1935년 어느 라디오 인터뷰를 통해 "로렌스는 그들의 언어, 풍속, 사고방식을 잘 알았다."[20]라고 말했다. 실제로 로렌스는 현지의 많은 관습을 받아들였다. 당시 사진을 들여다보면 머리부터 발끝까지 사막 의복을 착용하고, 낙타 등 위에 올라타 위풍당당하게 모래언덕을 응시하는 로렌스의 모습을 발견할 수 있다.

아랍 반란은 순탄하게 진행되지는 않았지만, 오스만 군대를 중동에서 몰아낸 데 결정적인 역할을 했으며, 이어 다마스쿠스를 점령하고 결국에는 오스만 제국의 종말과 해체를 끌어냈다는 평가가 중론이다. 하지만 영국 측은 오스만 제국 해체 후에도 후세인 일가와 맺었던 약속을 지킬 생각이 전혀 없었다. 로렌스가 이러한 사실을 정확히 언제 알게 됐는지는 여전히 미지수지만, 영국, 프랑스와 그 동맹국들은 중동 전 지역을 포함한 오스만 제국을 자기들끼리 나눠 갖기 위한 비밀 조약인 악명 높은 사이크스-피코 협정을 1915년 초부터 준비해오고 있었다.

파이살은 1919년 5월에 진행된 선거에서 승리해 민주주의적 시리아 아랍 왕국을 통치하게 되었으나, 1920년에 프랑스 식민군이 다마스쿠스를 점령하면서 이 독립국은 2년 만에 역사 속으로 사라졌다. 이 무렵 로렌스는 영국으로 돌아간 상태였으며, 이후에는 전 세계의 대중 앞에서 자신의 경험담을 들려주면서 두 권의 무척 유명한 회고록을 집필해 '아라비아의 로렌스'라는 거창한 칭호를 얻게 된다.

* 샤리프(Sharif): 이슬람교의 지도자를 일컫는 명예 칭호다.

"그는 시인이자, 학자이자, 강인한 전사였다.
또, 바넘과 베일리 이래로
가장 뻔뻔한 자기 과시주의자이기도 했다."

—1962년 영화 「아라비아의 로렌스」[21]

1922년에 완성됐으나 1926년이 되어서야 출간된 로렌스의 회고록 『지혜의 일곱 기둥』은 전쟁 동안 로렌스가 기록해 둔 방대한 양의 메모를 바탕으로 쓰였으며, 아랍 반란을 둘러싼 흥미진진한 설명과 반란에서 로렌스가 맡은 역할에 관한 이야기가 담겨 있다. 이후 수십 년간 많은 학자와 전기 작가들이 그 내용을 조목조목 분석해 그 속에 담긴 진리와 통찰을 찬양했으나, 한편으로는 이 책이 얼버무리고 과장한 내용이 있다는 사실이 밝혀지자 논쟁이 일기도 했다. 하지만 이 회고록의 진실성은 여기서 중요하지 않다. 그와 무관하게, 책에 담긴 이야기와 『듄』의 폴 아트레이데스 간의 연관성은 자명하기 때문이다.

로렌스와 폴은 사막에 내던져진 이방인으로, 그 사막은 이미 제국주의 식민자와 '원주민' 유목민족 간의 충돌이 빈번하게 발생하고 있는 곳이다. 또, 두 사람의 부모는 정식 부부가 아니며, 이들은 사막에서 멀리 떨어진 물이 풍부한 땅 출신이다. 두 사람은 의복과 언어까지 받아들일 만큼 부족 생활에 깊숙이 스며들며, 정도의 차이는 있을지라도 결국에는 진행 중인 반란을 주도하는 인물이 된다. 로렌스는 파이살, 폴은 프레멘의 지도자 스틸가라는 권력자와 우정을 쌓고, 이들에게 많은 것을 배우는 동시에 자신이 지닌 윤리와 기술을 가르쳐준다. 그렇다면 폴이라는 인물은 『지혜의 일곱 기둥』 속 실제 로렌스와 영화 속에서 피터 오툴(Peter O'Toole)이 연기한 조금 더 매력 있는 로렌스 중 어느 쪽을 더 많이 닮았을까?

시나리오 작가 마이클 윌슨, 로버트 볼트와 영화감독 데이비드 린(David Lean)은 사실관계에 크게 구애받지 않고 자유롭게 로렌스의 전기 영화를 만들었다. 「아라비아의 로렌스」는 스티븐 스필버그에게 영화감독의 꿈을 심어줬을 정도로 영화사에서는 명작으로 꼽히지만,[22] 그렇다고 해서 이 영화가 역사적 사실에 기반해 제작됐다고 오해해서는 안 된다. 린과 작가들은 아랍 반란 중 로렌스가 처음으로 직접 참전한 전투가 아카바 전투인 것처럼 묘사하거나, 파이살이 합의제를 도입하기 위해 공들인 2년간의 세월을 단 하룻밤으로 축소하는 등, 실제 사건들의 시간대를 완전히 뒤섞었다. 그뿐만 아니라, 실제 아랍의 민족주의 투쟁은 적어도 로렌스가 아랍에 오기 1년 전부터 규모가 커지고 있었음에도, 영화에서 아랍 반란의 유일한 기폭제는 알렌비가 "아랍 운동의 추동력"[23]이라고 불렀던 로렌스였던 것처럼 묘사되어 있다. 로렌스의 군 동료였던 S. F. 뉴컴과 작가이자 탐험가였던 거트루드 벨을 포함해, 다른 여러 유럽인 전문가, 연락책, 고문의 역할도 영화에서는 완벽히 삭제되어 있다.

그 어떤 전기 영화도 실제 사건을 정확하게 옮길 수는 없지만, 「아라비아의 로렌스」에는 '전설을 찍어내고자 하는' 의지가 명확하게 담겨 있다. 프랭크 허버트는 특출난 메시아를 소설에 담아내려 했기에, 실제 로렌스의 결점과 복잡성을 제거한 채 이상화한 영화 속 로렌스를 더 많이 참고했다는 점은 그리 놀랍지 않다. 린의 영화 속 로렌스는 한낱 인간 그 이상이다. 실제 로렌스와 전혀 딴판으로, 결점 하나 없는 이목구비와 새파란 눈을 지닌 피터 오툴이 연기하는 이 인물은 그 누구라도 매혹할 수 있고, 아랍인보다 사막에서 더 오래 살아남을 수 있으며, 마치 예언하듯 승리를 예견할 수 있는 일종의 슈퍼 히어로로 등장한다. 이런 묘사는 무척 설득력 있으며, 허버트에게 그 마법이 통한 것처럼 보인다.

상단: 1919년, 파리 강화 회의에
참석한 파이살 왕자(앞줄)와
바로 왼편의 T. E. 로렌스

하단: 1984년 영화 「듄」 속, 폴 무앗딥
(카일 맥라클란)이 모래벌레를 타기
위해 멘토 스틸가(에버렛 맥길)와
함께 준비하는 모습

다음 페이지: 1962년 영화
「아라비아의 로렌스」의 사막 장면을
촬영하는 감독 데이비드 린과
스태프들

“그는 전사이자 신비주의자였으며, 야만인이자 성자였고,
교활하면서도 순수하고, 용기 있고, 무자비했으며,
신보다는 못하지만 인간보다는 나은 존재였다.”

— 이룰란 공주, 『듄』[24]

허버트는 윌리스 맥넬리에게 “만약 아라비아의 로렌스가 중요한 순간에 사망했다면 그는 신격화됐을 것이다. 그리고 영국은 그러한 상황을 가장 두려워했을 것이 분명하다. 그랬다면 아랍인들이 그 반도를 점령했을 테니까 말이다.”[25]라고 주장했다. 그 말인즉슨, 아랍 봉기는 로렌스의 개입 덕에 가능한 일이었으며, 그가 죽어 순교하는 것만이 영국을 몰아내고 아랍인이 “반도를 점령”하는 유일한 방법이었다는 것이다.

하지만 이는 당시 상황을 제대로 반영하지 못한 해석이다. 비록 잠깐뿐이었을지라도 파이살이 민주적 시리아 아랍 국가를 세우는 데 성공한 것에서 볼 수 있듯, 혁명을 이끌어 줄 백인은 필요하지 않았다. 로렌스도 상황을 그렇게 보지 않았다. 『지혜의 일곱 기둥』에서 그는 아랍 반란에서 자신이 맡은 역할에 대해 분석하며 책 서문에 이렇게 썼다. “나는 우리가 한 일이 자랑스럽기는커녕, 끊임없이 지독한 수치심에 시달렸다.”[26] 나중에는 이렇게 쓰기도 한다. “내 이야기에 담긴 어떤 사악함은 우리에게 닥쳤던 상황에 내재해 있던 것일는지도 모른다. 수년간 우리는 벌거벗은 사막에서, 무심한 하늘 아래서 어쨌든 함께 살았다.”[27]

영화에서 도망치는 오스만 병사들을 쫓아가 학살하는 아랍인 동료를 본 로렌스가 이들에게 실망한 것과 마찬가지로, 폴 아트레이데스도 예견된 지하드의 폭력 내에서 자신이 취해야 할 역할에 관해 윤리적 갈등을 겪었을지도 모른다. 하지만 영화 속 로렌스가 지휘권을 요구하기 위해 망설이지 않고 파이살의 막사로 곧장 들어갔듯, 폴도 프레멘의 지도자가 되겠다고 결심한 후로는 뒤돌아보지 않으며, 프레멘도 스틸가부터 시작해 모두가 아직 어리고 경험이 부족한 폴에게 자연스레 고개를 숙인다. 이들은 곧 ‘폴의 사람들’이 된다.

**좌측**: 「아라비아의 로렌스」의 주인공인 피터 오툴의 나무랄 데 없는 얼굴

**우측**: 1984년 영화 「듄」 속 무앗딥과 동료 프레멘

하지만 그렇다고 해서 폴이 흠잡을 데 없는 영웅이 되는 것은 아니다. 적어도 프랭크 허버트에게는 그렇다. 무앗딥이 메시아, 마디, 퀴사츠 해더락, '우주의 초인'이라고 해서 프레멘, 아라키스, 인류의 미래 그 자체에 대한 폴의 영향력이 무조건 긍정적일 수는 없다. 사실 그 반대다. 허버트가 『듄』에 썼듯, 폴이 신의 경지에 올랐다고 해서 프레멘을 포함한 은하계 인류가 구원받거나 고양되지 않는다. 오히려 "한 영웅으로 인해 몸살을 앓게"[28] 된다. 허버트는 에세이 「듄 창세기」에서 이렇게 덧붙인다. "영웅의 얼굴 뒷면에는 인간적 실수를 저지르는 인간이 숨어 있다. 초인만이 할 수 있는 거대한 규모로 인간적 실수를 저지를 때, 커다란 문제가 발생한다."[29]

처음에 『듄』은 베오울프나 『보 게스티』와 비슷하게 이국의 땅에서 대서사를 써 내려가는 영웅담으로 보인다. 폴은 예언 능력과 지혜, 그리고 프레멘을 "진정한 자유"로 이끌어줄 지도력을 갖췄다는 데서 예수와 겹쳐 보이기도 한다. 하지만 이러한 모습은 이야기의 전개와 함께 피할 수 없는 미래가 폴을 점점 옥죄어 갈수록, 결국에는 그토록 피하고 싶었던 지하드에 자신을 내어줌으로써 점차 멀어져 간다.

이후 시리즈에서는 이러한 아이디어가 무대에 전면 등장한다. 스스로 칭기즈 칸이나 히틀러만큼이나 악인이라고 여기던 복수심에 가득 찬 우주 황제였던 폴은 이후 무력한 맹인 걸인이 되고, 아들 레토가 폴의 과오를 해결하기 위해 수천 년간 끔찍한 운명을 짊어지게 된다. 이에 관해 허버트는 "영웅과 반영웅의 구분은 이야기를 어디서 멈추는지에 따라 결정된다."[30]라는 유명한 말을 남겼다. 허버트는 폴이 고귀해 보일 수 있게 적확한 시점에서 『듄』 1권을 마무리했지만, 이후 시리즈에서는 그 얄팍한 신기루를 깨부수는 데 공을 들인다.

6장

# 레이디 제시카와 베네 게세리트

**한결같은 사람:** 베벌리 허버트는
수많은 시련 속에서 남편 프랭크
허버트에게 버팀목이 되어주었다

『듄』에서 여성의 위상은 복잡하다. 프랭크 허버트에게 부인 베벌리는 존재의 기반이었던 것처럼 보인다. 베벌리는 허버트의 첫 독자이자 가장 열렬한 독자였다. 허버트는 모든 상황에서 베벌리의 의견을 존중했으며, "베벌리를 모델로 레이디 제시카를 창작"[1]하기까지 했다. 한편, 허버트에게 창작 작업에 몰두할 시간과 여유를 마련해주기 위해 베벌리가 자신의 창작 욕구는 묻어둔 채로 가족을 돌보고 돈을 버는 동안, 허버트는 멀찍이 뒤로 물러서 있었다. "베벌리는 (…) 직장에 출퇴근하며 가족의 입에 풀칠하는 가장 중요한 일을 책임졌다."[2]

『듄』에서 여성과 남성의 역할은 명확히 정해져 있다. 허버트는 "여성은 숨겨진 수수께끼의 수호자로 남아 있고, (…) 남성은 위험을 무릅쓰고 수수께끼 속으로 뛰어든다."[3]라고 썼다. 가장 고귀한 대가문부터 가장 천한 프레멘 시에치에 이르기까지, 이 세계는 귀천을 불문하고 가부장제가 견고히 뿌리내린 사회다. 패디샤 황제는 딸 이룰란을 존중하지만, 딸에게 왕위를 넘겨주는 선택지는 고려 대상조차 되지 않는다. 이와 비슷하게, 리에트 카인즈의 딸 챠니는 전장에서 프레멘 형제들과 어깨를 나란히 하며 자신의 실력을 증명해 보이지만, 부족의 공식 지도자 역할은 절대 맡을 수 없다. 하코넨 사회에서는 여성이 거의 보이지조차 않으며, 물건보다 조금 나은 존재로 여겨진다는 사실이 암시되어 있을 뿐이다. 아트레이데스 가문에서조차 여성들은 직접 권력을 거머쥐기보다는 존중만 받는 위치에 놓여 있다. 레토 공작은 레이디 제시카를 첩으로, 비서로, 사업 고문으로, 외동아들의 어머니로 그 누구보다 존경하지만, 군사 문제나 백성 통치에 관해서는 공작이 단독으로 결정한다.

이러한 성역할 분리는 여성 해방 운동이 본격적으로 전개되기 전이라는 시대상이『듄』에 반영된 것처럼 보일 수 있다. 하지만 프랭크 허버트의 글 속 많은 요소와 마찬가지로, 언뜻 겉으로 보이는 모습에 속아서는 안 된다. 영화 각색본「듄」이 2021년에 개봉하기에 앞서, 감독 드니 빌뇌브와 영화배우 제시카 퍼거슨은 레이디 제시카의 역할을 원작보다 '확장'했다는 점을 강조했다. 퍼거슨은 "레이디 제시카는 엄마이자, 첩이자, 군인"[4]이라고 힘주어 말했다. 하지만 제시카는 허버트의 소설 속에서도 이미 그 역할들을 맡고 있을 뿐만 아니라, 사실 그보다 훨씬 많은 역할을 맡고 있다.

레이디 제시카는 초자연적 관찰 능력을 사용해 레토 공작의 목을 조여오는 함정을 간파하고, 초능력으로 하코넨을 조종해 폴의 결박을 풀고 사막으로 도망친다. 제시카는 실제 '군인'은 아닐지라도, 프레멘 전사를 통틀어 가장 강인한 스틸가마저 굴복시킬 정도로 뛰어난 근접 전투 실력을 지니고 있다. 이후 제시카는 프레멘의 종교적 지도자이자 과거 여성들의 기억을 끄집어낼 수 있는 대모가 된다. 게다가,『듄』의 그 모든 이야기는 제시카의 결정으로부터 촉발된 것이기도 하다. 베네 게세리트 자매단의 명령에 따라 딸을 낳는 것이 아니라, 자기 생식을 자기가 결정하고 레토 공작이 그토록 바라는 아들을 낳겠다는 제시카의 선택에서부터 그 모든 이야기가 펼쳐지기 시작한다. 제시카는 폴이 전설 속 퀴사츠 해더락이 될 수 있음을 알고 있기 때문에 제시카의 그러한 결심은 더욱 중요하고 큰 영향력을 지닌다.

『듄』을 연구한 카라 케네디(Kara Kennedy)는 이러한 목적의식과 침착함이 제시카를 독특하고도 가공할 히로인으로 만든다고 말한다. "제시카는 항상 통제력을 지니고 있다. (…) SF 소설에서 그러한 여성은 무척 희귀하다. 제시카는 그 모든 훈련을 거쳤기에 자신만만하다. 게다가 그 훈련을 시켜준 이들 또한 전부 여성으로 구성된 자매단이다."[5]

제시카는『듄』에서 가장 강력한 인물에 속하며, 그 힘의 원천은 의심의 여지 없이 베네 게세리트 자매단이다. 베네 게세리트는 은밀한 준 종교 집단으로, 여러 책략을 펼쳐 수 세기 동안 은하계의 사건들을 조종해왔다. 허버트의 세계관에서 여성에게 열려 있는 노선인 이 베네 게세리트는 비선 실세이자, 측근에서 사람을 조종하는 조종자이자, 배후에서 권력자를 움직이는 권력이다. 이들은 제국의 왕좌에 앉을 수 없지만, 그 왕좌에 앉은 남자를 조종할 수 있다.

『듄』의 다른 많은 것과 마찬가지로, 베네 게세리트의 뿌리를 구성하는 현실에서의 영감들은 끝없이 얽혀있다. 전기 작가 티모시 오라일리(Timothy O'Reilly)는 "불가지론자인 허버트 아버지의 고집을 꺾고 허버트에게 가톨릭 교육을 시켜야 한다고 주장"[6]했던, 아일랜드 출신 가톨릭 신자인 허버트의 강인한 이모들이 베네 게세리트 구상에 영향을 미친 첫 번째 영감이었다고 말한다. 이후 허버트는 '게세리트(Gesserit)'라는 단어와 묘하게 닮은 '예수회(Jesuits)'에서 신앙생활에 관한 교육을 받는다. 실제로 허버트는 베네 게세리트를 '여성 예수회'라고 설명하기도 했다.[7]

사랑이 넘치는 어머니인가,
은하계를 조종하는 존재인가?
1984년 영화에서는 프란체스카 애니스(위)가, 2021년 영화에서는 레베카 퍼거슨(우)이 레이디 제시카를 연기했다

"마법 우주의 어두운 면이
베네 게세리트의 것이다."

— 틸위트 와프, 『듄의 신전』[8]

**좌측**: 제국 황제를 조종하는 배후의 권력자: 2021년 「듄」에 등장하는 대모 가이우스 헬렌 모히암(샬롯 램플링)

**우측**: 신적 영감: 1537년, 라스토르타에서 환시를 보는 로욜라의 이그나티우스, 1622년경 작자 미상 작품

스페인의 소귀족이자 전사였으며, 나중에 성 이그나티우스로 시성된 로욜라의 이그나티우스(Ignatius of Loyola)가 1540년에 예수회를 창립했다. 이그나티우스는 팜플로나 전투에서 포탄에 맞아 다리가 으스러진 뒤, 종교에 헌신해 성지로 순례를 떠난 인물이다. 동시에 그는 일련의 종교적 환시를 봤다고 주장했고, 그 결과 파리를 거점으로 전 세계에 복음을 전파하는 로마 가톨릭 교단을 설립하게 됐다. 예수회는 모든 가톨릭 교단을 통틀어 가장 영향력이 크고 가장 널리 퍼진 교단 중 하나다.

여기서부터 베네 게세리트와의 공통점이 명확하게 드러난다. 카라 케네디가 말했듯, 각 집단은 "봉사에의 헌신, 선교 계획, 교육 체계, 정치적 영향력"[9]으로 결속되어 있다. 예수회에서는 선교사들이 종종 토착민에게 피해를 주기도 하면서 전 세계에 기독교 복음을 전파하는 데 헌신했다면, 『듄』에서는 베네 게세리트의 보호 선교단이 은하계 주변부 문화권에 종교적 미신과 예언의 씨앗을 뿌리는 역할을 맡는다. 예수회는 유럽의 수많은 통치 가문의 고해 신부이자 고문으로 활동하며 강력한 정치적 영향력도 행사했다. 이와 비슷하게, 대모 가이우스 헬렌 모히암이나 레이디 제시카와 같은 베네 게세리트의 자매들도 패디샤 황제를 포함한 남성 권력자가 비밀을 털어놓고 조언을 구할 수 있는 존재들로 활동한다.

베네 게세리트와 제국 전체가 가장 중요하게 여기는 종교 서적의 이름이 『오렌지 가톨릭 성경』이라는 점도 눈여겨봐야 한다. 하지만 그 이름에도 불구하고, 『오렌지 가톨릭 성경』에는 순전히 가톨릭과 관련된 내용만 담겨 있는 게 아니다. 『듄』 부록에서 알 수 있듯, 이는 사실 모든 종교 교리를 한데 집대성한 서적으로, 옛 지구의 '범교파 해석자 위원회'라는 종교 지도자 모임에서 만들어진 범신론적 경전이다. 『오렌지 가톨릭 성경』은 "마오메트 사리, 마하야나 기독교, 젠수니 가톨릭, 불교 이슬람 전통 등 가장 오래된 고대 종교의 요소들"[10]을 결합했다. 여기서도 허버트가 창안해 낸 이 흥미진진하고도 복잡한 세계관은 단순한 해석을 거부한다.

'베네 게세리트(Bene Gesserit)'라는 명칭은 '맡은 바를 잘 이행하는 한, 특정 직책을 맡을 수 있어야 한다.'는 내용의 법률 구절에서 '성실한 임무 수행'을 뜻하는 라틴어 'quamdiu se bene gesserit(복수형은 gesserint)'에서 온 것일 수도 있다. 혹은, 이 또한 아랍어에서 유래했다는 의견도 있다. 이들은 아들 또는 자녀를 뜻하는 아랍어 '베니(beni)'와, 글로벌 뉴스 채널명 알자지라(Al Jazeera)에서 섬 또는 반도를 뜻하는 단어 '자지라(jazeera)'를 변형해 새로운 단어를 만들어냈다고 본다. 물론 가장 단순한 가능성은 허버트가 이 세 가지를 모두 담아내는 언어유희를 의도했다는 것이다.

하지만 허버트가 어디서 영감받아 자매단의 놀라운 능력들을 고안해 냈는지는 분명하다. 그중에서도 어조를 정확하게 조절해 정신력이 약한 대상을 조종하는 기술인 '목소리'가 가장 중요하다. 여기서 허버트는 20세기 초에 전개된 일반의미론에서 많은 영감을 받았다. 일반의미론은 인간이 세상을 인식하는 방식에 언어가 미치는 영향과 대상의 명칭이 우리가 대상을 경험하는 방식에 미치는 영향을 탐구한 언어철학의 한 갈래다.

일반의미론은 20세기 초, 폴란드의 사상가 알프레드 코집스키(Alfred Korzybski)가 처음으로 개척한 분야로, 그는 1933년에 『과학과 정신: 비아리스토텔레스적 체계와 일반의미론 개론』[11]에서 자신의 주장을 더 명확히 개진했다. 코집스키에 따르면, 끊임없는 감각의 포화가 쏟아지는 물리적 육체라는 요소와 인간 이해력의 한계를 설정하는 언어라는 요소 모두 인간의 세계 인식에 중대한 영향을 미친다. 그 결과, 우리는 종종 현실을 "오독"한다. 코집스키는 이러한 상황을 근절하고자 했다. 그는 인류가 일반의미론을 통해 자신의 한계를 인식할 수 있다며, 이로써 그 한계를 극복하고 우리 주변에서 진짜로 무슨 일이 일어나는지 더 풍부하게 이해할 수 있다고 주장했다.

코집스키는 강의 중에 있었던 한 일화를 예시로 들었다. 그는 학생들 앞에서 배가 고프다며 비스킷 봉지를 뜯어 과자 두 개를 먹었다. 코집스키는 과자가 무척 맛있다면서 학생들에게 과자를 나눠주었다. 학생들이 과자를 모두 먹고 나자, 코집스키는 봉지를 뒤집어 그 과자가 사실은 반려견용 비스킷이었음을 밝혔다. 그러자 학생 중 두 명이 그 자리에서 구토하기 시작했다. 코집스키는 학생들에게 말했다. "보셨죠? 사람들은 무언가를 먹을 때 음식 그 자체만 먹는 게 아니라, 언어도 함께 먹습니다."[12]

코집스키의 수제자 중 한 명이었던 새뮤얼 이치예 하야카와(Samuel Ichiye Hayakawa)가 이후 일반의미론을 대중화했다. 일본계 캐나다인인 하야카와는 영문학과 교수로, 샌프란시스코주립대학교의 총장을 지낸 뒤, 1977년부터 1983년까지 캘리포니아에서 공화당 상원 의원으로 활동했다. 대중을 대상으로 1949년에 처음 출간된 그의 밀리언셀러 『사고와 행동의 언어』[13]는 일반의미론 연구서인 동시에 우리가 사용하는 단어가 인식 형성에 미치는 영향을 깨치게 해주는 안내서다. 프랭크 허버트는 『듄』을 집필하고 관련 자료를 조사하던 때에 하야카와를 개인적으로 알게 됐고, 당시 교수였던 하야카와의 대필 작가로 짧게나마 일하기도 했다. 일반의미론의 원리에 매료된 허버트는 하야카와와 코집스키의 연구서를 꼼꼼히 독파했고, 그 아이디어를 『듄』에 엮어냈다.

허버트가 그린 미래는 일반의미론이 발전한 세상으로, 인간은 훈련을 통해 자신과 타인이 사용하는 언어와 그 속에 숨겨진 추론과 의미의 층위를 완벽히 파악할 수 있다. 하야카와는 이처럼 언어 뒤에 숨겨진 의미들을 '메타 메시지'라고 불렀다. 『듄』에서 언어는 피상적인 껍데기에 불과하다. 아트레이데스 가문은 자기들만의 "전투 암호"를 지니고 있어서 외부인이 눈치채지 못하게 서로에게 위험을 알릴 수 있고, 베네 게세리트는 특출난 관찰력을 사용해 평범해 보이는 대화 속에 숨겨진 의미를 간파해낸다. 베네 게세리트 훈련을 받은 여성은 누군가 말하는 방식, 선택하는 단어, 강조하는 말에 온전히 주의를 기울여 그 사람의 감정 상태, 개인사, 심지어는 선하거나 악한 의도까지 읽어낸다. 여기서는 허버트가 분명히 잘 알고 있었을 또 다른 작가, 아서 코난 도일의 영향력이 탐지된다. 미세한 정보에 주의력을 집중하고 극도로 예리한 관찰력을 지닌 베네 게세리트는 위대한 탐정 셜록 홈즈의 머나먼 계승자임이 틀림없다.

**프랭크 허버트는 새뮤얼 이치예 하야카와(좌)와 알프레드 코집스키(우)가 정립한 일반의미론 원리에 지대한 관심을 두었다**

하지만 베네 게세리트의 궁극적 힘은 '목소리'를 통해 드러난다. 영화 「듄」에서 목소리는 일종의 '제다이 마인드 트릭'*과 같이 정신력이 약한 상대에게 거는 마법 주문처럼 그려진다. 하지만 허버트의 소설 속에서 목소리는 섬세하게 묘사된다. 목소리 사용자는 조종 대상을 매 순간 관찰하고, 상대가 특정 행동을 하고 싶은 기분이 들게끔 말투를 적절하게 조절하기 위해 어조, 음색, 단어를 정확하게 선택한다.

훗날 허버트는 직설적이게도 충직한 군인이나 소도시의 애국자 혹은 보수주의자 미국인을 예시로 들면서, 이런 사람들의 감정을 건드리고 미쳐 날뛰게 만드는 데에는 잘 고른 단어 몇 개만 있으면 된다고 말하기도 한다. "특정 개인에 관해 잘 안다면, 그들의 미묘한 강점과 약점이 무엇인지 알고 있다면 목소리를 내는 방식과 단어 선택만으로도 (…) 그 사람을 조종할 수 있다."[14]

* 제다이 마인드 트릭: 영화 「스타워즈」 속 제다이가 상대의 심리를 조종하는 포스 기술로, 상대에게 최면을 걸고 세뇌하는 것과 비슷하다.

**좌측**: 그녀의 몸은 그녀의 것: 2021년 영화 「듄」에서 강단 있는 레이디 제시카로 분한 레베카 퍼거슨

**상단**: 베네 게세리트는 허구의 위대한 탐정인 셜록 홈즈와 비슷한 관찰력을 사용한다

# "삶의 신비는 풀어야 하는 문제가 아니라 겪어내야 할 현실이다."

— J. J. 판데르레이우, 『듄』에서 인용 [15]

목소리는 단순히 누군가의 감정과 정치적 신념을 건드리는 것보다 훨씬 발전한 기술이지만, 본질적인 발상은 동일하다. 그 모든 것은 일반의미론에서 비롯되어 수천 년간의 발전을 통해 정교한 기술로, 심지어는 무기로 거듭났다. 아트레이데스 가문의 암살단 단장인 투피르 하와트는 레이디 제시카와 갈등을 빚던 상황에서 이러한 사실을 깨달았다. "그가 미처 어떤 생각을 하기도 전에 그의 몸이 그녀의 말에 복종했다. (…) 그는 사람이 다른 사람을 그토록 철저하게 통제할 수 있으리라고는 꿈에도 생각해 본 적이 없었다."[16]

베네 게세리트의 인지 강화 훈련은 말과 언어에만 국한되지 않는다. 자매단은 장기, 신경, 근육 등, 신체를 온전히 이해하고 통제할 수 있는 '프라나 빈두'라는 기술도 익힌다. 이는 '에너지점'을 뜻하는 산스크리트어에서 가져온 단어로, 이러한 궁극의 심신 훈련법은 현실 세계에서 아이디어를 차용한 뒤 발전시키는 허버트의 방식을 다시 한번 보여준다. 즉, 현실의 것이 미래에 더욱 발전해 강력해진 모습을 상상하는 것이다. 프라나 빈두를 비롯한 『듄』의 수많은 아이디어가 마음 챙김에 중점을 둔 선불교와 육신을 강조하는 요가에서부터 뻗어 나온다. 오늘날 두 가지 수련은 모두 널리 알려져 있지만, 허버트가 글을 쓰던 1960년대 초반만 해도 동양 철학은 지금처럼 유행하지 않았고, 비틀즈가 인도를 방문한 후에야 커다란 관심을 받기 시작했다. 당시 명상과 요가 수련자는 흔치 않았고, 샌프란시스코에서는 더더욱 찾아보기 힘들었다.

허버트가 불교 신앙에 관심을 보이게 된 계기는 미국에서 동양의 신비주의 관념을 대중화시킨 인물과 관련 있다. 바로 영국 출신 작가이자 '철학계의 연예인'인 앨런 와츠(Alan Watts)다. 1915년, 녹음이 우거진 켄트의 치슬허스트에서 태어난 와츠는 일찍이 중국 문화에 매료됐고, 16살에는 런던의 어느 불교 사찰에 들어가 서기가 됐다. 이후 10년간 그는 뉴욕에서 선 철학을 탐구했고, 그 뒤에는 일리노이에서 기독교 신학을 연구했다. 와츠는 전혀 다른 이 두 개의 전통을 융화하고자 했다.[17] 1950년대 초, 샌프란시스코로 이주한 와츠는 이후 10년간 일본의 원시 예술부터 중국의 서예에 이르기까지 무척 다양한 분야를 공부하는 동시에, 심령주의나 철학에 관한 수많은 책과 에세이를 출간했고, 오랜 기간 라디오 프로그램을 진행하며 동양 사상이 서양 문화에 미친 영향을 다뤘다.

1960년대 초, 허버트는 당시 편집자로 일하던 《샌프란시스코 이그재미너》에 기사를 쓰기 위해

# THE WORLDS OF DUNE

## 3부

## 지에디 프라임

7장

# 하코넨 가문

무앗딥의 말처럼 아트레이데스의 모행성인 칼라단이 "우리 같은 생명체에겐 낙원이나 다름없는"[1] 곳이라면, 하코넨의 본거지인 지에디 프라임은 지옥일 것이다. 지에디 프라임은 미로 같은 공업 행성으로, 수백만 명이 가혹한 멍에를 쓰고 괴물 같은 부패 지배층을 위해 노역하는 곳이다.

『듄』에서 지에디 프라임에 관한 묘사는 그리 많지 않다. 쓰레기가 널려 있고 물웅덩이가 고여 있는 거리와 "도망치듯 후닥닥 달려가는 사람들"[2]이 있고, 공장과 성, 그리고 귀족들이 조작된 검투 경기를 벌이는 경기장이 있다는 사실 정도만 알 수 있다. 하지만 수천 년 뒤의 시간대를 배경으로 이야기가 펼쳐지는 『듄의 이단자들』에 이르면 '가무'라는 새로운 이름이 붙은 지에디 프라임에 관해 조금 더 자세히 파악할 수 있다. 이즈음 행성은 대부분 녹지화되었으나, 기계화되었던 과거의 흔적을 여전히 찾아볼 수 있는 곳도 존재한다. 바로 기름에 전 토양과 한때 하코넨 가문이 거주했던 "길이는 45킬로미터, 너비는 30킬로미터"인 950층 높이의 거대한 사각형 구조물이다.[3]

하코넨 가문과 아트레이데스 가문 간의 지독한 불화는 "아트레이데스 가문 사람이 코린 전투 이후 하코넨 가문 사람을 비겁자로 몰아 추방"[4]했던 1만 년 전에 시작됐다. 두 대가문은 정반대의 도덕관을 지니고 있지만, 두 가문을 탄생시킨 영감의 원천은 적어도 지리적으로나 역사적 시기로 보았을 때 이웃이나 다름없다. 아트레이데스 가문의 문화가 고대 그리스 문화를 기반으로 했다면, 하코넨 사회는 고대 로마, 혹은 고대 로마의 부정하고 퇴폐한 측면을 본보기로 삼고 있다. 로마인과 마찬가지로 하코넨 사람들은 머나먼 땅을 침략해 점령하고, 원주민들을 지배했다. 또, 거대한 원형 경기장을 건설해 그곳에서 고도로 훈련된 전사들이 서로 살육하는 모습을 즐겼다는 점도 비슷하다.

공식 작위가 시리다(행성 총독) 남작인 하코넨 가문의 통치자 블라디미르 하코넨은 『듄』에서 가장 혐오스러운 인물일 뿐만 아니라, 문학사상 가장 흉측한 악인이기도 하다. 황제를 제외한다면 병적으로 살집이 많고 성적으로도 탐욕스러운 남작의 권력을 견제할 자가 없기에, 남작은 악랄한 짓을 마음껏 즐긴다. 현실 세계에서 이와 같은 남작의 모습을 한 인물을 찾을 수 있다면 이는 분명 타락한 독재자의 대명사인 로마 황제 칼리굴라일 것이다.

서기 12년, 가이우스 율리우스 카이사르 아우구스투스 게르마니쿠스라는 이름으로 태어나 '꼬마 장화'라는 뜻의 별칭 '칼리굴라'로 불린 로마의 황제는 악덕한 방식으로 권세를 키우고 유지한 것으로 유명하다. 오늘날 많은 역사가는 칼리굴라의 극단적 행적이 담긴 자료들이 황제를 비방할 저마다의 이유를 지니고 있어 신빙성이 떨어진다고 주장하지만, 이는 여기서 다룰 논점에서 벗어난 이야기다. 칼리굴라라는 이름은 방탕과 정치적 부패의 대명사가 되었고, 허버트가 접한 칼리굴라도 그러한 모습이었을 것이다.

칼리굴라 황제의 재위 기간은 서기 37년부터 41년까지 고작 4년이지만, 그 악행은 너무 많아 여기에 다 싣지 못할 정도다. 칼리굴라 황제는 수많은 여성과 간음한 것으로 알려졌는데, 그중 다수가 동맹의 부인이었고, 세 명의 누이들과 근친상간을 맺는 동시에 부자들에게 누이들의 성을 상납했다는 의혹도 받고 있다. 그는 수천 명의 백성이 굶주림에 허덕일 때도 사소한 일에 엄청난 재화를 쏟아부었고, 수많은 사람과 심지어는 고위 원로원 의원마저도 황제 자신의 전차 앞에서 달리게 만드는 등, 서슴지 않고 고문했다. 칼리굴라는 살인을 즐겼고, 셀 수 없이 많은 처형 명령을 내렸으며, 황제의 전기 작가인 수에토니우스에 따르면 황제가 제일 좋아하던 구절은 "누구에게나 무슨 짓이든 할 수 있는 권리가 내게 있음을 명심해라."[5]였다. 이는 침이 흥건한 하코넨 남작의 입에서 나온 말이기도 하다.

남작과 로마인 간의 더욱 문제적인 연관성은 약탈적이고 근친상간적인 성행위다. 남작은 동성애자이자 소아성애자로 묘사된다. 남작은 과거에 베네 게세리트의 유혹에 넘어가 딸 제시카를 낳기도 했지만, 남작이 어린 남자아이를 좋아한다는 사실은 『듄』에서 명확하게 언급되어 있다. 남작은 "레슬링을 할 기분이 아니"[6]라며 남자아이들에게 약을 먹이라고 명령하고, 심지어 자신을 독살하려 한 아이 한 명을 죽이기도 한다. 남작의 이러한 뒤틀린 욕정이 향하는 대상에는 조카인 페이드 로타와 어린 손자 폴 아트레이데스도 포함된다.

**상단 좌측**: 1984년 영화 「듄」에서 남작의 혐오스러운 모습을 훌륭하게 표현해낸 케네스 맥밀런

**상단 우측**: 한때 지에디 프라임이라고 불렸던 행성을 무대로 이야기가 진행되는 1984년 『듄의 이단자들』의 2019년 판 표지

**하단**: 충격적인 1979년 영화 「칼리굴라」 속 타락한 황제로 분한 말콤 맥도웰

HERETICS
OF
DUNE
FRANK HERBERT

"그대가 경멸하는 것이 무엇인가?
이를 통해 그대가 진정 어떤 사람인지 알 수 있다."

— 이룰란 공주, 『듄』

정부가 제작한 1951년 포스터(좌)와 1947년 반공 만화(우)에서 볼 수 있듯, 냉전 당시 미국에는 반소련 선전물이 난무했다

동성애와 약탈적 소아성애를 한데 섞는 수사는 오늘날에도 여전히 남아 있는 동성애 혐오 전략이다. 한편, 부패한 관직자를 동성애자로 묘사하고 이를 이유로 파면하는 이야기는 기나긴 역사를 지닌다. 「아라비아의 로렌스」를 예로 들자면, 영화는 실제 T. E. 로렌스의 복잡한 섹슈얼리티를 대충 얼버무리고 넘어가지만, 잔혹한 튀르키예 장군이 로렌스를 성폭행하려는 장면은 음침하면서도 묘하게 묘사했다.

하지만 『듄』의 경우, 프랭크 허버트의 둘째 아들 브루스가 게이였다는 사실로 인해 문제가 더욱 복잡해진다. 브라이언이 책에 쓴 것처럼, 브루스는 어린 시절부터 아버지 허버트와의 관계가 썩 매끄럽지 못했다. 허버트가 『듄』을 집필하던 때이자 브루스가 십 대였던 시절, 두 사람은 종종 서로의 목을 조르기까지 했고, 나중에 브루스는 집을 떠나 브라이언이 "마약 소굴"[8]이라고 부르는 곳으로 거처를 옮기게 된다. 그렇기에 프랭크 허버트가 동성애를 "미성숙하고 꼴사나운 짓"[9]으로 여긴 것은 어찌 보면 당연했다. 이에 허버트는 『듄의 신황제』에서 "청소년기의 남자아이들은 물론 여자아이들도 동성에 대해 육체적 매력을 느끼는 것은 전적으로 정상적인 일이오. 그들 대부분은 성장하면서 거기서 벗어날 것이오."[10]라고 쓰기도 했다.

물론 프랭크 허버트는 동성애자를 일탈적이고, 방종하며, 심지어 위험하다고 여기는 동성애 혐오가 만연하던 세대 출신이기는 하다. 하지만 한계 없는 상상력과 왕성한 지적 욕구를 지녔던 그가 아들의 인생을 이해하는 데는 그러한 지적 개방성을 적용하지 못했다는 점이 실망스럽다.

브루스 허버트는 훗날 샌프란시스코에서 활동하는 존경받는 사진작가이자 열렬한 동성애자 인권 옹호자가 된다. 나중에는 가족들에게 자신의 섹슈얼리티를 편하게 드러내고 1984년 영화 「듄」의 시사회에 남자 친구를 데려오기도 했다.[11] 하지만 이 젊은 커플이 영화를 보고 나서 케네스 맥밀런(Kenneth McMillan)이 연기한 노예를 살해하는 병든 하코넨 남작에 관해 무어라 얘기했는지는 알려지지 않았다.

하코넨 가문에 영향을 미친 또 다른 요소는 『듄』의 독자들이라면 단박에 알아챘을 것이다. '블라디미르'라는 남작의 이름은 단 하나의 문화권에서만 사용하기 때문이다. 또, 브라이언에 따르면 '하코넨'이라는 성은 "소련어 같은 느낌"[12]이 난다는 이유로 허버트가 샌프란시스코 전화번호부에서 고른 것이다(실제로는 핀란드인이 쓰는 이름이며, 올바른 표기법은 'Härkönen'이다). 러시아어 혹은 러시아어처럼 들리는 이름을 사용한 것은 『듄』 집필 당시 한창 과열되어 있던 냉전을 연상케 하려는 의도가 담겨 있으며, 아트레이데스 가문과 하코넨 가문의 관계를 제2차 세계대전 이후 미국과 러시아의 관계에 빗대고 있음을 보여준다. 아트레이데스 병사 무리가 묘하게 미군과 비슷한 말투로 "여기서는 샤워 못 해. 모래로 엉덩이를 문질러야 한다고!", "야! 조용히 해! 공작님이셔!"[13]라고 말하는 장면에서 그러한 인상은 더욱 짙어진다.

*

냉전과 마찬가지로 하코넨 가문과 아트레이데스 가문 간의 경쟁은 오랜 시간 이어져 왔지만, 단 한 번도 전면전으로 번진 적은 없었다. 또, 랜드스라드의 도덕적 합의로 맺어진 대협정이 핵무기의 사용을 엄격하고 금지하고 있긴 하지만 두 가문 모두 핵무기를 보유하고 있다는 점도 눈여겨볼 만하다. 지에디 프라임을 어두컴컴하고 쓰레기로 가득 찬 지옥도로 묘사하는 방식은 오늘날 미국인들이 소련을 '개인적 자유'가 철저히 제한되어 있고, 오직 국가와 통치자에 대한 충성심만 존재하는 곳으로 바라보는 시각과 똑 닮았다. 심지어 프랭크 허버트의 글에서는 자유라는 대의에 헌신하는 조국을 자랑스레 여기는 애국심이 스멀스멀 배어 나오는 모습도 볼 수 있다.

이 시기의 미국인이 지니고 있던 러시아인 스테레오타입은 근육이 울퉁불퉁한 폭력배 이미지였고, 이는 「제임스 본드」 시리즈에 등장하는 단역 건달들이나 1964년 영화 「닥터 스트레인지러브」 속 소련 대사와 같은 모습으로 재현됐다. 『듄』에서 이러한 클리셰는 남작의 조카이자 남작이 "있는 건 근육밖에 없는 탱크 대가리"[14]라고 묘사하는 '짐승 같은' 글로수 라반이라는 인물에 잘 투영되어 있다. 글로수 라반은 아라키스를 "쥐어짜내" 스파이스를 마지막 한 톨까지 채취하고, 거주민들을 학대하고, 프레멘을 몰살하라는 남작의 명령 속에 사실은 자신을 버림패로 이용하려는 꿍꿍이가 숨어 있음을 알아채지 못하고 곧이곧대로 명령을 이행할 정도로 둔한 인물로 그려진다.

한편, 글로수 라반의 남동생 페이드 로타는 훨씬 교묘한 악당이다. 허버트는 많은 면에서 페이드를 폴 아트레이데스의 사악한 거울상으로 묘사한다. 페이드는 폴과 마찬가지로 귀족 집안의 10대 소년이자 훈련받은 전사이며, 베네 게세리트의 인류 개량 계획의 산물이다. 하지만 페이드는 타고난 책략가로, 검투장에서 평민들의 환심을 사기 위해 자기 목숨을 내걸고, 왕좌를 차지하기 위해 남작 살해를 시도하기도 한다. 침착함과 자제력을 무엇보다 중시하는 폴과 달리, 페이드는 성급하고 사이코적 기질을 지녔으며, 교훈을 가르쳐주겠다는 미명하에 페이드에게 직접 "쾌락의 건물 안에 있는 여자들을 모두 죽이"[15]도록 명령한 백부 하코넨 남작의 손에 자라며 심성이 더욱 뒤틀렸다.

페이드 로타가 폴을 가장 극한의 궁지로 밀어붙인 순간은 검투장에서 1대1 경기를 펼친 때였다. 『듄』 속 세계는 개인용 방어막이 널리 보급되어 장거리 무기를 함부로 다룰 수 없는 곳이다. '레이저총' 같은 장거리 레이저 무기가 존재하긴 하지만, 레이저 광선이 개인용 방어막에 접촉하면 엄청난 폭발이 발생하게 되고, 공격 대상과 암살자 모두 폭발에 휘말려 사망할 수도 있다. 그 결과, 대규모 전장과 대검투장 모두에서 일반적으로 근접 전투 형식이 채택되고 있고, 이러한 형식은 칼을 사용하던 중세 유럽의 근접전을 연상케 한다.

제국의 다른 요소들과 마찬가지로, 이러한 전투도 무척 형식적이고 의례적인 성격을 띤다. 프레멘의 시에치에서 지에디 프라임의 원형 경기장에 이르기까지, 결투자들은 레토 공작의 검술 대가인 거니 할렉이 폴에게 가르친 것과 같은 엄격한 행동 강령을 준수한다. 물론 하코넨들은 온갖 수단과 방법을 동원해 이러한 협약을 교묘하게 에두른다. 예를 들어, 페이드 로타는 15세가 될 때까지 100명의 검투사를 죽였지만, 죽임당한 상대 검투사는 모두 약에 취한 상태였거나 특정 단어를 들으면 근육이 마비되도록 암시가 걸려 있었다.

『듄』의 전투 방식에서 엿볼 수 있는 그 엄격한 형식들은 죽기 직전인 검투사가 황제를 향해 경례하는 로마의 검투 경기와 동아시아의 무술을 떠올리게 한다. 프랭크 허버트는 선불교 연구를 통해 "신비스러운 방법"을 탄생시켰다. 신비스러운 방법이란, 속도와 민첩성을 초인적 수준으로 끌어올리는 근접 전투 방식으로, 앞서 언급한 프라나 빈두의 원리인 완전한 자기 인식이 요구되는 기술이다.

베네 게세리트가 개발하고 폴과 제시카가 프레멘에게 알려준 이 신비스러운 방법은 당시 미국에서 커다란 인기를 끌고 있던 가라테나 유도와 같은 동아시아의 무술과 유사하다(이소룡은 『듄』 출판 직후인 1966년에 「그린 호넷」[16]을 통해 처음으로 미국 TV에 출연한다). 하지만 이것이 의미하는 바가 무엇인지, 근접 전투의 속성이 『듄』에서 의미하는 바가 무엇인지 살펴보는 것이 더 흥미로울 것이다.

전기 작가 티모시 오라일리가 썼듯, "근접 전투는 허버트가 자립성과 개인의 능력을 강조했음을 보여준다."[17] 『듄』에서는 SF에 단골로 등장하는 우주선을 사용한 전술이나 공중 폭격을 볼 수 없다. 전투 중 원거리 무기를 사용할 수 없고, 우주 조합이 핵무기 사용을 불법화하고 성간 여행도 제한했기 때문이다. 대신, 전투는 다시 한번 대인 전투 형태로 회귀해 최첨단 무기나 기술력이 아닌 개인의 재주나 훈련에 의존하게 됐다.

그렇기에 『듄』의 전투 장면은 훨씬 진정성 있게 다가오고 감정적 울림을 준다. 만약 던컨 아이다호가 하코넨측 저격수의 총에 맞았다면, 폴과 야미스가 레이저 권총을 들고 결투를 벌였다면 독자들의 감상은 비교할 수 없을 정도로 시시해졌을 터다. 이로써 우리는 기술을 제한하는 제국의 원칙이 『듄』의 세계관 구석구석에 미치는 파급 효과를 감지할 수 있다.

**상단**: "죽여버리겠다!" 페이드 로타(스팅)와 무앗딥(카일 맥라클란)의 전투, 1984년 영화 「듄」 속 한 장면

**하단 좌측**: 로마의 검투사 두 명이 전투를 벌이는 장면을 묘사한 판화

**하단 우측**: 이얍! TV 시리즈 「그린 호넷」(1966~1967)에서 복면 쓴 악당에게 가라테 발차기를 날리는 이소룡

**다음 페이지**: "전사들이여, 만세!" 사다우카 병사들과 결투를 벌이는 던컨 아이다호(제이슨 모모아), 2021년 영화 「듄」 속 한 장면

HMP

POLICE

8장

# 파이터 드 브리즈와 멘타트

황금가지
2024

버지니아 소재 NASA
랭글리연구소에서 열심히 일하는 인간
'컴퓨터들'

오렌지 가톨릭 성경이 전하는 교훈 중, 『듄』 세계관에서 가장 중요한 구절은 "인간의 정신을 본뜬 기계를 만들어서는 안 된다."[1]는 말이다. '생각하는 기계'를 전면적으로 금지하는 법은 랜드스라드가 세운 원칙 중 단 한 번도 깨어지지 않은 몇 안 되는 원칙으로, 괴물 같은 하코넨이나 무앗딥과 프레멘 같은 반란자들조차 철저하게 이를 지킨다.

인공지능의 제작을 금지하는 법은 『듄』 속 이야기가 펼쳐지기 1만 년 전, 기계에 반대하며 한 세기 동안 이어진 성전 '버틀레리안 지하드' 이후로 시행되었다. '대반란'으로도 알려진 이 전쟁으로 인해, 은하계에 존재하는 생각하는 기계란 기계는 모조리 파괴됐다. 프랭크 허버트는 버틀레리안 지하드라는 명칭의 출처를 정확히 밝히지는 않았지만, 이 명칭은 영국인 소설가이자 비평가이며 사상가인 새뮤얼 버틀러에게서 유래했다고 짐작할 수 있다. 버틀러는 1872년에 출간한 유토피아 풍자 소설 『에레혼』을 통해 기계가 금지된 가상의 세상을 그려 보인 바 있다.[2]

당시 출간된 지 얼마 되지 않았던 찰스 다윈의 『종의 기원』에 영감을 받은 버틀러는 1863년에 「기계에 둘러싸인 다윈」이라는 글을 써서 기계도 동식물과 동일한 자연 선택의 과정을 거쳐 지각력을 획득하고 종내에는 기계의 창조자인 인간을 대체할지도 모른다고 주장했다. 버틀러는 "시간이 지나면 우리는 열등한 종족이 되어 있을 것이다. (…) 기계가 세계와 생명체에 대한 실질적 권력을 장악하는 때가 오리라는 사실은 진정으로 철학적 사유를 하는 인간이라면 한순간도 의심할 수 없을 것이다."[3]라고 썼다.

버틀러의 주장은 시대를 앞서나가도 한참 앞서고 있었기에, 당대 사람들은 버틀러가 농담하거나 다윈을 비꼬는 것으로 생각하기까지 했다. 이러한 반응에 대해 버틀러는 『에레혼』의 재판본 서문에서 "다윈을 비웃는 것은 내 의도와 가장 동떨어진 생각이며, 그만큼 나를 불쾌하게 만드는 일은 없다."[4]라고 답했다. 그러면서 버틀러는 기계가 인간을 노예로 삼을 만큼 똑똑해지기 전에 기계와의 전쟁을 선포하고 러다이트 운동을 펼쳐 기계를 모조리 파괴하자는 주장을 펼치기에 이르렀다. 그는 "기계에 대항하는 목숨을 건 전쟁을 즉시 선포해야 한다."며, "인류의 안녕을 기원하는 이들이라면 모든 종류의 기계를 파괴해야 한다. (…) 즉시 원시 인류 상태로 돌아가자."[5]라고 외쳤다.

미래를 향한 경고: 1872년에 소설 『에레혼』(우, 1961년 판)을 쓴 작가 새뮤얼 버틀러(좌)

프랭크 허버트는 러다이트주의자와는 거리가 멀었지만, 그래도 기술, 특히 컴퓨터에 대한 불신과 기술의 폭넓은 보급이 인류에 미칠 영향에 대한 부정적 시각을 품고 있었다. 허버트는 이러한 현상에 관해 버틀러처럼 오싹한 예상을 펼치기도 했다. 1968년, 허버트는 《샌프란시스코 이그재미너》에 「서기 2068년」이라는 제목으로 100년 뒤의 미래를 상상해보는 기사를 실으면서 "컴퓨터에 저장된 데이터는 (…) 다수의 관점에 순응하지 않는 이들을 괴롭히고 박해하는 데 사용됐다."[6]라는 내용을 썼다. 오늘날 온라인에서 벌어지는 조리돌림을 목격한 적 있다면 이것이 얼마나 통찰력 있는 예측인지 알 수 있을 것이다.

허버트는 컴퓨터의 등장으로 사람들이 컴퓨터처럼 사고하게 되는 상황을 가장 우려했다. "개인용 컴퓨터 혁명이 가져다준 가장 좋은 점은, 논리에는 심각한 한계가 있다는 사실을 많은 사람에게 널리 알렸다는 점이다."[7]라고 썼다. 허버트는 인간의 사고를 컴퓨터에 맡겨버리면 인간 존재를 그토록 특별하고 예측 불가능하게 만드는 직관과 샘솟는 영감이 지닌 잠재력이 사라지리라 믿었다.

하지만 주목해야 할 점은 이 인용문의 출처다. 이는 프랭크 허버트와 동료 작가 맥스 버나드가 쓴 『인간 없는 컴퓨터는 무용지물: 가정용 컴퓨터 사용자를 위한 필수 가이드』에서 가져온 구절이다. 1981년에 출판된 이 책은 가정용 컴퓨터의 역사와 베이직(BASIC) 같은 간단한 컴퓨터 언어 사용법을 간략하게 살펴본 뒤, 일상 속 컴퓨터의 위상과 미래에 컴퓨터가 인류에 미칠 영향에 관해 철학적으로 사색하는 데 상당한 지면을 할애하고 있다.

"기술은 인류를 돕는 도구이기도,
파괴하는 도구이기도 하다."

— 프랭크 허버트[8]

"옛날에 사람들은 생각하는 기능을 기계에게 넘겼다.
그러면 자기들이 자유로워질 거라는 희망을 품고 말이야.
하지만 그건 기계를 가진 다른 사람들이
그들을 노예로 삼는 결과를 낳았을 뿐이다."

— 가이우스 헬렌 모히암 대모, 『듄』[9]

**좌측**: 사포액 자국: 1984년 영화 「듄」 속 멘타트인 투피르 하와트(프레디 존스)

**상단**: 1956년, 맨 앞줄의 '인간 컴퓨터들'과 함께 찍은 NASA 초음속 압력 터널의 직원 사진(좌)과 훗날 NASA 최초의 흑인 여성 엔지니어가 되는 '인간 컴퓨터' 메리 W. 잭슨(우)

컴퓨터에 관한 허버트의 생각은 책 제목에서도 꽤 직설적으로 드러난다. 허버트는 책에서 컴퓨터는 독립적인 사고를 할 수 없으며, 컴퓨터를 조작하는 사람보다 똑똑할 수 없다고 강조했다. 그는 독자들에게 기술을 선택하고 사용할 때 신중을 기울이고 조심해야 한다고 말했다. 심지어 '기술 소작인(technopeasantry)'이라는 신조어를 만들기도 했는데, 이는 "기술의 지원을 받되, 상상력을 발휘해 지원받는 이들을 일컫는다. (···) 소작인은 언제 삽이 필요하고 언제 괭이가 필요한지 알고 있다. 이처럼 우리도 우리에게 주어진 기술적 선택지들에 관해 고심하고, 신중하게 결정을 내려야 한다."[10]는 뜻을 담고 있다. 하지만 이토록 컴퓨터를 불신한 사람이 컴퓨터 사용법에 관한 글을 썼다는 사실은 허버트의 성격에 관해 많은 것을 말해준다. 그는 반감이 드는 도발적인 주제라도 기꺼이 들여다보고자 한 사람이며, 은근한 유머 감각을 지닌 사람이라는 점이다.

미래 세계에서 인공지능의 존재를 지우고 나자, 프랭크 허버트는 흥미로운 과제들을 마주하게 됐다. 이제 복잡한 수학 문제는 어떻게 풀어야 할까? 거래 내역은 어떻게 계산하고, 과학은 어떻게 계속 진보할 수 있을까? 수천 개의 세계 속 인구는 어떻게 관리할 수 있을까?

이 지점에서 멘타트, 혹은 인간 컴퓨터가 등장한다. 남작의 뒤틀린 고문관인 파이터 드 브리즈나 아트레이데스 가문의 충직한 암살단 단장인 투피르 하와트처럼 멘타트들은 타고난 정신력을 벼리기 위해 어린 시절부터 혹독한 연습을 거쳐 훈련받는다. 또, 이들은 사포액을 섭취해 인지 능력을 더욱 강화하는데, 이 천연 추출물로 인해 멘타트들의 입가는 대개 '크랜베리색'으로 물들어 있다. 멘타트는 방대하고 복잡한 계산을 해내지만, 완전히 논리적이기만 한 것은 아니다. 이들은 직관이나 감정 같은 인간적 특징도 지니고 있어, 컴퓨터만으로는 불가능할 인지적 도약도 해낼 수 있다. 군사 및 정치 전략가 역할도 맡는 멘타트는 올바른 정보가 있을 때 미래를 예측할 수 있는 독자적인 능력도 개발했다. 하지만 이 예지 능력이 항상 정확한 것은 아니다.

멘타트의 출처는 정확하다. 프랭크가 살았던 시대에 '컴퓨터'라는 단어는 기계뿐만 아니라 계산 일을 하는 사람에게도 심심찮게 쓰였다. 그중 가장 눈여겨볼 만한 이들은 캘리포니아의 제트추진연구소와 휴스턴의 NASA에서 근무하던 여성들인데, 이들은 방대하고 복잡한 계산 작업을 수행해 전쟁과 우주개발에서 혁혁한 공을 세웠다. 많은 여성 중 바버라 카트라이트, 메리 W. 잭슨, 캐서린 존슨, 도로시 본과 같은 이들은 전면에 나서는 일 없이 온전히 배후에서 일했지만, 제2차 세계대전에서 연합국이 승리하고 미국의 아폴로 프로젝트가 성공하는 데 헤아릴 수 없을 만큼 커다란 공을 세웠다.[11]

“도망치려야 도망칠 수 없는 종족 의식, 그 끔찍한 목적이 느껴졌다.”

— 프랭크 허버트, 『듄』[12]

당시 이 여성들은 거의 알려지지 않았었기에 프랭크 허버트가 이들의 존재를 알고 있었을 가능성은 적다. 하지만 허버트는 ‘인간 컴퓨터’에 관해 분명히 알고 있었고, 심지어 집안사람 중에도 존재했다. 브라이언 허버트는 『듄의 몽상가』에서 아버지가 아버지의 외할머니인 메리 엘런 허버트와 친밀한 사이였다는 점에 관해 쓰고 있다. 메리는 열정 넘치는 퀼트 제작자로, “수십 년 전에 있었던 일을 세세하게 기억”해내는 “놀라운 기억력”의 소유자였다. 메리는 비록 글을 읽을 줄은 몰랐지만, “수를 다루는 데에는 천재적인 재능이 있었다. (…) 아무리 큰 숫자라고 하더라도 상관없었다.”[13]

이처럼 타고난 지적 능력은 어린 프랭크 허버트에게 커다란 인상을 남긴 것이 분명하다. 하지만 이는 멘타트를 탄생시키는 데 영향을 미친 유일한 요소는 아니다. 『듄』이 쓰일 당시에 인간 정신에 관한 과학적 연구는 비교적 걸음마 단계에 불과했지만, 특출난 기억력을 지닌 사람들에 관한 이야기는 셜록 홈즈나 앨프리드 히치콕의 「39 계단」 속 미스터 메모리와 같은 가상의 인물에서부터, 한 번 들은 연설을 토씨 하나 틀리지 않고 기억해내는 소비에트 출신 ‘기억술사’ 솔로몬 셰르솁스키와 같은 실제 천재들에 이르기까지 무척 흔했다. 허버트는 ‘사진 기억’이나 ‘완전 기억’과 같은 용어에 익숙했을 것이다. ‘두뇌 훈련’과 기억력 향상이라는 개념은 아리스토텔레스가 꾸준한 정신 훈련을 거치면 기억력을 향상할 수 있다고 주장했던 기원전 4세기까지 거슬러 올라갈 수 있을 테니 말이다.

허버트에게 영향을 준 또 다른 소설은 대니얼 키스가 쓴 『앨저넌에게 꽃을』로, 1959년에 단편 소설로 출판되었다가 후에 장편소설로 확장됐다. 이 소설은 심각한 학습 장애를 지닌 한 남자가 지능 향상을 위한 실험에 참여하면서 벌어지는 이야기로, 《더 매거진 오브 판타지 앤드 사이언스 픽션》을 통해 처음 출간된 뒤, 1960년에 휴고상 최우수 단편 부문에서 수상했다. 당시는 허버트가 SF 소설 집필에 전념하고 출판을 위해 여기저기 글을 투고하던 때이니, SF계에서 가장 권위 있는 상의 수상작을 간과했을 리는 거의 없다.

**소설 『앨저넌에게 꽃을』을 각색한 1968년 영화 「찰리」 속 오스카 수상자 클리프 로버트슨과 릴리아 스칼라**

『듄』에서 초인적 기억력을 지닌 존재는 멘타트뿐만이 아니다. 베네 게세리트 자매들은 가장 강력한 형태의 스파이스 멜란지인 생명의 물, 즉 "모래벌레, 창조자가 죽어가면서 뱉어놓은 액체"[14]를 마시면 유전적 기억이라는 다른 형태의 기억에 접속할 수 있게 된다. 그렇게 무아지경에 빠지게 된 대모들은 어머니와 할머니의 기억뿐 아니라, 수천 년간의 인류사 속 모계 조상들의 기억을 들여다볼 수 있다. 심지어 이들은 선조의 '유령'과도 대화해 그들의 경험으로부터 배우기도 한다.

여기서 허버트는 스위스의 심리학자 칼 구스타프 융이 주장한 '집단무의식' 개념을 빌리는데, 융은『듄』에 지대한 영향을 미친 사상가 중 한 명이다.[15] 1875년에 태어난 융은 절친한 친구이자 동료인 지크문트 프로이트와 함께 현대 심리학의 창시자로 여겨진다. 프로이트의 개념들이 주로 성, 유년기, 개인적 트라우마와 같은 세속적인 문제에 뿌리를 두고 있다면, 융의 이론은 집단무의식에 관한 그의 믿음만큼이나 어딘가 독특하다.

융은 1916년 에세이「무의식의 구조」에서 처음으로 집단무의식 개념을 정의하며 이렇게 말했다. "가장 믿기 어려운 신화적 모티프와 상징일지라도 꿈, 환상 및 기타 예외적인 정신 상태에서는 자생적으로, 즉 자발적으로 나타날 수 있다. (…) 이 '원형적 이미지' 혹은 '원형'들은 (…) 무의식적 정신의 기저에 속한 것으로, 개인이 습득한 것의 차원에서 해명될 수 없다."[16]

이러한 원형 중, 융은 '대모', '노현자', 탑, 그림자, 생명의 나무와 같은 상징적 인물상과 형상을 발견했다. 그는 이러한 원형들이 경험을 통해서 인간의 정신에 이식된 게 아니라 태어날 때부터 무의식에 내재한 것으로, 이전 세대에서 물려받은 것이라고 믿었다. 여기서도 융은 태어날 때 인간의 무의식은 '타불라 라사(tabula rasa)', 즉 텅 빈 석판과 같은 백지상태라고 믿는 프로이트와 노선을 달리한다.

ARTHUR
C. CLARKE
Pan Science Fiction
SF
Childhood's
End

**상단**: 1909년, 매사추세츠 클라크대학교에서 지크문트 프로이트(앞줄 좌측)와 칼 융(앞줄 우측)이 다른 이들과 함께 찍은 사진

**하단 좌측**: 생물학자 리하르트 제몬은 유전적 기억 옹호자 중 핵심 인물이었다

**하단 우측**: 유전적 기억에 대해 탐구한 또 다른 저서인 아서 C. 클라크가 쓴 1970년 판 『유년기의 끝』

융은 정신과 환자들의 증언을 모아 주장을 뒷받침하는 증거로 삼았다. "뱀 모티프는 확실히 꿈꾼 사람 개인이 습득한 것이 아니다. 살면서 실제로 뱀을 한 번도 본 적 없는 도시 거주자들에게조차 꿈에 뱀이 무척 흔하게 등장하기 때문이다."[17] 이후 글에서 융은 본능 개념과 특정 동물이 '교육' 없이도 놀랍도록 복잡한 일을 수행할 수 있는 이유에 관해 탐구했다. 또, 그는 배고픔, 섹슈얼리티, 활동, 사유, 창의력을 인간의 다섯 가지 본능으로 정의했다.[18]

이 지점에서 융의 사유는 19세기 후반과 20세기 초반에 한창 연구되었던 유전적 기억 이론과 겹치게 된다. 집단무의식 이론과 마찬가지로, 유전적 기억 이론 또한 기억이 부모로부터 아이에게로 유전될 수 있다고 주장한다. 이 이론에서는 전 지구인이 공유하는 잠재의식에 내재하는 것이 아니라 개인의 유전자에 새겨져 있다고 주장한다는 점만 다를 뿐이다. 독일의 진화 생물학자 리하르트 볼프강 제몬은 유전적 기억의 가장 열렬한 옹호자 중 하나였고, 뇌 속에 있는 기억의 물리적 출처를 지칭하기 위해 '엔그램'이라는 용어를 만들어냈다.[19] 하지만 실제 엔그램의 위치를 밝히려는 그의 노력은 결실을 보지 못했다.

흥미롭게도 생쥐를 활용한 연구에서 특정 냄새에 대한 공포 반응이 다음 세대로 유전될 수 있다는 사실이 증명되기도 했지만, 지난 세기 동안 유전적 기억 개념은 대개 신빙성을 상실했다.
하지만 소설에서 유전적 기억은 여전히 인기 있는 소재로 남아 있다. 예를 들어, 잭 런던의 1907년 소설 『비포 아담』에는 현대의 한 남성이 선사시대 조상의 일생에 관한 꿈을 꾸는 이야기가 담겨 있고, 『듄』보다 조금 일찍 출간된 아서 C. 클라크의 『유년기의 끝』은 악마에 관한 '인류의 기억'이 먼 옛날 외계 종족과의 조우에서 영향을 받은 것이라는 이야기를 다루고 있으며, 1963년에 피에르 불이 쓴 소설 『혹성탈출』은 인류가 쇠락하고 대신 지적 유인원이 우위를 점하게 된 과거의 사건을 퇴화한 인간이 유전적 기억을 통해 다시금 기억해내는 이야기를 다룬다.

하지만 이 주제를 다룬 시도 중 프랭크 허버트의 소설이 가장 꼼꼼하고 흥미롭다고 말할 수 있다. 허버트는 『듄』에서 전매특허나 다름없는 동전의 양면 모두를 묘사하는 방식을 선보인다. 『듄』에서 유전적 기억의 힘은 수천 년간의 과거 세대와 연결할 수 있는 위대한 재능처럼 묘사되는 한편, 이후 시리즈에서는 점차 그 부작용이 드러나기 시작하며 『듄의 아이들』에 다다르면 과거의 '유령'이 기존 인격을 예속하고, 소설 속 가장 비열한 악당이 육신 없이 환생하는 사태가 발생하기에 이른다.

## 9장

# 초암사

1991년, '사막의 폭풍 작전' 여파로
불타고 있는 쿠웨이트의 유전

블라디미르 하코넨 남작은 자신이 부리는 그 모든 계교의 궁극적 목표가 "초암 사에 대해 영원한 지휘권을 갖게" 되는 것이라고 조카 페이드 로타에게 말한다. 초암 사를 손에 넣으면 이 어린 소년의 머리로는 감히 "상상조차 못 할" 엄청난 부를 거머쥘 수 있기 때문이다.[1] 그렇다면 초암은 무엇이고, 초암의 지휘권이 그토록 귀중한 이유는 무엇일까?

'초암(CHOAM)'이라는 명칭은 프랑스어를 비롯해 여러 언어가 섞인 '진보적인 상업을 위한 순수 연합(Combine Honnete Ober Advancer Mercantiles)'의 약자로, "통나무, 당나귀, 말 소, 목재, 똥, 상어, 고래 모피……. 가장 평범한 것과 가장 특이한 것"[2]을 아울러 제국 내 모든 상품의 흐름을 관장하는 공공 기관이다. 초암 사의 지분은 '랜드스라드'라는 이사회를 구성하는 대가문과 소가문이 나누어 갖는데, 가장 지분이 많은 사람은 패디샤 황제다. 그래서 황제가 초암을 통제하고, 따라서 다른 가문을 지배한다. 우주 조합과 베네 게세리트 또한 초암에 지분이 있는데, 이들은 전면에 나서는 일 없이 막후에서 활동하는 일종의 사일런트 파트너다.

오늘날의 여타 회사와 마찬가지로 초암도 유력한 대가문 중에서 이사회를 선출하며, 이들이 공사의 자금을 운용한다. 엄청난 사회적 지위를 갖는 만큼, 이 이사들은 지독하게 부패해 초암의 자금을 힘닿는 데까지 축내고 빼돌린다. 거대한 권력뿐만 아니라 엄청난 부를 거머쥐는 것, 이것이 바로 남작이 추구하는 궁극의 보상이다.

프랭크 허버트가 『듄』에서 펼쳐 보이고자 했던 또 다른 야망은 "서로 맞물려 움직이는 정치와 경제의 작동 방식을 꿰뚫어 보는 것"[3]이었는데, 그러한 야망을 실현하는 데에는 초암이 핵심적이다. 초암 공사는 소설이 쓰일 즈음에 새로이 등장했던 현실 세계의 세력인 석유수출국기구 OPEC에 직접적인 영향을 받았다.

1960년에 이란, 이라크, 쿠웨이트, 사우디아라비아, 베네수엘라까지 5개 석유 부국이 설립한 OPEC은 석유 생산 및 수출 과정에 영국이나 미국 같은 외세의 개입을 줄이고 자신들이 최대한 많은 이윤을 가져가는 상황을 조성하는 것이 목적이었다. 이란은 과거에 이러한 조치를 단독으로 시행한 적도 있었으나, 끝이 좋지 않았다. 이란은 1953년에 석유 산업을 국유화하려다가 영국과 미국의 사주로 내부 쿠데타가 발생했다. 이후 이란은 자기 편의 머릿수를 늘리는 것이 최선이라는 결론에 도달하게 됐다.

하지만 OPEC의 목적은 자기 보호만이 아니었다. OPEC 사무총장이 이끄는 이사회는 OPEC 총회를 개최해서 회원국끼리 공급량을 제한하기로 담합해 유가를 통제하고 커다란 수익을 올리기도 한다. 하지만 지난 수십 년간, 이 회원국들은 기구에서 합의된 제한량을 무시하고 최대한 많은 석유를 생산하고 있다고 비난받았다.[4]

OPEC은 회원국 간의 커다란 경제적, 종교적, 문화적 차이로 인해 항상 얼마간 불안정했다. 이들은 석유와 그 공급원의 소유권을 둘러싼 갈등을 비군사적으로 해결하기 위해 노력하지만, 그 노력이 항상 성공했던 건 아니다. OPEC이 설립된 이래로 세계는 이스라엘과 아랍 연합 간의 욤 키푸르 전쟁부터 OPEC 회원국인 이라크와 쿠웨이트 간의 걸프 전쟁에 이르기까지, 석유 소유권 문제가 일부 얽혀있는 전쟁과 격변을 셀 수 없을 만큼 많이 목격했다.

이러한 점들과 『듄』 사이의 유사성은 놓치기 쉽지 않다. 앞서 언급했듯, 스파이스 멜란지는 석유를 직접적으로 은유한다. 둘 다 이동을 가능케 해주고, 사막 환경에서 발견되며, 채취 작업에 커다란 위험이 수반된다. 두 물질 모두 각자의 시간대에서 가장 귀중한 상품이고, 이로 인해 그 물질을 차지하려는 권력가들 간에 갈등이 생긴다.

두 차례의 걸프전과 이라크의 점령을 겪은 현대인들에게는 아라키스와 스파이스 모래의 통제권을 놓고 하코넨, 아트레이데스, 제국, 프레멘 간에 벌어지는 갈등이 낯설지 않겠지만, 프랭크 허버트는 이러한 일들이 실제로 벌어지기 전에 소설을 썼다는 점을 짚고 넘어가자. 그는 당시 중동에서 일어나고 있었던 격변과 OPEC의 설립, 권력을 둘러싼 석유 부국들의 전쟁사를 살펴봤을 뿐, 나머지는 온전히 상상력으로 채워냈다.

**"모래 속에 숨겨진 보물"**: 1976년, OPEC 석유 장관 회의에 참석한 대표자들

# “초암은 OPEC이다.”

— 프랭크 허버트, 「듄 창세기」

# "그들이 바다의 풍부한 자원과 모래 속에 숨겨진 보물들을 빨아먹을 것이니."

— 신명기 33:19, 『듄』에서 인용 [5]

**상단**: 반란군: 2004년, 팔루자의 이라크 저항군

**하단**: 영국 탐험가 헨리 허드슨이 동인도회사와의 계약서에 서명하는 모습을 담은 19세기 판화

**다음 페이지**: 무역의 힘: 17세기, 빌럼 판데르펠더 2세가 그린 「예포하는 네덜란드 군함」

그래서 독자들은 『듄』이 예지력과 선견지명의 힘을 우려하는 책치고는 섬뜩하게도 예언적인 소설이라고 평한다. 식민 세력이 이윤 추구를 위해 사막을 약탈하리라는 허버트의 예측은 수없이 들어맞았고, 프레멘과 이들의 게릴라 전술, 하코넨에 대한 무차별적 공격은 미국이 이라크와 아프가니스탄을 점령한 이후에 발생한 무장 반란과도 명백한 유사성을 띤다. 압도적으로 우월한 기술력을 지닌 군대가 오합지졸 토착군에게 패배한다는 생각은 책 출간 당시에는 완전히 허구의 산물로 여겨졌지만, 베트남전과 아프가니스탄전을 겪은 이후로는 더는 허구가 아니게 되었다.

물론 역사학자들은 그러한 일이 그보다 더 오래전부터 수 세기 동안 계속 일어났다는 점을 짚으며, 프랭크 허버트가 일종의 예언자라는 주장에 반박한다. 그 예시 중 하나가 바로 1917년에 발생한 아랍 반란이다. 혹은 허버트가 「SF 소설과 위기의 세계」에서 한 말도 주목할 만하다. "때로 우리 SF 소설가들은 떼돈을 벌기도 한다. 현실 정치가 허구를 따라잡기 때문이다."[6]

초암이 OPEC에 대한 은유일지라도, OPEC만을 의미하지는 않는다. 이 절대 권력의 상업 회사는 프랭크 허버트가 태어나기 수 세기 전에 등장한 동인도회사에서도 영감을 받았다.

1602년, 동아시아의 향신료를 유럽으로 수입해 막대한 이익을 쌓기 위해 설립된 연합동인도회사(VOC, Vereenigde Oostindische Compagnie, United East India Company)는 다른 어느 유럽의 향신료 거래 조합보다 더 많은 사람을 고용하고, 더 많은 선박을 소유하고, 더 많은 이익을 취해 단연코 역대 가장 성공한 경제 단체가 됐다.

초암과 마찬가지로 동인도회사는 상업 단체였고, 여러 조직과 국가(혹은 행성) 간의 무역에 기반한다. 또, 초암처럼 동인도회사도 향신료 거래를 통해 부를 축적했고, 그중에는 육두구, 사프란, 후추, 카르다몸, 계피도 있었다. 향신료가 귀했던 이유는 단순히 향료 그 자체의 맛 때문만이 아니었다. 향신료는 높은 신분 또는 부의 상징이었던 동시에 약용 혹은 환각용으로도 사용됐다.[7] 사프란은 섭취 시 진통 효과를 냈고, 육두구는 피우면 경미한 환각 효과를 일으켰다.

하지만 동인도회사는 오늘날 사람들이 생각하는 그런 의미의 회사가 아니다. 동인도회사는 여러모로 하나의 국가에 가까웠다. 인도네시아 자카르타를 '수도'로 삼고, 자원을 통제하기 위해 수많은 군함과 병사를 보유하고 있었으며, 네덜란드법에 따라 범죄자를 투옥하거나 처형하고, 조약을 협상하거나 화폐를 발행할 권한을 지니고 있었다는 점에서 그러하다.

하지만 네덜란드 동인도회사는 사칙에 따라 운영됐고, 경영자와 주주가 상급에 위치하고, 그 밑으로 관리자, 상인, 무역상, 선원, 병사가 있으며, 그 밑으로는 주로 현지인으로 구성된 대부분 노예인 대농장 일꾼과 미숙련 노동자가 있었다.[8] 실제로 동인도회사는 네덜란드 노예무역을 추동한 주체 중 하나였으며, 이로 인해 수많은 유라시아인과 아프리카인이 죽음으로 내몰렸다. 또한, 회사는 잔혹한 정복 세력이기도 했다. 1609년, 인도네시아 반다섬 주민들이 육두구 대농장을 통제하려는 동인도회사에 저항하자 회사는 보복에 나섰고, 주민 대다수가 폭력 혹은 질병으로 사망했다. 살아남은 이들은 자기 땅에서 노예가 되어 노동해야만 했다.[9]

『듄』의 제국에서도 여전히 노예제가 시행되고 있는 모습을 엿볼 수 있다. 황제는 노예 첩을 거느리고, 하코넨 남작은 노예를 사들여 성적 욕망을 마음껏 펼치고, 페이드 로타는 전투 실력을 연마하기 위해 노예 전사들을 이용한다. 비록 노골적으로 언급된 적은 없지만, 이러한 노예 거래 또한 우주의 다른 모든 상품과 마찬가지고 초암이 관장한다고 가정하는 편이 옳다.

네덜란드 동인도회사의 몰락에 영향을 미친 요소는 여러 가지가 있다. 현지 세력의 저항 증가, 브라질산 설탕과 같은 값싼 상품의 증가, 네덜란드 제국의 쇠락과 영국의 부상이라는 결과를 가져온 4차 영국-네덜란드 전쟁 참전과 같은 여러 상황이 겹쳤다. 그뿐만 아니라 초암처럼 동인도회사도 경영자와 관리자가 이윤을 갈취하며 내부에서부터 곪고 있었고, 근로자들이 근무 중 죽을까 봐 걱정할 정도로 근무 환경이 열악하고 임금이 적은 것으로 악명이 높았기에 어찌 보면 당연한 결과였다.

초암이 패망하게 된 궁극적 이유가 경영진의 부패인지는 알 수 없다. 패망하기 전, 신황제 레토 2세가 3500년이라는 기나긴 통치 기간에 초암의 활동을 엄격하게 제한한 바람에 초암의 힘은 약해진 상태였다. 하지만 모든 거대한 조직은 결국엔 자신의 오만함으로 패망하게 된다는 말을 프랭크 허버트가 종종 했었던 점을 떠올리면, 초암도 그랬을 거로 추측할 수 있다. 그런 점에서 초암은 우주에서 가장 강력한 또 다른 세력과 닮아 있다.

**상단**: 현재 인도네시아의 자카르타 지역이자, 1681년 당시 네덜란드령 동인도의 수도였던 바타비아의 지도

**하단 좌측**: 제복을 차려입은 동인도회사 병사를 그린 1783년 삽화

**하단 우측**: 과거 아라칸으로 불렸던 지역의 주민들이 동인도회사에 노예를 팔아넘기는 모습이 담긴 1708년 삽화

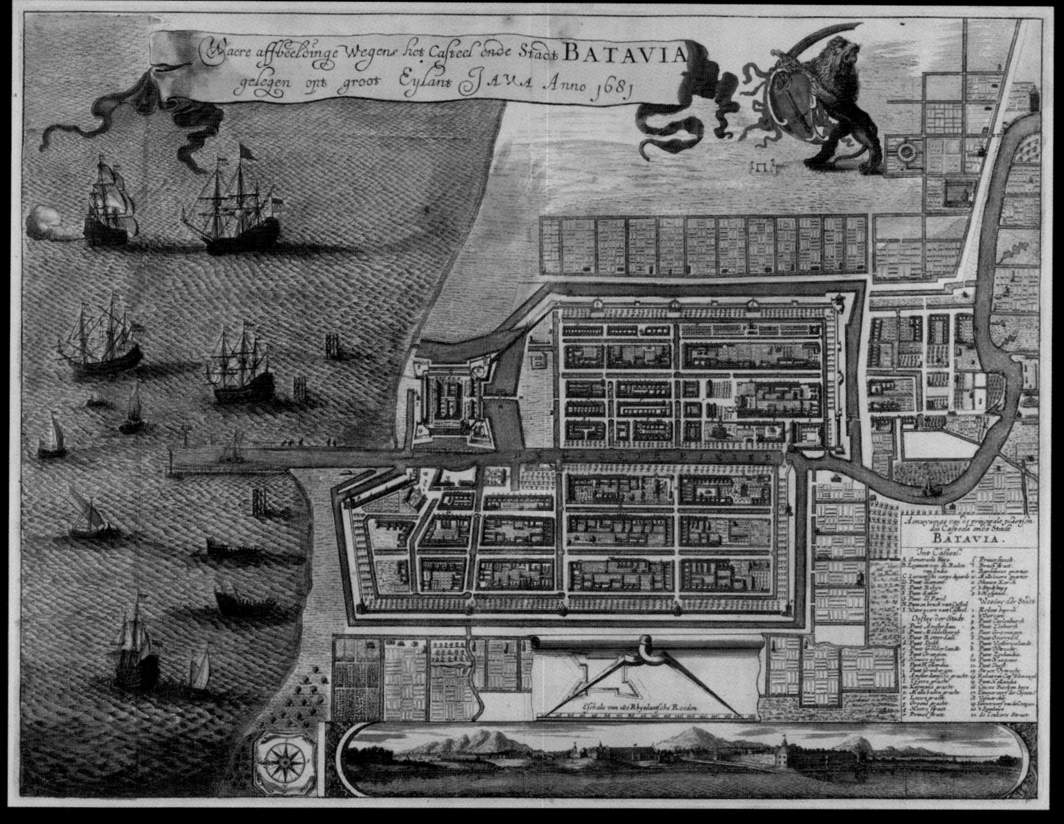
Waere affbeeldinge wegens het Casteel ende Stadt BATAVIA
gelegen opt groot Eylant JAVA Anno 1681
BATAVIA

II. Deel. Fol. 10.

# THE WORLDS OF DUNE

## 4부

## 카이테인

10장

# 코리노 가문과 패디샤 황제

**절대 권력**: 오스만 제국의 술탄 무라드 1세의 1579년 초상화

프랭크 허버트는 지도자들을 불신했다. 사실 그는 정부란 모두 본질적으로 믿을 수 없는 기관이며, 섬겨야 할 국민을 오히려 배신할 수밖에 없다고 생각했다. 허버트는 특정 당의 정식 당원이었던 적이 없고, 항상 민주주의의 본질에 의문을 품었다. 그런데도 그는 자신을 "한때 워싱턴 DC에 사무실을 두 개나 두었던 (…) 정치적 동물"이라며, "사과의 안쪽에 있어 보았으니, 막후에서 어떤 일이 일어나는지 잘 알고 있다."라고 말했다.[1]

“모든 정부(政府)들은 반복적으로 발생하는
문제들 때문에 고생한다. 권력이 정신병자에
가까운 사람들을 끌어당긴다는 것.
이건 권력이 부패한다는 뜻이 아니라,
부패할 수 있는 자들을 자석처럼 끌어당긴다는 뜻이다.”

— 프랭크 허버트, 『듄의 신전』[2]

권위에의 과시: 패디샤 황제 샤담 4세(호세 페레), 1984년 영화 「듄」

『듄』은 두말할 것 없이 정치적인 작품이지만, 그렇다고 절대 노골적이지 않다. 살펴본 것처럼 『듄』 속 메시아의 등장에 열광하고 소설과 우생학의 연관성을 찬양하는 파시스트부터, 『듄』에서 선주민과 그들의 반제국주의적 태도에 대한 옹호를 읽어내는 진보주의자에 이르기까지, 정치 스펙트럼상의 모든 이데올로그들이 경합하며 이 소설의 주인을 자청한다. 하지만 『듄』은 끊임없이 손쉬운 범주화에 저항한다. 저자의 정치적 신념이 그렇기 때문이다. 대니얼 임머바르가 썼듯, 프랭크 허버트는 가히 “종잡을 수 없는”[3] 인물이다. 그는 로널드 레이건을 지지해 우편향된 모습을 보였다가도, 때로는 생태학 운동을 지지하고 마약 합법화를 옹호한다는 소신을 밝히거나,[4] 베트남전에 공개적으로 반대하는 등 정반대의 행보를 보이기도 한다.

하지만 한 가지만은 일관성을 유지한다. 허버트의 전 고용주였던 공화당원들과 마찬가지로, 허버트는 평생 정부 역할의 축소를 꿈꿔왔다. 1981년, 생태학 잡지 《마더 어스 뉴스》와의 인터뷰에서 허버트는 이렇게 말했다. “제 작품에는 큰 정부에 대한 경고가 내포된 경우가 많습니다. (…) 전 모든 사람이 그 모든 형태의 권력과 중앙집권화된 권위를 불신하는 게 중요하다고 생각합니다.”[5] 이와 같은 작가의 반권위주의적 신념은 『듄』의 절대 권력 군주이자 81대 패디샤 황제인 샤담 4세라는 인물을 통해 가장 극명하게 드러난다.

코리노 가문의 수장이자, 대대로 제국을 1만여 년간 통치해 온 샤담은 카이테인 행성에 거주한다. 카이테인 행성은 프랭크 허버트의 소설 내내 베일에 싸여 있지만, 추정컨대 부유하고 호화로운 곳이다. 한때는 위대한 전사로 코린 전투에서 맹위를 떨치던 코리노 가문 사람들은 서서히 부패의 길로 빠져 백성들과 점차 유리되었고, 부와 특권이라는 허례허식에 잠식당했다. 허버트는 이에 대해 부록에서 “궁정의 신하들을 희롱하고 자신의 권위를 과시”[6]했다고 묘사했다. 그 과정에서 제국은 내부에서의 공격에 무방비 상태로 노출되었으며, 폴 아트레이데스와 프레멘은 이 기회를 놓치지 않는다.

"역사의 흐름, 조류, 지도자들이 그 안에서 움직이는 방식 등을 이해하지 못한다면 역사를 이해할 수 없다."

— 레토 2세, 『듄의 신황제』[7]

**좌측**: 홍망성쇠: 1999년, 이라크의 독재자 사담 후세인이 왕좌에 앉은 모습

**하단**: 알제리의 베자이아 카스바 입구에 서 있는 이븐 할둔의 흉상

허버트에게 권력이라는 허식은 필연적으로 부패를 초래하는 것이다. 『듄』에서 레토 공작은 "대가문들이 타락해 가고 있는 우울한 현실"[8]에 대해 한탄하며, 작가는 인터뷰에서 "크렘린, 펜타곤, 케 도르세,* 샌드허스트와 같은 거대한 권력의 중심지는 본질적으로 부패의 온상이 될 수밖에 없다. 왜냐하면 그곳에는 권력을 위한 권력을 탐하는 이들이 득실거리고, 그들 중에는 제정신인 사람이 거의 없기 때문이다."[9]라고 말했다. 권력을 좇는 이들의 불안정함은 허버트가 좋아하는 주제였다. 그는 「듄 창세기」에서 이렇게 썼다. "내가 위험하다고 보는 것은 시스템 그 자체다. 권력 구조는 권력을 위한 권력을 원하는 사람들을 끌어당기는 힘이 있다. (…) 그들 중 상당수는 균형이 무너져 있다. 한마디로 미쳐 있는 거다."[10]

폐위되고 죽음을 맞이하기 전의 패디샤 황제 샤담 4세의 행적을 보면 역사상 가장 사치스러운 지도자들과 어깨를 나란히 한다고 해도 무방하다. 그는 "하갈에서 가져온 커다란 석영 덩어리를 깎아 만든 육중한 의자"[11]를 옥좌로 삼았고, 왕실 친위대 사다우카의 제복과 어울리는 군복을 입었다. 샤담 4세는 줄곧 부드러운 말투를 쓰지만, 마지막에 이르면 아라키스 반란에 대해 "이 행성에서 저놈들을 모두 쓸어"[12]버리라고 말하며 흥분한 모습을 보이기도 한다. '샤담'이라는 이름은 분명 아랍어에서 유래했으며, 걸프전을 선도했고 확실히 '정신 나간' 지도자이자, 기괴할 정도의 부귀를 누리다가 갑작스럽고도 불명예스럽게 축출된 또 다른 절대 권력의 소유자였던 사담 후세인을 떠올리게 한다.

물론 이는 또 다른 우연의 일치다. 사담 후세인은 『듄』이 출간된 지 한참 지난 1979년이 되어서야 이라크에서 집권하기 때문이다. 사실 황제 이름을 아랍어에서 가져온 것은 프랭크 허버트가 영향을 받은 또 다른 인물인 이븐 칼둔(Ibn Khaldun)에 대한 간접적인 언급으로 볼 수 있다. 14세기 사상가이자 역사가이며, 사회학의 아버지인 이븐 칼둔의 사상은 『듄』과 그 속편 전체에 배어 있다.

『듄』에서 사막의 프레멘들은 교훈의 책이라는 뜻의 '키탑 알 이바르'를 생존 지침서이자 종교적 안내서로 들고 다닌다. 이는 튀니지 출신 박식가인 이브 칼둔이 집필한 일곱 권짜리 방대한 역사 연구서의 제목이기도 하다. 이 책들은 집필 당시에 이르기까지의 문명사 전체를 아우르며, 이 연작의 서문이자 그 길이가 책 한 권 분량에 이르는 『무깟디마』는 사회학의 초석을 다졌다는 평가도 받는다. 실제로 오늘날에도 『무깟디마』는 프랭크 허버트처럼 작은 정부를 지지하는 이들에게 많은 정치적 영향력을 미치고 있다. 정부 관료제를 반대하고, 계층화된 사회를 지지했던 공화당 대통령 로널드 레이건은 자신의 '레이거노믹스' 정책에 영향을 준 인물로 이븐 칼둔을 직접 언급하기까지 했다.[13]

본명이 압둘라흐만 빈 무함마드 빈 무함마드 빈 무함마드 빈 알하산 빈 자비르 빈 무함마드 빈 이브라힘 빈 압둘라흐만 빈 이븐 칼둔 알하드라미(Abdurahman bin Muhammad bin Muhammad bin Muhammad bin Al-Hasan bin Jabir bin Muhammad bin Ibrahim bin Abdurahman bin Ibn Khaldun al-Hadrami)인 이븐 칼둔은 1332년, 튀니스의 부유한 무슬림 집안에서 예언자 모하메드의 동료 중 한 사람의 직계자손으로 태어났다. 이븐 칼둔은 부모님 두 분을 흑사병으로 여의고 고용주의 뜻에 반하는 일을 했다는 이유로 잠깐 교도소에서 복역한 뒤, 정계로 진출해 여러 북아프리카 고관 및 술탄의 외교 업무를 도맡았고, 잔혹왕 페드로의 스페인 궁정에 사절로 파견을 떠나기도 했다. 그와 동시에, 그는 사하라 북부의 베르베르 부족과 강한 유대를 쌓았고, 이들의 보호 아래 『무깟디마』를 집필했다.

---

* 케 도르세(Quai d'Orsay): 프랑스어로 '오르세 거리'라는 뜻으로, 그곳에 있는 프랑스 외교부를 지칭한다.

책에서 칼둔은 제국들이 어떻게 생겨나고 왜 필연적으로 쇠락할 수밖에 없었는지와 같은 제국의 흥망성쇠를 들여다보면서 역사 순환론을 옹호한다.[14] 칼둔은 인류를 본질적으로 두 가지 부류로 구분한다. 첫 번째는 농작물을 재배하고 마을과 도시에 모여 살았던 정착민 집단이고, 두 번째는 동물을 기르고 신선한 목초지를 찾아 계속해서 이곳저곳 옮겨 다녔던 유목민 집단이다. 마을과 도시의 사람들이 더 많은 교육을 받고 더욱 안락한 생활을 누렸겠지만, 이러한 사치는 반드시 사람을 게으르게 만들고, 현재에 안주하게 만든다. 한편, 유목민은 거친 환경에 단련되어 더욱 단단해지고 종교적 믿음으로 단결하기에, 강인한 전사로 거듭나서 결국에는 도시를 넘보고 정복하는 데까지 나아가게 된다. 그리고 그 시점에서 역사의 순환이 시작된다. 도시의 부를 거머쥔 유목민들은 정착민이 되고, 이전의 도시인들처럼 문화적 관심사를 갖게 되며, 따라서 점차 부패하고 게을러진다.

이러한 생각과 『듄』의 유사성은 놓치려야 놓칠 수 없다.[15] 프레멘은 독실하고, 사납고, 민첩한 유목민이고, 이들의 적인 하코넨과 패디샤 황제는 부패하고, 안일하며, 변화를 거부한다. 전쟁은 불가피하고, 프레멘의 승리도 마찬가지다. 무앗딥도 칼라단에서의 어린 시절에 대해 떠올리며 "우리는 인간들이 이런 낙원을 얻기 위해 언제나 지불해야 했던 것을 지불했다. 우리는 연약해졌으며 날카로움을 잃어버렸다."[16]라고 고백한다. 폴은 사막의 혹독한 환경을 맞닥뜨리고 나서야, 프레멘의 지도를 받고 비로소 저돌적인 "날카로움"을 되찾을 수 있었다.

하지만 속편에서 순환의 바퀴는 다시 굴러가기 시작한다. 『듄의 메시아』에 이르면 프레멘이 제 갈 길을 잃는다. 무앗딥의 궁정에는 좀스러운 관료와 타락하고 음흉한 모략가들이 판을 치고, 피할 수 없는 부패가 시작된다. 이븐 칼둔이 가르쳐주는 교훈을 새겨 폭력, 타락, 부패의 순환을 끊는 것은 폴의 아들인 레토 2세의 손에 달려 있다.

*

제국의 부드러워 보이는 외피 뒤에는 물론 사다우카라는 철권이 존재하며, 이들은 감히 왕위에 도전하는 그 어떤 가문이라도 무너뜨릴 수 있는 불굴의 전사들처럼 보인다. '광전사'로 묘사되는 사다우카는 제국에서 단연코 가장 두렵고 가공할 군대다. 적어도 프레멘이 등장하기 전까지는 말이다.

사실 허버트의 프레멘 창작에 영향을 준 요소들은 사다우카에도 적용될 수 있다. 두 집단 모두 태어날 때부터 전사로 훈련받으며, 고대 스파르타의 방식으로 약자는 솎아진다. 또, 둘 다 가혹하고 황량한 환경에서 생존해야만 했던 시련을 통해 이븐 칼둔식으로 단련된 이들이다. 사다우카에게 가혹한 환경이란 한때 코리노 가문의 모행성이었으나 폐허가 된 뒤 황제의 감옥 행성으로 전락한 살루사 세쿤더스다. 또, 두 집단 모두 강력한 종교적 감정으로 결속한다. 사다우카의 경우, 그러한 결속의 중심에는 황제라는 인물과 그가 하사하는 선물이 놓여 있다. 투피르 하와트는 이에 대해 "부유한 생활, 아름다운 여자들, 훌륭한 저택…… (…) 가장 계급이 낮은 사다우카 병사도 여러 면에서 대가문 사람들에 못지않은 생활을 하고 있습니다."[17]라고 말한다.

하지만 사다우카 창작에는 또 다른 두 집단이 영향을 미쳤다. 역사 속 전설로 알려진 전투 부대이자, 그 이름만으로도 상대를 벌벌 떨게 만든 이들이다. 첫 번째는 프라이토리아니 친위대로, 기원전 27년에 아우구스투스가 창설해 3세기 동안 황제를 호위한 로마군의 핵심 부대다. 사다우카와 달리, 프라이토리아니는 날 때부터 훈련받는 것은 아니었다. 대신 주로 해외 전투에서 두각을 드러낸 참전 용사들이 선출됐다. 이들의 복무 기간은 12년으로, 일반 징집병이 16년을 복무하는 데 비해 짧았다. 하지만 이들은 후한 보상을 받았다. 이들의 봉급은 일반 병사보다 훨씬 많았고, 특히 축일과 같은 때에는 선물이나 상여를 받기도 했다.

**상단**: 칼에 찔려 치명상을 입는 칼리굴라 황제의 모습, 피넬리의 그림을 바탕으로 제작한 페르시치니의 1836년 판화

**다음 페이지**: 감옥 행성 살루사 세쿤더스에서 대열을 갖추고 있는 사다우카 전사들의 모습, 2021년 영화 「듄」

사다우카처럼 프라이토리아니는 단순한 경호대가 아니라 황제의 뜻을 관철하기 위해 존재하는 부대였다. 이들은 황제의 적들을 감시하고, 황제를 거역하려는 음모를 파헤쳤으며, 황제를 험담하는 이들을 잡아내는 첩보 임무도 수행했다. 이처럼 사다우카가 황제를 위해 잠입 요원으로 활동하는 장면은 속편에서 명확하게 드러난다. 『듄의 메시아』에서 챠니는 임무 수행을 위해 무앗딥의 궁정에 침입하는 사다우카 첩자 몇 명을 솎아내고, 『듄의 아이들』에서 황제의 첫째 딸인 웬시시아 공주는 마지막 남은 사다우카 전사들에게 명령해 사나운 라자 호랑이를 훈련시켜 폴의 어린아이들을 암살하는 정교한 계획을 실행하도록 한다.

하지만 사다우카와 프라이토리아니 친위대 사이에는 극명하게 다른 점이 하나 존재한다. 사다우카 병사들은 날 때부터 절대 충성을 주입받고, 그 충성심은 끊임없는 보상으로 더욱 다져지기에 황제에게 등을 돌린다는 것은 생각조차 할 수 없다. 이와 달리, 프라이토리아니 친위대는 그리 신뢰할 만한 존재가 아니었다. 공식적인 정치적 권력은 없었지만, 이들은 무시무시한 군사력을 바탕으로 왕위 계승을 결정하는 원로원 의원들에게 '영향력을 행사해' 차기 황제를 선출하는 데 핵심적인 역할을 했다. 또, 공식적으로는 황제에 반하는 음모를 파헤치는 임무를 띠고 있었지만, 오히려 프라이토리아니가 직접 꾸민 음모도 여럿 된다. 이들은 원로원 의원들과 공모해 칼리굴라 황제를 시해하고 그의 삼촌인 클라우디우스를 옹립했으며, 심지어 서기 193년에는 제국을 팔아넘기고, 왕좌에 앉아있던 황제 페르티낙스를 시해하고, 돈으로 이들의 마음을 산 디디우스 율리아누스를 후계자로 임명했다. 디디아누스와 그 지지자 프라이토리아니에게는 안타깝게도, 내전이 벌어져 디디아누스의 재위 기간은 고작 9주에 그치고 말았다. 이후 왕위를 차지한 셉티미우스 세베루스는 프라이토리아니를 축출하고 자기 병사로 친위대를 대체했다.[18]

프라이토리아니 친위대는 반란을 일으키고, 사다우카는 그러지 않은 이유는 무엇일까? 그 이유는 이 광전사 종족의 탄생에 영향을 미친 또 다른 영감의 원천에서 찾아볼 수 있다.

کسی را که باشد دو فرزند ناز · همیشه بود از یکی بی نیاز

که سازد بهر خطه از دیار · روانه یکی کرد صاحب وقار

کنون شاه را در سر سپه سال · چنین است قانون فرخنده فال

کند همره او فرخنده یکی · زبهر نوازشش پی بند یکی

کلاههای سرخ و قباهای ال · فراوان تر از برگ سبز نهال

که گردد بگرد ولایت تمام · ستاند زهر خانه یک غلام

زگلگون سقرلاطها دوخته · چو گل تر بته بر هم اندوخته

چو لاله کلاهی نهد بر سرش · چو غنچه قبایی کند در برش

수 세기 동안 유럽에서 가장 무시무시한 전투 부대는 오스만 제국의 술탄이 거느리는 정예 보병 부대인 예니체리였다. 1453년 콘스탄티노플이 함락된 뒤부터 수없이 많은 적과의 전투를 치르고 19세기에 해체되기까지, 예니체리 부대는 오스만 권력의 초석이었다.

14세기 술탄이었던 무라드 1세는 전장에서 데려온 모든 노예에게 처음으로 세금을 부과하고 그중 5분의 1을 자기 몫으로 챙겼다. 최초의 예니체리는 이 노예들 사이에서 탄생했다. 이후에는 '데브시르메(devşirme)'라는 제도하에 주로 알바니아인, 불가리아인, 보스니아인과 같은 비무슬림 출신의 6살~14살짜리 남자 노예 어린이 중에서 예니체리를 선발했고, 이들을 이슬람교로 개종시킨 뒤 무술을 혹독하게 훈련시켰다. 이 소년들은 격지의 막사에 고립된 채 예니체리 부대를 고향으로, 술탄을 아버지로 여기도록 주입받은 뒤, 무서울 정도로 충성심이 강한 성인으로 성장했다.

프라이토리아니나 사다우카의 경우와 마찬가지로, 예니체리들은 훈련 기간이 끝나면 다른 백성들보다 훨씬 좋은 대우를 받았다는 점도 충성심을 강화하는 데 한몫했다. 오스만 사회에서는 노예가 '자유인'보다 더 높은 사회적 지위를 얻는 것이 그리 특이한 일이 아니었다. 이 노예병들은 정기적으로 봉급을 받고 전쟁에서 획득한 전리품 중 상당수를 차지했을 뿐만 아니라, 일종의 무인 귀족이 되어 사회적으로도 존경받았다. 하지만 군 복무를 마치는 40세 전에는 결혼이나 장사를 하는 것이 금지되어 있었기에, 대부분 말년에 제대로 삶을 누렸다. 실제로 16세기에 이르자, 노예병이 되면 가정에 남는 것보다 더 나은 삶을 살 수 있다고 생각한 부모들이 튀르키예 당국에 뇌물을 주며 자기 아들을 징집해 가달라고 사주하기도 했다.[19]

또, 예니체리들은 전장에서 일반 병사보다 훨씬 좋은 장비가 주어졌다. 이들은 원래 궁술과 '야타간(yatagan)'이라는 단검술을 익혔지만, 15세기에 머스킷 소총이 널리 보급되자 금세 이를 활용한 전술을 연마해 전장을 누비고 다녔다. 예니체리는 야영지 설치와 음식 요리를 돕는 전용 지원 부대뿐만 아니라, 전문 의료진과 종군 악단을 거느리기도 했다.

오스만 제국의 예니체리 신병 징집 장면이 담긴 1558년경의 채색 삽화

하지만 아무리 술탄이 예니체리에게 결속력과 종교적 감정을 강제로 주입하고 후한 대접을 베풀었다고 할지라도, 시간이 지나자 예니체리는 프라이토리아니 친위대처럼 너무 큰 권력을 얻어 통제하기가 어려워졌다. 17세기에 예니체리는 덩치가 너무 커져서 그 수뇌부가 정치 정책에 영향을 미치고 심지어는 술탄을 폐위시키는 데까지 나아갔다. 이들은 가장 먼저 결혼 금지법을 폐지한 뒤, 1648년에 노예 징집제를 폐지하고 대신 직접 병사를 선발했는데, 현직 장교들의 자제가 뽑히는 경우도 많았다. 따라서 훈련 과정은 당연히 해이해질 수밖에 없었다. 물론 여전히 엄격했지만, 원조 예니체리들이 견뎌야 했던 혹독하고도 잔혹한 훈련에 비할 바는 못 되었다.

예니체리가 주도한 쿠데타와 반란이 몇 차례 휩쓸고 지나간 이후, 마무드 2세 술탄은 이들에게 협력하는 척하며 시간을 벌었고, 그간 권력과 군사력을 모아 마침내 예니체리를 강제 해산시켰다. 이에 예니체리는 '상서로운 사건'으로 알려진 반란을 일으켰고, 술탄의 궁으로 진격했다. 거기서 예니체리 대부분은 포병의 사격에 맞아 쓰러졌고, 살아남은 이들은 추방되거나 처형됐다.[20]

다시 한번, 이 지점에서도 사다우카와의 유사성이 발견된다. 프랭크 허버트는 용어집에서 "샤담 4세 시절에도 사다우카는 여전히 강력한 전사들이었지만, 지나친 자신감으로 전력이 많이 약화되어 있었다."[21]라고 말한다. 그럼에도 사다우카는 제국을 구성하는 거대 집단이자, 권력에 굶주린 전쟁 정예병, 귀족 가문, 사병들을 충분히 견제할 만큼 무시무시한 우주 최고의 군사 집단이다.

11장

# 랜드스라드

지주에게 명령받는 봉건 소작농들의
모습이 담긴 15세기 목판화

사다우카는 『듄』 세계관에서 가장 직접적인 억압의 도구이지만, 유일한 도구는 절대 아니다. 사다우카 못지않게 강력한 도구는 너무 경직되고 너무 오래되어 그 누구도 의문을 제기할 생각조차 하지 못하는 정치 체제와 단순한 전통이다. 제국의 계급 구조는 엄격한 봉건제 형식이며, '파우프레루체스'라는 이름의 낡은 체제에 따라 조직되어 있다. 이 체제는 "모든 이에게는 각자 주어진 자리가 있다."[1]는 격언을 받든다.

# "만약 패턴이 내게 가르쳐주는 것이 있다면, 그것은 패턴이 반복된다는 사실이다."

— 레토 2세, 『듄의 신황제』[2]

1939년, 사진작가 제트 방이 촬영한 북그린란드 랜드스라드 사람들

'파우프레루체스'라는 용어는 장식을 뜻하는 프랑스어 '팡프레루슈(fanfreluche)'에서 유래한 것으로, 이 또한 레슬리 블랜치의 『낙원의 사브르』에서 빌려왔다. 블랜치의 책에서 이 단어는 제국의 허영과 허세를 상징하는 러시아 기병대 말 안장에 달린 술 장식을 가리킨다.

『듄』 세계 속 봉건제 피라미드의 꼭대기에는 코리노 가문의 남성 후계자이자 강력한 영향력과 무한에 가까운 자원을 소유한 패디샤 황제가 있다. 하지만 황제의 권력은 무한하지 않다. 황제는 대가문과 소가문을 대표하는 정치체이자, 서로 상충하는 이해관계로 구성원끼리 옥신각신하는 집단인 랜드스라드와 협력해야 하기 때문이다. 이러한 체제의 목적은 수천 개의 소권력들이 하나의 위대한 권력과 균형을 맞추는 것, 즉 랜드스라드가 황제를 견제하는 것이다. 실제로 1만 년 동안 이 체제는 대체로 목적한 바대로 잘 작동해 정치적 안정과 상대적 평화, 그리고 풍요의 시절을 가져다주었다. 적어도 상위 계급에게는 그랬다.

독일어로 '토지 위원회'를 뜻하는 단어 '랜드스라드(landsraad)'는 최근까지도 비교적 널리 사용됐다. 덴마크어 'landsråd'는 1950년에 그린란드 자치 정부가 들어서기 전까지 식민지 그린란드를 통치하던 남북의 지방자치체 한 쌍을 일컫는 말이었다.[3] 아마 프랭크 허버트는 여기서 영감을 얻은 모양이다. 1973년, 그는 《버텍스》에서 "랜드스라드는 지주들의 모임을 일컫는 스칸디나비아 고어다. (…) 실제로 어떤 모임을 뜻하는 단어였기에 역사적으로도 쓰임이 정확하다. (…) 랜드스라드는 상류 지주 계층을 가리킨다."[4]라고 말했다. 『듄』 세계관에서 '상류층'이라는 단어는 '지주' 이상의 의미를 지닌다. 허버트가 용어집에서 가문을 "행성 혹은 행성계를 통치하는 씨족을 관용적으로 일컫는 말"[5]로 정의하는 데서 알 수 있듯, 이들은 여러 세계에 대한 이권을 지닌다. 한편, 대가문과 달리 소가문은 주로 하나의 행성만 관장한다.

랜드스라드 가문들은 은하계를 망라하는 엄청난 권력을 지녔지만, 중세 유럽의 봉건 세력이라는 지구의 선조들과 여전히 많이 닮아있다. '영지'라는 뜻의 라틴어 'feodum'에서 유래한 단어 '봉건제(feudalism)'는 대략 9세기부터 15세기 사이, 유럽과 신성로마제국에 널리 퍼져 있던 계급 기반 통치 체제를 설명하기 위해 후대 역사학자들이 사후적으로 주조한 단어다. 봉건제는 출생, 부, 종교적 요소, 땅 소유 여부에 따라 사람들을 사회 계층별로 엄격하게 구분했다.[6] 이 용어는 비단 유럽에만 적용되는 것이 아니다. 봉건 사회는 역사적으로 중국, 인도, 노예제 시대의 미국, 그리고 허버트에게 영향을 준 일본의 문화에서도 찾아볼 수 있다. 하지만 허버트가 여러 유럽어 단어와 함께 덴마크어, 프랑스어에서 유래한 용어를 사용한 것으로 미루어 보아, 여기서는 유럽의 봉건제에 초점을 맞추는 것이 합당해 보인다.

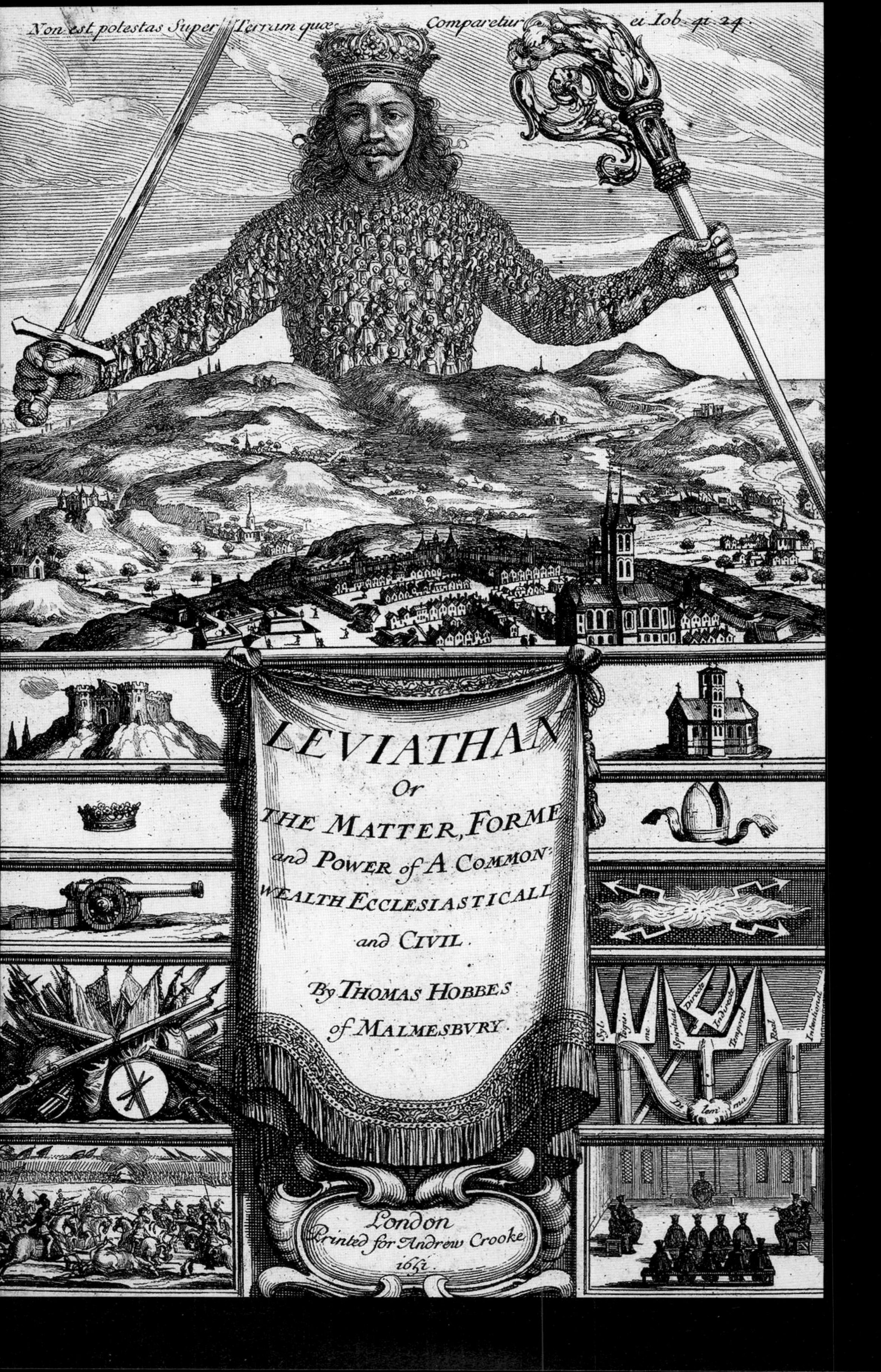
Non est potestas Super Terram quæ Comparetur ei Iob. 41. 24.
LEVIATHAN
Or
THE MATTER, FORME and POWER of A COMMON-WEALTH ECCLESIASTICALL and CIVIL.
By THOMAS HOBBES of MALMESBVRY.
London
Printed for Andrew Crooke
1651.

로마의 노예 기반 후원제에서 비롯된 봉건제 개념은 근본적으로 상호 지원의 한 형태를 띠었다. 봉신 혹은 신민은 영주에게 식량이나 내다 팔 수 있는 물건을 바칠 뿐만 아니라, 영주의 집안일도 도맡아 처리했다. 그 대가로 영주는 자기 땅에 봉신의 자리를 마련해주고, 이들을 보호해줬다. 이 체제의 목적은 왕 또는 황제가 영주에게 땅이나 특정 권리 같은 봉읍을 하사해 충성심을 북돋고 모든 층위에서 공정성을 확립하는 것이다. 법은 영주뿐만 아니라 소작농의 권리도 보호했는데, 소작농은 판관의 명령 없이는 파업하거나 다른 일에 노동력을 낭비하는 것이 금지되어 있었다. 허버트는 백성들과 상호 존중하고 이해하며 칼라단을 통치하는 합리적이고 공정한 공작과 아트레이데스 가문이라는 형태로 봉건제의 이러한 고귀한 의도를 구현해냈다.

물론 현실에서 봉건제는 그리 아름답지만은 않았다. 패디샤 황제와 하코넨 가문과 마찬가지로, 현실 유럽의 귀족들도 부패하고 게을러지기 십상이었다. 귀족들이 사치품에 둘러싸인 채 생활할 때, 농노들은 빈곤과 무지 속에서 합당한 보상 없는 고역을 견뎌야 했다. 소작농들은 영주의 아주 사소한 변덕에도 곧장 군대에 징집될 수 있었고, 그 결과 아무런 훈련도 받은 적 없고 장비도 제대로 갖추지 못한 수천 명의 사람이 목숨을 잃었다. 종교는 통제의 무기로 이용됐다. 교회를 등에 업은 귀족은 소작농을 지배할 권리를 신에게 하사받았다고 주장했고, 따라서 사회 속에 정해진 각자의 위치에 의문을 제기하는 것은 신의 뜻을 거역하는 행위였다. 중세 유럽만큼 절망적이고 억압적인 사회에서 감히 그럴 수 있는 사람은 거의 없었다.

14세기, 유럽인 약 60%의 목숨을 앗아간 흑사병이 휩쓸고 지나간 뒤, 유럽 전역에서 봉건제의 효력은 약화했다. 봉건제는 15세기 말에 대부분 붕괴됐지만, 더 오래 유지된 곳들도 있다. 예를 들어, 프랑스에서 봉건제는 1790년 혁명이 일어나기 전까지 존속했고, 영국 채널 제도에 있는 억만장자 바클레이 형제 소유의 사크섬은 이론상 2008년까지 비선출직 영주가 지배하던 봉건제 섬이었다.

왕의 신성한 권리를 새긴 아브라함 보스의 1651년 판화, 토머스 홉스의 『리바이어던』에 권두 삽화로 실려 있다

물론 넘을 수 없는 사회적 장벽, 종교적 통제, 주로 협박과 전통으로 통치하는 강력한 소수의 특권층, 고된 노동을 이어가는 하층 계급과 같은 봉건제의 기본 요소들이 오늘날에도 많은 나라에 존재하고 있으며, 계급 기반 불평등과 착취의 문제는 프랭크 허버트가 소설을 집필한 시기보다 오늘날 훨씬 더 심각하다고 목소리 높이는 이들도 있다. 하지만 이는 이 책의 논의 범주를 벗어난 주제다.

엄격한 봉건적 전통 파우프레루체스를 고수하는 랜드스라드는 은하계에서 두 가문 간의 '칸리' 혹은 '피의 복수'라는 공식 절차를 관장할 수 있는 유일한 조직이다. 살펴봤듯 버틀레리안 지하드 이후에는 핵무기 사용이 불법화됐고, 대가문, 황제, 우주 조합이 민간인을 보호하기 위해 맺은 협약인 대협약으로 새로운 전쟁 규칙이 성문화됐다. 대협약은 또한 일종의 의례적 냉병기전인 칸리 규약을 규정해 두었는데, 이는 암살, 잠입과 같은 형식으로 엄격하게 규제된 폭력으로, 어느 한쪽이 패배할 때까지 대를 이어 진행될 수 있다.

'칸리'라는 단어는 피 또는 원수를 뜻하는 튀르키예어 'kanli'에서 유래했다. 일반적 복수와 조금 다른 이러한 복수는 이탈리아어로 '벤데타(vendetta)'*라고 일컬으며, 이는 복수를 뜻하는 라틴어 'vindicta'에서 유래했다. 이러한 벤데타 행위는 고대 그리스로 거슬러 올라간다. 당시에는 부당하게 대우받은 당사자가 보상을 요구할 권리를 지극히 당연하게 여겼다.[7] 실제로『일리아드』의 줄거리는 본질적으로 복수의 연속이다. 그리스인은 헬레네가 납치된 이후 복수하기 위해 트로이 전쟁을 벌였고, 이 전쟁은 아킬레우스가 동료 파트로클로스의 죽음에 복수하기 위해 헥토르를 죽인 다음에야 끝났다. 이러한 복수들은 응징을 행사할 절대적 권리를 지닌 신들이 방조하고 부추긴다.

중세 유럽에 들어서면 벤데타가 보편적인 법적 의무가 되며, 가족 구성원이 사망한 이후 수행하는 공식 응징을 뜻하는 독일어 'faida'는 이후 불화를 뜻하는 영어 단어 'feud'로 변형된다. 일본에서 '가타키우치(katakiuchi, かたきうち)', 즉 '복수 살인'은 역사적으로 사무라이 집안 또는 집단이 명예를 지키는 특유의 방법이었다. 하지만 가문 간의 분쟁은 19세기 코르시카 지역에서 특히나 성행해 30년이라는 기간 동안 4000명 이상이 사망한 것으로 알려져 있으며,[8] 미국의 서부 개척 시대에는 유명한 라이벌이 탄생하기도 했다. 웨스트버지니아 출신의 부유한 햇필드 가문과 켄터키 출신의 비교적 가난한 맥코이 가문 사이에 여러 차례 살인 사건이 발생해 대법원 재판으로까지 이어지기도 했다.[9]

이러한 벤데타는 과거의 유물이 아니다. 알바니아에서는 이제껏 1만여 명의 목숨을 앗아간 가문 간의 분쟁이 마무리될 기미조차 보이지 않고 있으며,[10] 이탈리아 남부에서는「대부 2」나「고모라」같은 갱스터 영화에서 볼 법한 강력한 범죄자 가문이 존재해 개인, 씨족, 심지어 마을 전체 간의 오래된 불화가 오늘날까지도 여전히 맹위를 떨치고 있다. 이러한 복수는 현실에서 아무런 제약도 없이 피비린내 나고 무자비하게 행해지는 반면, 적어도『듄』에서는 생명을 허투루 낭비하지 않는 엄격한 방식으로 행해진다.

**하단 좌측**: 맥코이 가문과 전설에 길이 남을 원수지간이었던 햇필드 가문

**하단 우측**: 1843년~1847년, 우타가와 히로시게의「소가 형제의 복수」에 담겨 있는 봉건 시대 일본의 복수 행위

**오른쪽**: 숙원과 '명예 살인'은「대부 2」(위)와「고모라」(아래)와 같은 갱스터 영화의 초석이다

* 벤데타(vendetta): 소속 집단의 명예가 걸린 불화에서 자신의 목숨을 걸고 이루어야 하는 숙명과도 같은 복수를 일컫는다.

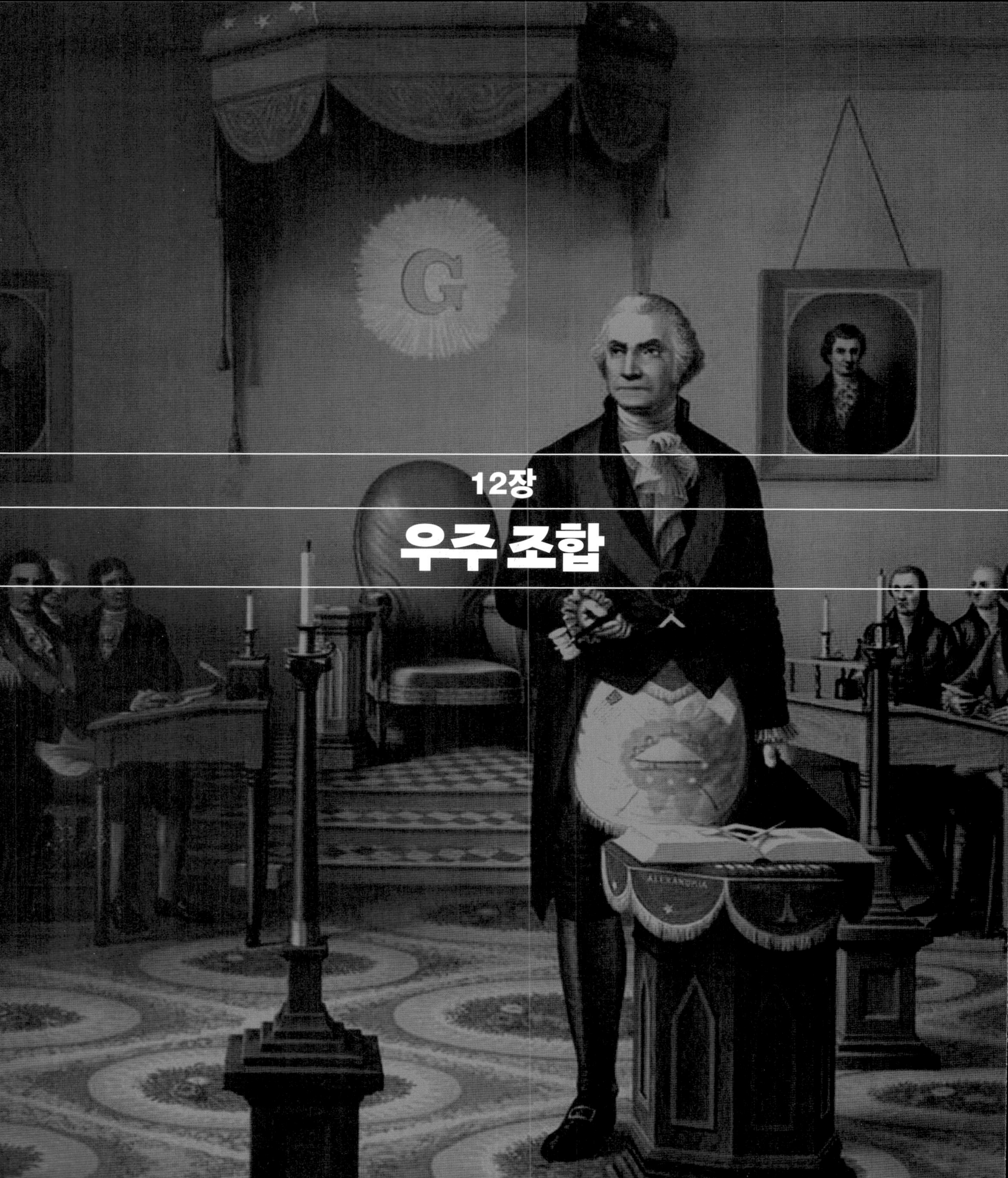


12장

# 우주 조합

1793년, 프리메이슨리의 버지니아 알렉산드리아 지부에서 열린 회의를 진행하는 조지 워싱턴의 모습, 1870년 삽화

『듄』 속 은하계 제국의 부를 좌지우지하는 마지막 거대 권력 집단은 우주 조합이다. 불가사의하고 무척 비밀스러운 이 조직은 모든 행성 간 이동을 관장한다.

베네 게세리트와 마찬가지로 심신 수련 기관 중 하나인 항법사 조합은 버틀레리안 지하드의 여파로 결성되었으며, 컴퓨터 없이도 광속보다 빠르게 우주선을 조종할 수 있도록 인간을 훈련하는 것이 목적이다. 이러한 목적을 달성하기 위해 조합 항법사들은 스파이스 멜란지를 사용해 "항법 무아지경"을 촉진하는데, 이를 통해 우주선을 초광속으로 운행하기 위한 이동 경로를 미리 "볼 수" 있다.[1] 거대한 하이라이너 운반선은 이러한 방법으로 성간 항해를 안전하게 해낸다. 하지만 항법사들은 스파이스로 인해 『듄의 메시아』 속 에드릭처럼 "발에는 지느러미가 달리고 부채 모양의 커다란 막 같은 것이 손을 대신하고 있어서 왠지 인간이 아닌 듯한 느낌"[2]을 주는 모습으로 변하기도 한다.

길드가 성간 운송을 독점하는 행태는 실제 존재했던 어떤 조직을 떠올리게끔 한다. 바로 1903년에 미국에서 조직되었으며 프랭크 허버트가 『듄』을 집필할 당시 부패한 위원장 지미 호파의 휘하에 절정을 구가하며 뉴스의 헤드라인을 장식하던 악명 높은 트럭 조합인 팀스터스(Teamsters)와 같은 운송 조합이다. 하지만 이 조합은 소수의 엘리트 집단인 우주 조합에 직접적 영감을 줬다기엔 다분히 육체노동자 중심인데다, 너무 평범하다. 대신 우주 조합은 수수께끼의 사교 단체이자 수상쩍은 의식과 수 세기 동안 이어진 영향력으로 현존하는 '비밀' 단체 중 가장 유명한 프리메이슨리(Freemasonry)에 더욱 가깝다.

프리메이슨리의 기원을 둘러싼 여러 설이 존재하지만, 주로 중세에 유럽 전역에서 운영되던 석공들의 모임에서 유래한 것이라는 설이 유력하다. 하지만 프리메이슨리의 전통이 제대로 확립되고 최초의 프리메이슨 '지부'로 여겨지는 공식 지부가 설립된 것은 18세기에 이르러서다. 1723년에는 일련의 규칙과 행동 방침이 담긴 『프리메이슨 규약집』이 출판되어 영국, 미국 및 유럽 전역의 지부에 널리 배포됐다.[3] 이와 동시에, 이들이 몇백 년 된 여러 음모에 가담했다는 충격적인 소문이 퍼지기 시작했다. 시간이 지날수록 이들의 악명은 계속해서 커져만 갔다. 그렇게 된 데에는 비밀리에 조직을 운영하는 이들의 방식뿐만 아니라, 셜록 홈즈 소설 『네 사람의 서명』[4]부터 『다 빈치 코드』의 작가 댄 브라운의 화려한 음모 스릴러 『잃어버린 상징』[5]과 같은 자극적인 소설들도 한몫했다.

1984년 영화 「듄」에 등장하는 조합의 돌연변이 항법사가 스파이스로 가득 찬 탱크에 떠 있다

프리메이슨리를 바라보는 대중적 인식과 우주 조합 사이에는 유사점이 여럿 존재한다. 두 집단 모두 자신만의 비밀스러운 야망을 품은 채 어둠 속에서 활동한다. 또, 프리메이슨리는 단순한 장인들의 모임을 표방하고 우주 조합은 그저 우주선 조종사들의 모임을 표방하기에, 두 조직 모두 공적으로는 비정치적 집단처럼 보이지만, 사실 프리메이슨리는 조지 워싱턴부터 제럴드 포드까지 최소 14명의 대통령을 회원으로 뒀고, 우주 조합은 아트레이데스 가문을 파괴하기 위해 황제의 제국군 부대를 아라키스로 이동시키는 데 필요한 운송 수단을 제공했다는 점을 보면 국정 운영에 간섭한다고도 할 수 있다.

물론 프리메이슨리는 항간의 소문에 비해 사실 훨씬 평범하다. 이들의 전통과 의식은 신비로울지라도 실제로는 회원들 간에 비즈니스 관계를 구축하고자 하는 단체일 뿐이다. 사람들이 그렇게 생각하는 것이 사실 프리메이슨리가 원하는 바일지도 모르지만 말이다. 하지만 프리메이슨들을 둘러싼 음모가 진실인지는 중요하지 않다. 이 단체는 우주 조합과 마찬가지로 수수께끼에 싸여 있고, 그러길 원하고 있다.

*

독자들은 아라키스, 칼라단, 리체스와 같은 시적 이름들을 보고 『듄』 시리즈 속 우주 조합이 들르는 행성들은 전적으로 상상의 산물이라고 생각하기 쉽다. 하지만 『듄』의 많은 세계는 프랭크 허버트가 직접 천문학을 공부해 선택한 우리 은하계 속 실제 행성에 기반한다. 『듄의 신전』에서 "우리 조상들이 살던 행성들은 사라져버렸다."[6]라고 애통해하는 베네 게세리트 다르위 오드레이드의 말처럼 비록 지구는 더 이상 존재하지 않지만, 지구에 관한 기억은 자매단의 유전적 기억 속에서, 프레멘과 다른 고대 사회의 이야기 속에서, 그리고 대부분 현재의 천체 목록에서 가져온 여러 별과 행성의 이름 속에서 여전히 살아 숨 쉰다.

**"이 우주의 특이한 다양성에**
**나는 가장 깊은 관심을 갖고 있다.**
**그것은 궁극의 아름다움을 지니고 있다."**

— 레토 2세, 『듄의 신황제』[7]

ARRAKIS

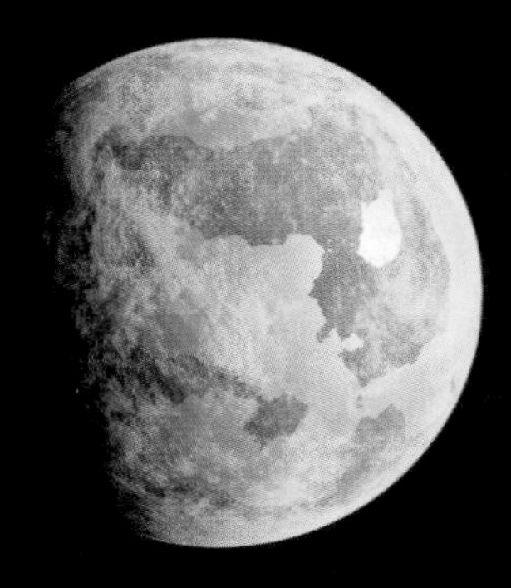

CALADAN

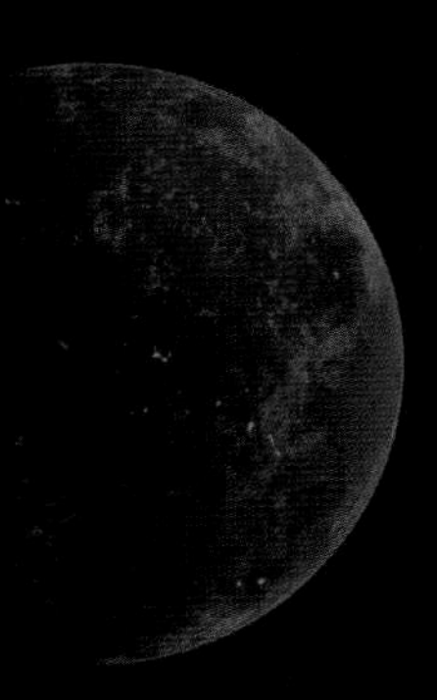

GIEDI PRIME

KAITAIN

**좌측**: 예술가 렌나르트 되르가 표현한 『듄』의 세계들, 고리를 지닌 카이테인의 모습은 1984년 영화에서 처음 제시됐다

**우측**: 『듄』의 영화화를 최초로 시도했으나 실패한 프로젝트에서 유명 예술가 크리스 포스가 디자인한 우주선의 모습, 파손되어 스파이스가 유출되고 있는 해적선(위)과 스파이스 수송선(아래)

"우리는 죽어가는 세계의 표면 위를
침묵 속에서 걸었다."

— 에드거 라이스 버로스, 『화성의 공주』[8]

『타잔』의 작가 에드거 라이스 버로스(아래), 그의 소설 『화성의 공주』와 『화성의 하녀, 튜비아』의 초판본 표지(좌)

조셉 M. 대니얼스(Joseph M. Daniels)의 꼼꼼한 연구가 돋보이는 1999년 논문 「프랭크 허버트의 『듄』 속 별과 행성들: 지명 사전」[9]에 나와 있듯, 아라키스는 지구에서 대략 89광년 떨어진 다성계 무 드라코니스에서 용자리로 알려진 별자리의 '머리' 부근에 있다. 육안으로 볼 수 있으며, 성단의 주성(主星)인 무 드라코니스 A의 공식 명칭은 알라키스(Alrakis 또는 al-Raqis)로, 종종걸음 치는 낙타 또는 무용수를 뜻하는 전통 아랍어 단어다.[10] 허버트의 작품 속 아라키스 행성에는 태양이 하나뿐이지만, 무 드라코니스에는 세 개의 항성이 존재한다. 사막 행성 듄의 건조한 환경이 어디서 왔는지 알 수 있는 대목이다.

한편 아트레이데스 가문의 본거지인 칼라단은 지구에서 19.89광년 떨어진 곳에 있는 밝은 항성 델타 파보니스 주위를 도는 행성으로, 상대적으로 태양계와 가깝다. 남반구에서 관측할 수 있는 델타 파보니스는 공작자리의 구성원으로, 태양과 가장 가까운 밝은 항성 중 하나다. 지구와의 거리가 19.5광년으로 델타 파보니스와 비슷하게 가깝지만, 그와 정반대 방향에는 그리스어로 '뱀주인'이라는 뜻의 오피우쿠스자리가 있다. 이 별자리에는 눈에 띄는 별들이 여럿 있고, 그중에는 바너드별이나 초신성에 가까운 RS 오피우치와 같은 이웃 별도 있지만, 프랭크 허버트는 세 개의 오렌지색 왜성이 서로의 중력으로 끌어당기는 또 다른 삼중계인 36 오피우치에서 영감을 얻었다. 그중 두 번째 왜성인 36 오피우치 B를 기반으로 하코넨의 거주지인 지에디 프라임이 탄생했다.

『듄』에서 가장 SF 소설 느낌이 나는 부분은 돌연변이 항법사와 하이라이너 우주선, 그리고 우주 조합을 다루는 순간이다. 다른 부분에서 프랭크 허버트는 SF라는 장르의 기존 문법을 피하고자 각고의 노력을 기울이며 컴퓨터를 멘타트로 대체하고, 레이저 권총을 봉인하는 대신 칼과 방패를 등장시켰다. 심지어 아라키스로 향하는 거대한 우주 조합선 내에 자리한 아트레이데스 프리깃함에 관해 한 챕터를 할애했다가 출판 전에 삭제하기도 했다.[11] 하지만 이 모든 노력에도 불구하고 『듄』은 여전히 분명한 SF 소설이므로 허버트가 영감을 받은 SF 이야기와 허버트가 친구로 여겼던 동료 SF 작가들을 눈여겨봐야 한다.

1973년 인터뷰에서 프랭크 허버트는 "SF 소설을 쓰기로 결심하기 10년 전부터, 그러니까 40대 초반부터 SF 장르를 제대로 읽기 시작했다."[12]라고 말했다. 하지만 브라이언에 따르면 허버트는 어린 시절부터 SF 이야기를 좋아했다. "프랭크 허버트는 낚시하러 갈 때마다 보이스카우트 가방에 (…) H. G. 웰스, 쥘 베른, 에드거 라이스 버로스와 같은 작가의 책을 넣어갔다."[13] 1905년에 사망한 베른을 제외하면 이 작가들은 허버트가 성년이 됐을 때 여전히 작품 활동 중이었다. 한편, 당시 웰스의 뛰어난 SF 작품 『타임머신』, 『모로 박사의 섬』, 『투명 인간』, 『우주전쟁』, 『최초의 월인』은 이미 출간된 상태였고, 마지막 SF 걸작인 『닥쳐올 세계』는 1933년에 출간된다. 베른과 웰스가 『듄』에 미친 영향은 앞서 살펴봤으니, 이번에는 세 번째 인물이 미친 영향을 살펴보자.

『타잔』의 작가 에드거 라이스 버로스가 쓴 화성의 존 카터 이야기는 1911년에 연재가 시작된 후 20년 뒤, 허버트가 11살이었던 때에도 여전히 널리 읽히던 최초의 인기 SF 소설 중 하나였다. 미국 남북전쟁 참전 군인이자 '남부의 신사'인 한 남자가 신비한 힘에 이끌려 화성, 혹은 현지어로 바숨으로 불리는 행성으로 이동하면서 펼쳐지는 이 모험담은 처음에 《올 스토리》에서 「화성의 달 아래서」라는 제목으로 연재된 뒤, 1917년에 『화성의 공주』라는 제목의 소설책으로 엮여 출간됐다. 이후에는 소설의 후속편이 1918년의 『화성의 신들』부터 라이스 버로스가 쓴 마지막 존 카터 이야기인 1943년의 『목성의 해골인』까지 주기적으로 공개됐다. 사실 스핀오프 작품들은 현재까지 계속해서 출판되고 있으며, 그중에는 기어리 그래블(Geary Gravel)이 2021년에 쓴 『화성의 존 카터: 잊힌 신들』도 있다.

# "SF의 가장 큰 매력은 인간됨의 의미를 이해하는 데 도움을 준다는 점이다."

— 프랭크 허버트, 「다른 행성의 인간」[14]

화성이 한때 풍요로운 행성이었다는 퍼시벌 로웰의 주장에 영향을 받은 버로스는 바숨을 물뿐만 아니라 심지어 공기와 같은 귀중한 자원을 둘러싼 전쟁이 일상이 되어버린 쇠퇴한 사막 세계로 그려냈다. 이 세계에 발을 들인 다른 세계 출신의 용감한 존 카터는 화성의 공주와 결혼해 결국 화성 최고 지도자가 된다. 이곳 주민들은 네 개의 팔과 엄니가 있으며 알을 낳는 휴머노이드라는 점만 제외하면, 아라키스 주민들과 놀랍도록 유사하다. 『듄』 집필 초기에 허버트는 화성을 무대로 삼으려고 하다가 아마 버로스의 독자들에게 화성은 '너무 식상'하리라는 생각에 설정을 바꿨다는 점도 눈여겨볼 만하다.

《버텍스》 인터뷰에서 허버트는 자신이 좋아하는 다른 SF 작가들의 이름을 거론했다. 그중에는 로버트 A. 하인라인도 있었다. 그는 『듄』과 마찬가지로, 존 캠벨이 편집장으로 있던 《아날로그》에서 소설 대부분을 연재했으며, 주로 SF 배경에 청소년이 등장하는 이야기를 썼다. 하인라인의 가장 유명한 소설 『스타십 트루퍼스』에는 강력한 엘리트가 지배하며, 인권이 심각하게 훼손되고 전쟁에서 위용을 떨치는 것이 최고의 영예로 여겨지는 사회가 등장한다. 이에 더해 허버트는 자신에게 영향을 준 작가이자 개인적으로 친했던 잭 밴스와 폴 앤더슨의 이름도 언급한다.

『듄』이 출간될 당시 밴스와 허버트의 가족은 이미 10년 넘게 친밀한 관계를 유지해오고 있었다. 이들은 함께 멕시코를 여행하기도 했고, 특히 1960년대 초, 두 가족이 베이 에어리어에 살 때 함께 "맛있는 식사를 하고 놀러 다니며"[15] 자주 어울렸다. 오늘날 밴스는 비교적 덜 알려져 있지만, 프랭크 허버트가 워싱턴대학교에서 아직 작문 수업을 듣던 1945년, 밴스는 이미 단편 「세계적 사상가」[16]를 첫 소설로 출간해 허버트보다 훨씬 빨리 성공한 작가였다. 밴스의 가장 유명한 작품은 1950년 단편 소설집 『죽어가는 지구』로, 태양이 붕괴하기 직전의 먼 미래에 어두워진 지구의 사람들이 마법을 재발견하고 그 과정에서 종교에 대한 믿음이 광적으로 변질되고 타락하게 되는 이야기를 담고 있다. 여러 단편을 하나로 엮어 1966년에 재출간한 이 소설은 두 권의 속편도 지니고 있으며, 황량한 세상, 타락한 사람들, 만연한 종교적 광신 등의 요소로 허버트에게 실로 엄청난 영향을 미쳤다.

밴스는 허버트에게 덜 직접적인 방식으로 영향을 미치기도 했다. 1957년, 밴스는 '피터 헬드'라는 가명으로 첫 번째 추리 소설인 『내 얼굴을 가져』를 출간했다(밴스는 조금 덜 끔찍한 '피부 가면'이라는 원제를 더 선호했다). 이후 30년 동안 밴스는 때로 '엘러리 퀸'이라는 이름으로, 대개는 자기 이름으로 많은 스릴러물을 집필했다. 이러한 모습을 곁에서 지켜본 허버트는 비록 SF가 자신의 첫사랑이자 가장 믿음직한 밥줄일지라도, 'SF 소설가'라는 역할에 굳이 갇혀 있지 않아도 된다는 것을 깨닫고는 용기를 내어 『소울 캐처』와 같은 일반적인 소설 집필 작업에도 뛰어들 수 있었다.

**상단 좌측**: 평생의 친구: 잭 밴스(좌)와 젊은 프랭크 허버트(우), 1952년경 캘리포니아 켄우드

**상단 우측**: 에드거 라이스 버로스의 『화성의 하녀, 튜비아』에 담긴 바숨에서의 전투 장면

**하단**: 로버트 A. 하인라인 원작의 1997년 영화 「스타십 트루퍼스」 속 벌레의 위협에 맞서 싸우는 캐스퍼 밴딘

**“절대 예지를 원하는가? 그렇다면 오늘만을 원하고 내일은 거부하는 것이나 다름없다.”**

— 프랭크 허버트, 「듄 창세기」

밴스는 또한 1963년, SF 판타지 소설 「드래곤 마스터」로 허버트를 제치고 단편 소설 부문에서 휴고상을 받았다. 그는 『듄』 출간 1년 뒤인 1967년, 외계인의 반란 이야기를 다룬 원숙한 정치 이야기 『마지막 성』으로 중편 소설 부문에서 또 한 번 휴고상을 받았다. 밴스는 1980년대 중반에 실명 판정을 받았음에도 불구하고, 프랭크 허버트의 사후에도 계속해서 작품 활동을 이어갔다. 심지어 그는 2010년에 회고록 『나야 나, 잭 밴스』로 마지막으로 한 번 더 휴고상을 받고, 책 출간 3년 후에 세상을 떠났다.

밴스와 허버트는 글쓰기라는 관심사만 공유한 것이 아니다. 두 사람은 모두 열정 넘치는 뱃사람이기도 했다. 1962년에 이들은 다른 작가 폴 앤더슨과 함께 선상 가옥을 지어 샌프란시스코만에서 새크라멘토 델타까지 항해를 즐겼다. 같은 해, 선상 가옥이 침몰하는 바람에 허버트는 자금난에 시달려야 했지만, 세 사람의 우정은 계속되어 함께 수중 모험 이야기를 쓰자는 얘기까지 나눴지만, 이 계획은 끝내 실현되지 못했다.

밴스처럼 폴 앤더슨도 최근 몇 년 사이에 인기가 시들해진 작가지만, 전성기에는 1961년부터 1982년이라는 짧은 기간 동안 휴고상을 무려 7번이나 수상하는 기염을 토하며 세계에서 가장 인정받는 SF 작가의 반열에 올랐었다. 앤더슨도 밴스, 허버트와 마찬가지로 SF라는 장르에만 묶여있지 않았다. 앤더슨의 가장 유명한 소설인 1954년 작 『부러진 검』은 가상의 바이킹 시대를 배경으로, 북유럽 신화와 마녀, 엘프와 같은 하이 판타지 요소를 융합한 작품이다. 외계인 침략자 무리가 지닌 최첨단 기술로는 인간의 근접전 전투 방식에 당해낼 재간이 없다는 사실을 깨닫게 되는 이야기가 담긴 1960년 작품 『대성전』은 SF와 중세 모험담의 만남이라는 점에서 허버트에게 영향을 미쳤을지도 모른다. 하지만 폴 앤더슨의 작품 대부분은 단편 형식이었다. 그는 생전에 수백 편의 이야기를 출간했다. 이에 『SF 백과사전』은 앤더슨에 대해 "기복 없이 가장 다작한 SF 소설가일 것"[17]이라고 설명한다.

하지만 몇몇 허버트 연구자들은 『듄』에 가장 큰 영향을 미친 단 하나의 SF 소설은 친구들의 작품이나 어린 시절 좋아했던 작품이 아니라고 말한다. 이는 『듄』과 그 후속작에 '역영감'을 미친 작품으로, 허버트가 존경하는 동시에 즐거운 마음으로 조목조목 비판했던 아이작 아시모프의 『파운데이션』 삼부작이다.

1942년~1950년에 연작 단편 소설로 연재된 뒤, 세 권의 책 『파운데이션』(1951), 『파운데이션과 제국』(1952), 『제2파운데이션』(1953)으로 엮여 출간된 이 소설은 커다란 성공을 거뒀다. 1966년, 허버트가 장편소설 부문에서 휴고상을 공동 수상했을 때, 아시모프도 역대 최우수 시리즈 특별상을 받았다. 『듄』이 세상에 나오기 전까지만 해도 『파운데이션』 시리즈는 웰스 이후 가장 높은 평가를 받은 SF 작품이라고 해도 과언이 아니었다.

허버트와 마찬가지로, 아시모프도 특히 문명의 흥망성쇠를 다룬 역사 서적에서 많은 영감을 얻었는데, 에드워드 기번의 『로마 제국 쇠망사』가 그중 하나다.[18] 이로 인한 두 작품의 공통점은 자명하다. 지구는 신화 속 존재가 되었을 정도로 아득히 먼 미래를 바탕으로 펼쳐지는 두 작품에서 인류는 수천 년 된 은하 제국의 통치하에 놓여 있으며, 상류층 통치자들은 자신이 다스려야 할 백성들로부터 완전히 유리되어 있다. 이처럼 확고부동한 우주에 예지력을 지닌 한 사람이 걸어들어온다. 미래를 예측하는 능력, 따라서 미래를 바꿀 수 있는 능력을 지닌 사람이다. 이 인물의 등장은 세상을 영원히 바꿔놓는다.

『파운데이션』 속 문제의 예언자이자 수학자인 해리 셀던은 심리역사학이라는 새로운 학문을 창안했다. 심리역사학이란 일정한 가능성의 범주 내에서 엄청나게 많은 사람의 움직임을 예측하고, 이를 기반으로 인류의 미래를 추측하는 방법이다. 하지만 제국의 멸망이 다가오고 있다고 주장하자, 셀던은 체포되어 황량한 행성 터미너스로 추방되고 만다. 그곳에서 셀던은 방대한 지식을 축적해 '은하계백과사전'을 편찬하여 다가올 '암흑기'로부터 인류를 구하고자 한다.

**좌측**: 아이작 아시모프의 『파운데이션』 삼부작 표지를 이어붙인 모습

**상단**: 프랭크 허버트의 절친한 친구이자 SF 소설의 대가 폴 앤더슨

셀던에게 과학은 새로운 미래로 향하는 길을 밝혀주고, 야만에 빠진 인류를 구해줄 도구다. 아시모프 또한 그렇게 생각했고, SF 소설은 그러한 믿음을 반영해야 한다고 믿었다. 아시모프는 "SF 소설에서 과학을 제거하려는 경향이 점점 커지고 있다. (…) 과학은 나쁜 것이며, SF 소설은 그저 이러한 생각을 펼쳐 보이기 좋은 장이라고만 생각하는 SF 작가들이 있다."[19]라고 쓰기도 했다. 아시모프는 허버트를 콕 집어 거명하지는 않았지만, 이 문장을 읽으며 『듄』을 떠올리지 않기란 쉽지 않다.

하지만 아시모프의 이러한 의견은 허버트에게 너무 단순한 것이었다. 1974년 에세이 「SF 소설과 위기의 세계」를 통해 허버트는 『파운데이션』처럼 엄격하게 통제된 우주의 "권력자들은 (…) 사회, 종, 개인에 관한 단일한 모델이란 존재하지 않는다는 사실을 깨닫지 못했다."[20]고 비판했다. 2년 뒤, 에세이 「다른 행성의 인간」에서 허버트는 『파운데이션』을 콕 지목해 "구성이 아름다운 소설"이라고 먼저 말한 뒤, 소설에 담긴 아이디어들을 정밀하게 분해하며 자기 의견을 개진했다. "『파운데이션』에서 역사는 (…) 과학 귀족이 결정하는 더 큰 목표, 더 큰 선을 위해 조작된다. 말인즉슨, 인류가 가야 할 길은 과학주술사가 가장 잘 알고 있다는 뜻이 된다."[21]

의도했든 하지 않았든, 대중의 행동은 어느 정도 예측될 수 있다는 생각, 과학자나 심리학자 집단이 대중을 통제해야 한다거나 통제할 수 있다는 생각은 개인이 세상에 영향을 미칠 힘과 권리를 가져야 한다고 믿는 허버트의 의견과 정반대되는 의견이다. 티모시 오라일리가 썼듯, 『파운데이션』 시리즈가 무엇보다 합리성을 중시하는 한편, "『듄』은 인간사에 있어 무의식과 예기치 못한 일이 지니는 힘과 그 힘의 우위성을 선언한다."[22]

허버트의 작품에서 아시모프의 『파운데이션』과 유사한 집단은 아마 베네 게세리트일 것이다. 인류의 행보를 결정하고 자기만의 '초인'을 창조해 내려는 수 세기에 걸친 베네 게세리트의 노력은 마지막 관문에서 가장 인간적이고 감정적인 선택으로 인해 좌절되고 만다. 제시카가 베네 게세리트의 요구대로 딸을 낳지 않고, 공작을 위해 아들을 낳겠다고 결심한 것이다. 그리고 그 초인이 뜻밖에도 잘못된 장소에 도착했을 때, 그는 군중이란 통제할 수 없는 존재라는 사실과 인류의 바로 그 임의성이야말로 허버트가 종의 '생명력'이라고 말하는 것의 핵심이라는 사실을 깨닫는다. 아시모프가 그랬듯, 허버트는 이야기를 진행시키는 과정에서 자신이 발명한 미래를 더욱 멀리까지 밀고 나아가는데, 제시카의 행동처럼 사소하고 예측 불가능한 행동들은 시간이 지날수록 더 커다란 결과를 가져오고, 은하계 인류를 통제하려는 그 어떤 노력도 결국에는 실패로 끝나고 마는 모습이 그려진다.

허버트가 아시모프를 존경했으며, 그의 글과 생각을 무척 흥미롭게 여겼다는 사실에는 변함이 없다. 몇 번이고 목도했듯, 허버트는 단지 회의주의적 자유사상가였을 뿐이다. 허버트는 「SF 소설과 위기의 세계」에 다음과 같이 쓰기도 했다. "SF 소재의 금광을 찾고 싶다면 먼저 현재 베스트셀러들이 전제하고 있는 가정들을 뽑아내라. 이후 그 가정들을 뒤집어 보고, 상상할 수 있는 모든 각도에서 바라본 뒤, 해체하라. 그런 뒤 다시 조합하라."[23] 이는 모든 것에 의문을 제기하고, 모든 것을 검토하라는 프랭크 허버트 철학의 핵심이 아주 간명하게 담겨 있는 문장이다. 허버트에게는 심지어 자신의 작업도, 아니 특히 자신의 작업이야말로 더욱 철저하게 들여다봐야 할 대상이었을 것이다. 모든 정설을 해체하고, 일견 모순적으로 보이는 다양한 원천에서 영감을 포착하고자 했던 허버트의 이러한 노력이야말로 이토록 주제가 풍부하고, 영리하게 자기 성찰적이며, 영원토록 매혹적인 『듄』과 같은 소설을 탄생시킨 힘이 아닐까.

**상단**: '심리역사학자' 해리 셀던으로 분한 재러드 해리스, 2021년에 TV 드라마로 각색된 「파운데이션」

**하단 좌측**: 프랭크 허버트가 깊이 존경한 동시에 허버트에게 역영감을 미친 전설적인 SF 소설가 아이작 아시모프

**하단 우측**: 인류를 조작하는 자: 1984년 영화 「듄」 속 베네 게세리트의 모습

맺음말

# 듄의 세계

'듄'으로 불리는 달의 분화구, 아폴로 15호 승무원들이 허버트의 소설에 경의를 표하기 위해 붙인 이름

프랭크 허버트는 『듄』을 집필하기 위해 역사, 소설, 종교, 과학 자료, 전문가용 혹은 대중용 자료, 유명 혹은 무명 자료 가리지 않고 수없이 다양한 자료를 참고했다. 그렇게 탄생한 그의 작품이 문화에 미친 영향력은 오히려 창작 시 받은 문화적 영감의 영향력을 훌쩍 뛰어넘었다. 『듄』은 역사상 가장 많이 읽힌 SF 소설이며, 의심할 여지 없이 가장 영향력 있는 소설이다. SF 연구자 존 J. 피어스는 "SF에서 『듄』이 지니는 위상은 판타지에서 『반지의 제왕』이 지니는 위상과 동일하다. 두 작품은 모두 궁극의 세계관을 창작해냈다."[1]라고 주장한다.

프랭크 허버트가 글을 쓸 당시에는 비교적 독특했던 『듄』의 수많은 주제가 1960년대 말에 들어 꽤 흔해졌다는 사실은 그저 우연의 일치일 수도 있으나, 『듄』의 존재가 그러한 현상을 더욱 가속화한 것일 수도 있다. 이를 두고 티모시 오라일리는 "동양권 종교는 서양에서 아직 큰 인기를 끌지 못하고 (…) 비언어적 소통은 민족지학에서 거의 알려지지 않은 때였다. 또, 의식의 변화는 연구 주제로 적합하지 않은 것으로 여겨지던 때였다. (…) 이처럼 미약한 단초를 그토록 활짝 만개시켰다는 점에서 『듄』은 상상적 탐구가 빚어낸 역작이라고 할 수 있다. 이처럼 예지적이라는 점뿐만 아니라, 돌이켜 봤을 때 그 흐름이 너무나도 당연하게 느껴진다는 점이야말로 이 소설의 탁월함을 가늠케 한다."[2]라고 말한다.

하지만 『듄』이 곧바로 커다란 영향력을 행사했던 것은 아니다. 출간 직후 『듄』은 베스트셀러와는 거리가 멀었고, 문제적 메시아와 사막 세계에 관한 SF 이야기들이 뒤이어 쏟아져 나오지도 않았다. 실제로 첫 10년 동안 『듄』은 대학생이나 SF 애호가, 혹은 로버트 A. 하인라인이나 아서 C. 클라크와 같은 동료 작가들 사이에서만 인기몰이했을 뿐이다. 또, NASA의 15번째 달 탐사 임무를 떠난 아폴로 15호 승무원들도 『듄』의 가치를 일찍 알아본 이들 중 하나였다. 이들은 1971년, 달 착륙 지점 근처 어느 분화구의 남쪽 능선에 발을 디딘 뒤, 그 분화구에 '듄'이라는 이름을 붙였다.[3]

그해, 『듄』의 영화 판권 계약이 최초로 성사됐고 「아라비아의 로렌스」의 감독 데이비드 린에게 영화 제작 제안이 갔지만, 어찌 보면 당연하게도 린은 그 제안을 거절했다. 뼛속까지 영국인 감성을 지닌 린이 메가폰을 들었다면 스파이스에 취한 잔치와 프레멘을 어떻게 그려냈을지는 아무도 모를 일이다. 『듄』이 처음으로 연재되기 시작한 지 10년도 넘게 지난 1974년에 이르러서야 제대로 된 『듄』 영화화 작업이 시작됐다. 하지만 그 시도가 얼마나 실효성 있었는지는 오늘날까지도 논란의 대상으로 남아 있다.

선구적인 칠레의 영화감독이자, 타로 애호가이자, 환각 실험가인 알레한드로 호도로프스키가 진두지휘한 버전의 영화 「듄」은 러닝타임이 14시간에 이르고, 하코넨 남작 역의 오슨 웰스부터 패디샤 황제 역의 살바도르 달리에 이르기까지 화려한 출연진을 자랑했으며, 당시 기준으로 SF 영화뿐만 아니라 그 모든 장르를 통틀어도 역대 가장 많은 제작비가 투입될 작품이었다. 엄청난 자유도로 집필된 각본은 허버트의 작품과는 상당히 달라졌다. 레토 공작은 황소에게 들이받혀 거세된 인물로 등장했고, 폴은 뽑아낸 피를 사용해 단성생식 형태로 잉태한 메시아적 자손으로 그려졌다. 뫼비우스라는 예명을 사용하는 프랑스의 만화 예술가 장 지로(Jean Giraud), 바디 호러의 대명사인 스위스의 H. R. 기거(H. R. Giger), 영국의 천재 디자이너 크리스 포스(Chris Foss)와 손잡고 작업한 호도로프스키는 허버트의 세계를 완전히 재창조해 아름다우면서도 폭발하는 광기를 지닌 놀라운 디자인을 탄생시켰다. 하지만 1976년에 이 프로젝트는 무산되었고, 현재는 어지러운 각본과 스토리보드, 그리고 「호도로프스키의 듄」[4]이라는 제목의 흥미로운 다큐멘터리 등, 매혹적이면서도 몽환적인 단편들만 남아 있다. 아마 이 프로젝트가 보여줄 수 있는 것은 애초에 여기까지였을지도 모른다.

하지만 이듬해, 『듄』의 중요한 요소들이 들어 있으며, 일반 대중을 대상으로 만들어진 다른 영화 「스타워즈」가 스크린에 걸렸다. 수없이 많은 행성이 존재하는 은하 제국의 가장자리, 어느 외딴 사막 세계에는 원대한 꿈을 품은 젊은 수분 농부가 살고 있다. 이 청년은 모래 바다에서 흉포한 원주민 부족과 전투를 벌이고, 두건을 뒤집어쓴 어느 남자를 만나 몸과 마음을 단련시키는 독특한 지식을 전수받은 뒤, 영웅으로 거듭나 수수께끼의 황제를 물리치고 은하계의 균형을 되찾는다.

아들 브라이언에게 소식을 전해 들은 프랭크 허버트는 1977년에 「스타워즈」를 관람한 뒤, 『듄』과의 유사점 16가지를 뽑아내고, 이를 '완전히 동일한 요소' 목록이라고 불렀다.[5] 허버트만 그렇게 느낀 것이 아니었다. 여러 SF 소설가들 또한 자기 작품과 그해 최고의 대작 영화 사이의 유사점을 발견했고, 이들은 함께 뭉쳐 허버트가 농담조로 '조지 루카스를 고소하기에는 너무 거물인 작가들의 모임'이라고 부르는 단체를 꾸리기도 했다. 영화의 후속작들을 허버트가 봤다면 분명 더욱 분개했을 것이다. 「제국의 역습」에서는 폴 아트레이데스와 마찬가지로 주인공 루크 스카이워커가 주요 악당의 아들이라는 사실이 밝혀지고, 「제다이의 귀환」에서는 '자바 더 헛'이라는 이름의 사악하고 타락한 도마뱀 형태의 생명체가 모래벌레와 결합한 하코넨 남작과 꼭 닮은 모습으로 등장하기 때문이다.

허버트는 몰랐지만, 사태는 더욱 심각해질 수도 있었다. 각본 초안에서 「스타워즈」의 중심에 자리한 준종교 기사단이 '제다이 벤두'라고 불렸는데, 이는 허버트의 프라나 빈두에 대한 명백한 오마주였다. 또, 일부 초안에는 '우키족'이라는 원시 부족이 기술적으로 진보한 제국에 맞서기 위해 무기를 들고 야빈 행성에서 전투를 벌이는 장면도 담겨 있다. 이 아이디어는 「제다이의 귀환」에서 이웍의 반란이라는 형태로 재조명된다.

**상단 좌측**: 아폴로 15호에 탑승한 우주 비행사 데이비드 스콧, 앨프리드 워든, 제임스 어윈

**하단 좌측**: 담대한 야망: 알레한드로 호도로프스키 감독(좌), 일러스트레이터 '뫼비우스' 장 지로(우), 사다우카 전사 복장을 한 배우

**우측**: 2013년 다큐멘터리 「호도로프스키의 듄」 포스터

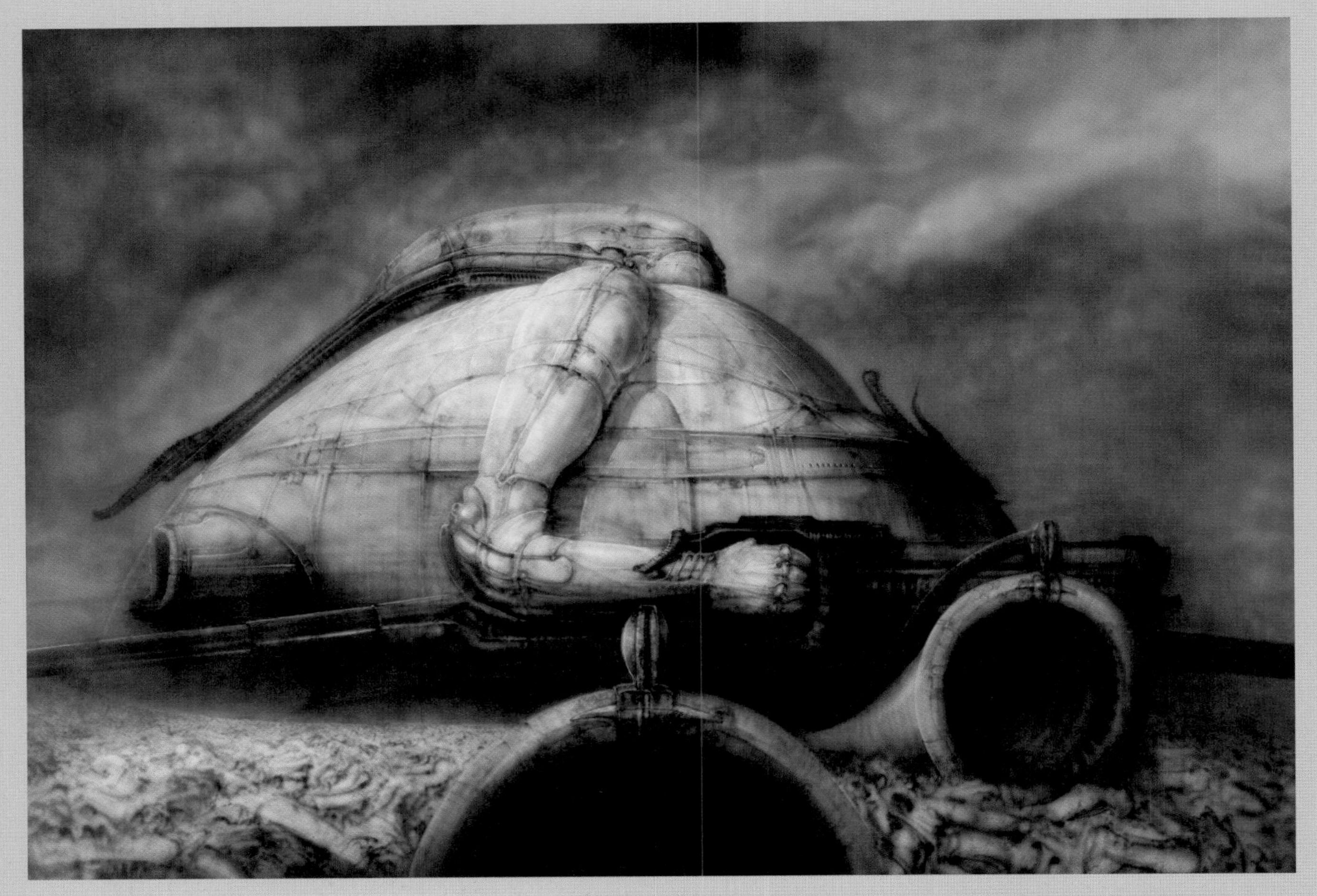

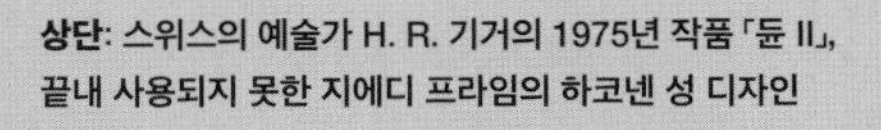

**상단**: 스위스의 예술가 H. R. 기거의 1975년 작품 「듄 II」, 끝내 사용되지 못한 지에디 프라임의 하코넨 성 디자인

**하단 좌측**: 괴수: 기거의 「듄」 디자인과 이후 기거가 1979년에 작업한 「에이리언」 디자인에는 비슷한 요소가 존재한다

**하단 우측**: 1980년 영화 「엘리펀트 맨」의 촬영 현장에서 포착된 젊은 야심가 데이비드 린치(우)의 모습

## "배우들도, 영화 제작 크루도, 멕시코 로케이션 촬영도, 그 모든 것이 마음에 들었다. 나에게 최종 편집권이 없었다는 점만 제외한다면 말이다."

— 데이비드 린치, 「듄」에 관하여[6]

이후 1984년, 허버트는 『듄의 이단자들』에서 아주 교묘한 복수를 감행한다. 허버트는 "사람들은 '그 사람은 3P-O야'라고 말하곤 했다. 질이 떨어지는 재료로 만든 싸구려 모조품으로 주위를 장식하는 사람이라는 뜻이었다."[7]라는 구절을 슬며시 끼워 넣으며, 「스타워즈」에 등장하는 로봇 캐릭터인 쓰리피오(혹은 C-3PO)에 빗대어 「스타워즈」의 명백한 잘못을 슬쩍 비꼬았다. 그 무렵, 『듄』은 마침내 영화로 각색되었지만, 허버트가 원하던 반응을 얻지는 못했다.

1976년, 호도로프스키의 영화화 프로젝트가 엎어지고 난 뒤, 이탈리아의 대형 프로듀서 디노 데라우렌티스가 『듄』의 영화 판권을 인수해 프랭크 허버트에게 직접 각본을 써달라고 부탁했다. 이 각본이 어떻게 되었는지는 알려지지 않았다. 데라우렌티스가 노선을 틀어 미국 소설가 루디 워리처를 고용해 영화를 재해석했고, 「에이리언」 작업을 마친 지 얼마 되지 않은 리들리 스콧을 감독 자리에 앉혔기 때문이다. 공교롭게도 H. R. 기거가 「에이리언」에 참여한 덕에 호도로프스키의 영화 「듄」에서 실현되지 못한 몇몇 요소들이 「에이리언」에 반영되었고, 「듄」에서 특수 효과 감독을 맡았던 댄 오배넌이 작가로 변신해 「에이리언」의 각본을 썼다.

하지만 다시 한번 실패의 그림자가 드리웠다. 리들리 스콧이 형의 죽음 이후 감독직에서 사임하는 바람에 워리처의 각본도 실현되지 못한 채 「듄」 프로젝트 관련 자료 더미에 추가됐다. 이번에 데라우렌티스는 또 다른 대담한 젊은 영화감독인 데이비드 린치를 찾아갔다. 데이비드 린치는 「엘리펀트 맨」의 성공으로 유명 인사가 된 비주얼 스타일리스트였다. 작가 크리스토퍼 더보어, 에릭 버그런과 함께 「듄」 작업에 돌입한 린치는 처음에 영화 각본을 두 편으로 나누어 썼으나, 이후 영화를 하나만 제작하기로 결정되어 전체 플롯을 영화 하나에 전부 욱여넣어야 했다. 이후 더보어와 버그런이 프로젝트에서 하차해 린치는 혼자 각본을 완성해야 했으며, 그렇게 린치의 일곱 번째 초안이 최종 촬영 각본이 되었다.

데이비드 린치의 「듄」은 엄청난 예산, 정전과 통신 불능으로 어려움이 많았던 멕시코 촬영, 2만여 명의 엑스트라 동원 등의 이유로 끊임없이 사람들의 입에 오르내렸다. 하지만 진짜 문제는 촬영이 종료되고 나서야 터졌다. 린치가 세 시간짜리 완성본을 내놓자, 유니버설 픽처스 측이 한 시간 분량을 덜어내라고 요구했기 때문이다. 디노 데라우렌티스와 그의 딸 라파엘라는 플롯을 압축하기 위해 여러 '연결 씬'을 촬영해야 했고, 영화의 러닝타임은 최종적으로 137분이 됐다.

하지만 영화가 개봉하자 프랭크 허버트는 결과물에 만족을 표했다. 허버트는 《피플》에 "그들이 해냈다."라며, "『듄』을 재해석하고 소설에서 자유롭게 벗어난 부분도 일부 있지만, 영화를 보고 나면 『듄』을 두 눈으로 목도했다고 생각하게 될 것"[8]이라고 말했다. 돌이켜 보면 허버트가 만족한 이유는 자못 선명했다. 칼라단의 셰익스피어풍 복도와 아라키스의 광활한 사막, 살덩어리 어류처럼 생긴 항법사와 약간은 플라스틱 느낌이 나지만 괴물 같은 샤이 훌루드까지, 영화는 소설의 전반적 분위기를 제대로 포착해내고 있었다. 출연진도 유명 배우들로 가득했다. 패트릭 스튜어트, 프레디 존스, 딘 스톡웰이라는 세 명의 거물이 각각 거니 할렉, 투피르 하와트, 유에 박사 역을 맡아 열연을 펼쳤고, 호세 페레가 구불거리는 콧수염을 한 황제로 분해 인상 깊은 연기로 악역을 소화했으며, 브래드 듀리프가 놀랍도록 사악한 파이터 드 브리즈를 연기했다. 하지만 최고 연기의 영예는 고름으로 가득 차 인피(人皮) 풍선인 양 둥둥 떠다니며 순수한 남자아이 살해를 즐기는 괴수 같은 남작을 연기한 케네스 맥밀란이 차지했다. 그는 역대 스크린 속 악당 중 가장 역겨운 악당일 것이며, 허버트가 탄생시킨 기괴한 모습을 완벽하게 표현해냈다.

# "음악을 연주해 주게, 거니."

— 레토 아트레이데스 공작, 『듄』[9]

아쉽게도 관객과 평론가들은 허버트와 생각이 달랐다. 영화평은 혹독했다. 미국을 대표하는 평론가인 로저 에버트는 "역사상 가장 혼란스러운 시나리오다. 혼탁한 세계로 떠나는 이해할 수 없고, 추잡한 데다, 구성도 없고, 무의미한 여행"[10]이라고 혹평했고, 이로써 사실상 영화의 운명은 다한 것이었다. 린치가 허버트의 소설을 단 한 편의 영화에 욱여넣느라 관객에게 충분히 설명할 시간이 없다시피 했다는 점이 문제였다. 관객은 쏟아지는 낯선 용어들이나 기괴한 복장을 한 채 스크린 위를 행진하는 인물들을 이해하지 못해 속수무책으로 그저 당황하는 수밖에 없었다. 대작 블록버스터 영화치고는 폭력성도 짙었다. 맥밀란의 남작을 보고 『듄』 팬들은 전율했겠지만, 『듄』을 처음 접한 이들, 특히 「스타워즈」와 결이 비슷한 영화를 기대한 아동 관객에게는 틀림없이 악몽 같았을 터다.

이 모든 것에도 굴하지 않고 유니버설은 루카스식의 유서 깊은 방식으로 돈을 벌고자 했다. 유니버설은 장난감, 보드게임, 색칠 공부 책, 기타 기념품을 제작했다. 자그맣고 말랑한 모래벌레를 해치우기 위해 미니어처 칼과 총을 차고 있는 남작, 페이드 로타, 라반, 사다우카 플라스틱 피규어와 함께, 「듄」의 액션 피규어 라인은 영화사상 가장 기이한 장난감 컬렉션 중 하나가 되었다. 물론 지금은 수집가들 사이에서 터무니없이 비싼 가격에 거래되고 있지만 말이다. 한편, 어린 독자들을 위해 소설을 압축한 『듄 동화책』[11]이 출간됐다. 어린 알리아가 전장에서 다친 전사들을 몰살하는 장면을 보고 타깃 독자층이 어떤 반응을 보였는지는 알려진 바가 없다.

데이비드 린치의 「듄」 이야기는 아직 끝나지 않았다. 2021년 인터뷰에서 린치는 잘려 나간 영상들을 다시 살려볼 가능성에 대해 처음으로 긍정적 반응을 보였다. 린치는 "그 영화는 내게 끔찍한 슬픔이자 실패입니다."라며, "나는 영화가 마무리되기 전에 내 작품을 포기했습니다. 하지만 영화에 뭐가 담겨 있는지 보고 싶어요. (…) 뭔가 있을지도 모릅니다."[12]라고 말했다. 하지만 새로운 디렉터스컷이 공개될 가능성은 미지수다. 그는 이렇게 인정했다. "하지만 분명 별 볼 일 없을 겁니다. 콩 심은 데 콩 나는 법이니까요."[13] 그러나 린치가 몇십 년간의 침묵을 깨고 「듄」에 관한 이야기를 기꺼이 꺼냈다는 사실 자체만으로도 무척 흥미롭다.

1970년대에는 스웨덴의 진보적 로커인 보 한손의 「『반지의 제왕』에서 영감을 받은 노래」부터 데이비드 보위의 앨범 「다이아몬드 개」 중 『1984』에서 영감을 받아 만든 모음곡까지, 유명 문학 작품에서 영감을 받은 음악들이 성행했다. 『듄』도 예외는 아니었다. 세 명의 유럽 출신 일렉트로닉 귀재들이 만든 신시사이저 곡을 시작으로 『듄』에 기반한 노래들이 속속 등장했다.

1978년, 프랑스의 리샤르 핀하스가 「폴 아트레이데스」, 「던컨 아이다호」, 일곱 파트로 구성된 「베네 게세리트 변주곡」이라는 제목의 곡들이 수록된 빛나는 연주곡 LP 「크로노리스」를 발매했다.[14] 이듬해에는 독일의 작곡가이자 탠저린 드림의 전 멤버였던 클라우스 슐체가 앨범 「듄」을 발매했는데, 이 앨범에는 불붙은 모자를 쓰고 공연하며 자신을 지옥불의 신이라 칭하던 60년대의 괴짜 아서 브라운의 스포큰 워드*가 들어 있었다.[15] 같은 해, '제드'로 알려진 프랑스 음악가 베르나르 샤이너가 「듄의 비전들」을 발매하며 계획에 없던 삼부작의 대미를 장식했다.[16] 화려하고 찬란한 이 음악들은 이 책을 쓸 때 이상적인 사운드트랙이 되어 주었으니, 읽을 때도 마찬가지일 터다.

* 스포큰 워드(spoken-word): 예술의 한 장르로, 시 또는 시적인 글에 운율을 붙여 읊조리는 일종의 시문학이다.

**상단**: 안녕, 아라키스! 무대 위의 아이언 메이든, 1938년

**하단**: 지에디 프라임스: 『듄』에 대한 사랑을 담아 2010년 데뷔 앨범을 만든 그라임스

하지만 앰비언트 일렉트로닉 장르만 있는 것은 아니었다. 1983년, 스펙트럼의 정반대편에서 브리티시 헤비메탈의 아이콘인 아이언 메이든이 열네 번째 LP 「마음의 조각」에 「듄」이라는 제목의 음악을 수록했는데, 프랭크 허버트의 대리인에게 조롱을 사고 말았다. 대리인은 묘하게 허버트와 비슷한 말투로 "프랭크 허버트는 록밴드를 좋아하지 않는다. 그중에서도 헤비 록밴드를, 특히 아이언 메이든과 같은 밴드를 기피한다."[17]라고 썼다. 허버트의 측근이 왜 그렇게까지 난색을 보였는지는 알 법하다. 「대지를 길들이려면」이라는 제목의 노래는 '사막복이 없다면 튀겨지고 말 거야, 덥고 건조한 모래 위에서, 아라키스라 불리는 세계에서!'[18]라는 우스꽝스러운 가사뿐만 아니라, '위대한 메시아, 인류의 진정한 지도자! 심판의 시간이 다가오거든 겁먹지 말아, 강인한 메시아가 악에 맞서 싸울 테니까'[19]와 같이 『듄』이 전달하고자 하는 복잡다단한 주제를 제대로 이해하지 못한 듯한 가사도 담겨 있다.

하지만 『듄』의 시끌벅적한 팬들은 아랑곳하지 않았다. 1993년, 미국의 메탈 밴드 피어 팩토리는 인더스트리얼 EP 「두려움은 정신을 죽인다」[20]를 발매했고, 1995년에는 플로리다에서 프로그레시브 하드코어 밴드 샤이 훌루드가 결성됐다. 이후에도 『듄』의 영향력은 전 세계로 뻗어나갔다. 1998년, 독일의 데스메탈 밴드 골렘이 『듄』에 영감을 받은 콘셉트 앨범 「두 번째 달」[21]을 발매했고, 영국의 댄스 팝 아티스트 팻보이 슬림이 2001년 싱글 「딱 맞는 무기」에서 '어긋난 박자로 걸어, 벌레가 알아채지 못하게'라는 반복되는 가사를 쓰기도 했다.

그러나 『듄』에 부치는 가장 진정성 있는 헌사는 전혀 예상치 못한 인물로부터 날아왔다. 바로 언론이 호시탐탐 노리고 있는 팝 아이콘 그라임스다. 2010년, 본명이 클레어 엘리스 바우처(Claire Elise Boucher)인 그라임스는 자작 데뷔 LP 「지에디 프라임스」를 발매했다. 몽환적이고 실험적인 이 콘셉트 앨범은 그녀가 좋아하는 소설에서 영감을 받았으며, 「칼라단」, 「검은 심장 페이드 로타」, 「샤도우트 메입스」라는 제목의 곡들이 수록되어 있다. 이후 알다시피 그라임스는 마찬가지로 『듄』의 열성 팬이자 당시 세계 최고 부호였던 일론 머스크와 연인이 되었고, 이후 많은 논란을 낳으며 머스크를 떠나 반체제주의자이자 내부고발자인 첼시 매닝과 연인으로 거듭났다. 프랭크 허버트가 이 모든 사태를 봤다면 무슨 말을 했을지는 각자의 상상에 맡길 수밖에 없겠다.

『듄』이 문학에 미친 영향은 SF 장르에서조차 다소 미묘하게 나타났다. 황량한 세계를 배경으로 펼쳐지는 모든 SF 소설을 '포스트 듄' 작품으로 묶는다는 생각은 솔깃하지만, 그러한 설정은 앞서 살펴보았듯 사실 에드거 라이스 버로스로부터 시작됐다. 지구의 이웃 행성은 여전히 신진 작가들에게 영감의 원천이었고, 1992년에는 킴 스탠리 로빈슨의 『붉은 화성』이 출간됐다. 이 소설을 시작으로 전개된 화성 삼부작은 SF 소설에 새로운 수준의 과학적 엄밀성을 도입했다.

로빈슨은 대학 견학 여행 도중에 『듄』을 처음 접한 뒤 팬이 됐다고 고백했다. "저는 손전등을 비춰가면서 텐트 안에서 책을 읽었고, 다른 사람이 차를 운전할 때 뒷좌석에 앉아 책을 읽었습니다. 무척 감명받았어요."[22] 화성에 인간의 정착지를 건설한다는 익숙한 콘셉트를 몇 년, 몇십 년, 몇 세대에 걸쳐 늘려서 선보인 로빈슨의 삼부작은 허버트가 소설에서 제안했던 전 행성 차원의 기후 변화에 관해 정밀한 과학적 접근법을 선보였다. 따라서 화성 삼부작이 『듄』보다 더 현실적인 대신 대담한 상상력은 부족할지라도, 소설 속 화성의 생태학, 풍부한 디테일, 상상력이 그려낸 미래의 엄청난 규모 측면에서 허버트의 영향력을 느낄 수 있다.

최근에는 로빈슨의 『수도의 과학』, 코맥 매카시의 『로드』, 마거릿 애트우드의 『오릭스와 크레이크』, 그리고 이 책의 저자인 톰 허들스턴의 『침수된 세계』 삼부작을 아우르며 떠오른 '기후 소설' 장르에서 『듄』이 중요한 선구적 작품으로 평가받고 있다.[23] 오늘날 인류의 코앞에 들이닥친 기후 위기로부터 영감을 받은 이 작품들은 가장 가혹한 환경에서 인류가 살아남을 방법과 전 지구적 생태계에 관해 골몰했던 허버트의 관심사를 그대로 반영하고 있다.

하지만 허버트 작품은 SF 영화에 무척 선명한 흔적을 남겼다. 「모노노케 히메」나 「센과 치히로의 행방불명」으로 일약 스타 반열에 오른 영화감독 미야자키 하야오는 그보다 한참 전인 1984년, 자신의 만화 『바람계곡의 나우시카』를 상상력 넘치는 애니메이션으로 영상화했고, 이후 "『듄』에 보내는 아니메*의 답가"[24]로 평가받았다. 핵 재앙 이후, 거대한 곤충이 들끓는 부해(腐海)로 뒤덮여버린 지구를 배경으로 한 「바람계곡의 나우시카」는 인류가 오래된 예언 속 메시아의 도래를 기다리며 힘겹게 살아가는 이야기가 담긴 생태학적 우화다.

* 아니메(anime): 애니메이션의 한 형태로, 일본 특유의 만화 영화를 지칭하는 고유명사다.

이보다 덜 진지할지라도, 1990년의 호러 코미디 「불가사리」도 『듄』에 바치는 헌사임이 분명하다. 이 영화는 네바다의 외딴 마을에서 '그래보이드'로 알려진 땅속 벌레 괴수에게 공격받는 주민들의 이야기를 그린다. 여섯 편의 저예산 후속편과 TV 스핀오프 작품까지 배출한 「불가사리」 세계관은 허버트의 세계관에 필적할 문화적 중요성은 성취하지 못했지만, 그에 못지않게 넓은 영역으로 확장했다.

하지만 『듄』이 지울 수 없는 문화적 흔적을 가장 확실하게 남긴 곳은 완전히 다른 분야다. 프랭크 허버트의 소설을 비디오 게임에 접목한 최초의 작품은 1992년에 등장했다. 게임 「듄」은 1984년 영화 「듄」의 시각적 요소를 도입해 적지 않은 성공을 거두었지만, 그해 말에 출시된 「듄 2: 왕조의 건설」 혹은 「듄 2: 아라키스를 위한 전투」로 불리던 반 후속작 격 게임이 전작의 인기를 뛰어넘었다. 전작과 동시에 개발된 「듄 2」의 개발자들은 '실시간 전략 게임'이라는 용어를 주조했다. 실시간 전략 게임은 여러 플레이어가 제한된 공간 내에서 동시에 게임을 조작할 수 있는 방식으로, 이 게임의 경우에는 아라키스라는 제한된 행성에서 상대와의 전쟁을 벌이기 위한 기지 건설과 자원 채집 경쟁이 펼쳐진다. 출시와 동시에 큰 성공을 거둔 「듄 2」는 「에이지 오브 엠파이어」나 「워크래프트」와 같이 한층 규모가 더 커진 실시간 전략 게임들의 탄생으로 이어졌다.

「듄 2」의 꾸준한 인기도 소설의 다음 각색 프로젝트를 끌어내는 데 한몫했다. 사이파이 채널(Sci-Fi Channel)이 제작하고 2000년에 처음 방영된 265분짜리 삼부작 미니시리즈 「프랭크 허버트의 듄」은 당시 TV 프로그램치고는 꽤 많은 예산을 들여 비교적 원작에 충실하게 제작됐다. 하지만 드라마 세트, 의상, 효과는 여전히 설득력이 떨어졌다. 그보다 16년 전에 만들어진 데이비드 린치의 영화와 비교했을 때조차 그랬다. 하지만 가죽옷을 입고 지나치게 화려한 모습으로 등장하는 성 착취자 하코넨 남작이 원작마저 초월할 만큼 더 혐오스러운 것만은 분명하다.

그런데도 이 시리즈는 해당 채널 방영작 중 역대 최고 시청률을 기록하며 승승장구했고, 2003년에는 후속작까지 제작됐다. 상상력은 풍부하지만 전작과 비슷하게 만듦새가 조야한 후속작 「프랭크 허버트의 듄의 아이들」은 『듄의 메시아』와 『듄의 아이들』의 줄거리를 영리하게 엮어내었으며, 에미상도 수상했다. 이 시리즈는 폴의 아들 레토 2세가 유충 단계의 모래송어와 결합하는 것과 같은 허버트의 더욱 기괴한 아이디어를 대중에게 선보였다는 점에서 눈여겨볼 필요가 있다.

**상단**: 또 하나의 사막 세계: 돈 딕슨이 그린 킴 스탠리 로빈슨의 『붉은 화성』 표지 일러스트

**우측**: 『듄』에 보내는 아니메의 답가: 1984년 영화 「바람계곡의 나우시카」

"삶은 하나의 게임이며, 사람들은 그 안에 뛰어들어
그 게임을 철저하게 하면서 게임의 규칙을 배운다."

— 다르위 오드레이드, 『듄의 신전』[25]

**상단 좌측**: 2000년 미니시리즈 「듄」에서 제시카를 연기한 사스키아 리브스와 비교적 나이 든 모습의 폴을 연기한 알렉 뉴먼

**하단 좌측**: 2003년 작품 「프랭크 허버트의 듄의 아이들」 속 폴의 딸 가니마(제시카 브룩스)와 레토 2세(제임스 맥어보이)

**우측**: 2021년 작품 「듄」 세트장에 배우 하비에르 바르뎀과 함께 있는 감독 드니 빌뇌브의 모습

이후 10년간은『듄』의 영화화를 둘러싼 논의가 여럿 진행됐다가도 자꾸만 엎어졌다. 개중에는「프라이데이 나이트 라이츠」와「배틀쉽」[26]을 연출한 피터 버그가 합류했던 2008년 프로젝트와「테이큰」의 감독 피에르 모렐이 합류했던 2010년 프로젝트도 있다.[27] 사실『듄』의 팬들은 이 감독들의 프로젝트가 무산되자 내심 안도했다.

이후「시카리오」(2015),「컨택트」(2016)와 같은 지적 블록버스터로 유명한 캐나다의 영화감독 드니 빌뇌브와 오스카 수상자이자「포레스트 검프」(1994),「스타 이즈 본」(2018)의 각본가인 에릭 로스를 물망에 올린『듄』의 새 영화화 프로젝트 관련 논의가 진행 중이라는 사실이 처음 알려진 건 2016년에 들어서다.[28] 이듬해, 독자들이 고대하던 이야기가 들려왔다.『듄』 1권을 반으로 뚝 잘라 각각 한 편의 영화로 나누어 찍어서[29] 스토리 구축에 필요한 분량을 충분히 확보하겠다는 소식이었다.

2021년에 개봉한 드니 빌뇌브의「듄: 파트 1」은 큰 인기를 끌며 성공했고, 프랭크 허버트의 작품에 관한 대중의 뜨거운 관심을 다시금 불러일으켰으며, 2023년에 후속편이 나온다는 소식에 그 열기는 더해만 갔다. 빌뇌브의 영화는 기본에 충실하기 위해 폴과 제시카의 이야기에 집중하고, 거니 할렉이나 투피르 하와트와 같은 주요 인물들의 비중을 줄였지만, 오히려 바로 그 점 덕분에 영화 팬들은 허버트의 소설이 얼마나 방대한지 알게 됐을 때 더 깊은 인상을 받을 수 있었다.

하지만 프랭크 허버트와『듄』의 영향이 가장 중요하게 작용한 분야는 생태학일 것이다. 허버트는『듄』이 독자들에게 환경의 유약함에 관해 알리고, 허버트와 베벌리 부부가 생태적 삶 시범 프로젝트에서 실천하려 했던 것처럼 독자들도 환경 보호 및 복원에 참여할 것을 독려하는 "환경 인식 제고를 위한 안내서"[30]가 되어주기를 바랐다. 반문화 공동체 운동가들의 성경으로 불리는《지구백과》는 1968년 창간호에서『듄』을 호평했다. 티피 텐트 디자인, 야생에서 살아남는 법, 사이버네틱스, 주역 등 온갖 것에 관한 글과 함께 실린『듄』 서평은 소설을 "매서운 환경에 맞서 단결하는 공동체를 명료하게 묘사한다. (…) 이 소설은 생태학에 대한 은유다. 주제의 혁명을 일구어냈다."[31]라고 설명했다. 프랭크 허버트는 혁명가와는 거리가 멀었지만, 환경에 관해서만큼은 전적으로 적절한 용어다. 그는 1970년, 제1회 지구의 날을 기념하며 출간된 인터뷰집『신세계 아니면 종말』에서 "인간은 사물보다 중요하다."라고 말했다. "인간은 소비의 대상이 아니다. 우리는 이익보다 인간을, 그 어떤 인간이라도 그 어느 이익보다 절대적으로 우선시해야 한다. 그러면 우리는 살아남을 것이다…. 다 함께."[32]

브루스 페닝턴이 그린 1968년 판 『듄』의 놀라운 표지

**'생태학에 눈뜨다'**: 1977년, 열심히 정원을 가꾸는 프랭크 허버트의 모습

# "환경 보호에 관한 이야기는 인류의 생명 보호에 관한 이야기와 다를 것이 없다."

— 프랭크 허버트, 『신세계 아니면 종말』

21세기에 들어서면서부터 이러한 생존의 문제는 더욱 시급해졌다. 『듄』의 교훈은 그 어느 때보다 시의적절해졌으며, 전 세계 과학자, 연구자, 환경운동가들에게 영감을 주고 있다. 2010년, '아라키스로 가는 길: 『듄』과 지속 가능한 미래'[33]라는 제목의 강연에서 진화인류학 교수 존 복 박사는 프랭크 허버트의 소설 속 공동체 전체가 환경의 변화에 책임지는 모습을 통해 우리가 어떤 교훈을 배울 수 있을지 물었다. 한편, 경제학 교수 데니즈 스탠리 박사는 2015년 강연 '천연자원 채취의 저주: 『듄』의 스파이스와 레드 랍스터의 새우를 통해 배우는 교훈'[34]에서 『듄』 속 스파이스의 제한된 자원량과 가혹한 채취 환경을 고려해볼 때, 현대의 새우 양식업자와 이들이 싼값에 착취하는 노동자들을 향해 『듄』이 전달할 수 있는 메시지에 관해 논했다.

캘리포니아주립대학교의 과학 교수 대니얼 페르난데스는 『듄』이 상상해낸 기술 중 하나를 실제로 구현해냈다. 페르난데스가 개발한 공기 중 수분을 포집하는 '포그캐처' 시스템은 프레멘의 이슬 채집기와 여러모로 유사하다. 이 프로젝트와 방법론에 관한 2015년의 한 강연에서[35] 페르난데스는 『듄』의 영향력을 자세히 살폈다. 그는 "사람들이 생태학에 눈을 뜨게 만들어야 해"[36]라는 파도트 카인즈의 중요한 말을 인용했고, "무언가에 대한 욕망을 참고 그것을 움켜쥐려고 손을 뻗는 행위를 스스로 미루는"[37] 것을 받아들이는 프레멘의 인내심과 달리 생태 문제보다 물질적 부를 우선시하고, 허버트가 경고했던 것처럼 이윤을 인간보다 중요시하는 우리의 모습을 대조하기도 했다.

프랭크 허버트의 작품이 예술가, 작가, 영화감독뿐만 아니라 생태학자, 과학자에게도 영감을 주어 인류의 미래에 확실한 영향을 미치는 것보다 나은 결말은 없을 것이다. 허버트는 폴 비글로 시어스의 말을 인용하면서 "생태학의 가장 중요한 기능은 결과를 이해하는 것"[38]이라고 썼다. 개인, 공동체, 전 세계 차원에서 말이다. 하지만 『듄』을 집필하기 이전에 책상 앞에 앉아 자료를 세세히 조사하고, 서류철을 묶어내고, 새로운 탐구 방법을 찾아내고, 세계관 전체를 상상해내며 열심히 연구한 뒤, 마침내 글을 써내기 시작했을 때까지만 해도 프랭크 허버트는 정작 그렇게 탄생한 자신의 작품이 개인, 문화, 전 지구 차원에서 어떠한 결과를 가져올지 눈곱만큼도 짐작하지 못했을 테다.

# 미주


### 서문

1 B. 허버트, 167쪽.
2 「듄 창세기」.
3 『듄』, "시작이란 아주 섬세한~".
4 W. E. 코플런드(W. E. Copland), 「벌리와 벌리의 위치(Burley and its Location)」, 《아레나(The Arena)》, 보스턴, 1902년 10월. S. 윌리스(S. Willis), 「유토피아에는 싸구려 술집, 저급한 무도회장, 도박굴이 없지만, 담배는 있다!(There are No Grog Shops, Low Dance Halls, or Gambling Dens in Utopia: But There Are Cigars!)」, 프롬 아워 코너(From Our Corner)에서 재발행, 2012년 10월 4일(blogs.sos.wa.gov/fromourcorner/index.php/2012/10/there-are-no-grog-shops-low-dance-halls-or-gambling-dens-in-utopia-but-there-are-cigars).
5 C. 헨리(C. Henry), 《키챕 선(Kitsap Sun)》, 워싱턴, 2012년 1월 14일, 위에 인용.
6 B. 허버트, 113쪽.
7 W. E. 맥넬리(W. E. McNelly), 1969년.
8 위의 자료.
9 F. 허버트, LP 「듄의 모래벌레(Sandworms of Dune)」의 해설서, 캐드먼 레코드(Caedmon Records) TC 1565, 뉴욕, 1978년.
10 W. E. 맥넬리, 1969년.
11 『듄의 신황제』, "그것이 지식의 시작이다~".
12 이후 B. 허버트와 케빈 J. 앤더슨은 프랭크 허버트의 메모를 바탕으로 이 독창적 콘셉트를 「스파이스 행성(Spice Planet)」이라는 제목의 중편 소설로 확장했고, 단명 자료집 『듄으로 가는 길(The Road to Dune)』에 실어 출판했다.
13 B. 허버트, 169쪽.
14 G. 게일러드(G. Gaylard), 「포스트식민주의 SF 소설: 사막 행성(Postcolonial Science Fiction: The Desert Planet)」에서 인용, 『SF 소설, 제국주의, 그리고 제3세계(Science Fiction, Imperialism and the Third World)』, 맥팔런드 앤드 컴퍼니(McFarland and Co.), 노스캐롤라이나 제퍼슨, 2010년, 21~36쪽.
15 F. 허버트, 「듄이라는 세계(Dune World)」, 《아날로그》, 1963년 12월~1964년 2월.
16 F. 허버트, 「듄의 예언자(The Prophet of Dune)」, 《아날로그》, 1965년 1월~5월.
17 J. W. 캠벨, 「거기 누구냐?(Who Goes There?)」, 《어스타운딩 사이언스 픽션(Astounding Science Fiction)》, 1938년 8월.
18 『듄으로 가는 길』, 210쪽.
19 『듄의 이단자들』, 초판본 서문.
20 R. 젤라즈니(R. Zelazny), 『내 이름은 콘래드(This Immortal)』, 에이스 북스(Ace Books), 뉴욕, 1966년.
21 J. R. R. 톨킨, 존 부시에게 부치는 편지, 1966년 3월 12일. J. 아이젠버그(J. Eisenberg), 「톨킨 대 허버트(Tolkien v. Herbert)」, 삶을 위한 글쓰기(Writing For Your Life), 2020년 4월 23일(medium.com/writing-for-your-life/tolkien-v-herbert-50c1a31487de).
22 D. 임머바르(D. Immerwahr), 2020년.
23 D. R. 머리(D. R. Murray), 『현직자 이야기: 작가에게 글 쓰는 법 배우기(Shoptalk: Learning to Write with Writers)』, 보인턴/쿡(Boynton/Cook), 뉴햄프셔 포츠머스, 1990년.
24 E. 와이너(E. Weiner), 『내셔널 램푼의 둔(National Lampoon's Doon)』, 포켓 북스(Pocket Books), 뉴욕, 1984년.
25 『듄의 신전』, 베벌리에게 바치는 헌사.
26 『듄의 신전』, 베벌리에게 바치는 헌사.
27 『듄』, "사람의 삶은 그 사람~".

### 1장

1 『듄』, 헌정사.
2 『듄의 이단자들』, 서문.
3 『듄』, "듄이라는 이름으로 알려진~".
4 B. 허버트, 62쪽.
5 H. D. 소로(H. D. Thoreau), 『월든(Walden)』, 틱너 앤드 필즈(Ticknor and Field), 보스턴, 1854년.
6 P. S. K. 영(P.S.K Young), 「솟구치는 인기로 일상이 된 캠핑이 "야생"을 망치고 있다(Camping Was So Popular It Became Basic and Nearly Ruined the "Outdoors")」, 《데일리 비스트(Daily Beast)》, 2021년 5월 15일(thedailybeast.com/camping-was-so-popular-it-became-basic-and-nearly-ruined-the-outdoors).
7 W. W. 체이프(W. W. Chafe), 『끝나지 않은 여정: 2차 세계대전 이후의 미국(The Unfinished Journey: America Since World War II)』, 옥스퍼드대학교출판부(Oxford University Press), 뉴욕, 1986년. R. J. 엘리스(R. J. Ellis)에서 인용.
8 B. 맥도널드(B. MacDonald), 『계란과 나(The Egg and I)』, J. B. 리핀코트(J. B. Lippincott), 필라델피아, 1945년.
9 H. 니어링, S. 니어링(H. and S. Nearing), 『조화로운 삶: 복잡한 세상 속에서 온전한 정신으로 단순하게 사는 법(Living the Good Life: How to Live Sanely and Simply in a Troubled World)』, 사회과학연구소(Social Science Institute), 미국, 1954년.
10 J. 케루악, 『다르마 행려(Dharma Bums)』, 바이킹 프레스(Viking Press), 뉴욕, 1958년.
11 야생보호법, 공법 88-577(16 USC. 1131-1136), US, 1964. 야생과의 연결(Wilderness Connect)에서 인용(wilderness.net/learn-about-wilderness/key-laws/wilderness-act/default.php).
12 『듄으로 가는 길』, 198쪽. 이 자료집에는 프랭크 허버트가 쓴 「움직이는 모래를 멈춘 사람들」 제안서와 서한들이 재인쇄되어 있다.
13 『듄으로 가는 길』, 200쪽.
14 J. E. 러브록(J. E. Lovelock), 「대기권을 통해 본 가이아(Gaia as Seen Through the Atmosphere)」, 대기 환경(Atmospheric Environment), 엘스비어(Elsevier), 네덜란드 암스테르담, 1972년.
15 K. S. 구스케(K. S. Guthke), 『최후의 변경: 코페르니쿠스 혁명부터 현대 소설에 이르기까지 다른 세상을 상상하기(The Last Frontier: Imagining Other Worlds from the Copernican Revolution to Modern Fiction)』, 코넬대학교출판부(Cornell University Press), 이타카, 1990년.
16 H. G. 웰스(H. G. Wells), 『우주전쟁(The War of the Worlds)』, 윌리엄 하이네만(William Heinemann), 런던, 1898년, 1쪽.
17 P. B. 시어스(P. B. Sears), 『행진하는 사막(Deserts on the March)』, 오클라호마대학교출판부(University of Oklahoma Press), 노먼, 1935년.
18 『듄』, "생태학의 최고 기능은~".
19 시어스의 명언과 『듄』 구절 간의 유사성은 T. 오라일리(T. O'Reilly)의 책에서 인용했다.
20 『듄』, "생태학에 무지한 사람들은~".
21 R. 카슨(R. Carson), 『침묵의 봄(Silence Spring)』, 호튼 미플린(Houghton Mifflin), 보스턴, 1962년.
22 H. P. 하인스(H. P. Hynes), 『반복되는 침묵의 봄(The Recurring Silent Spring)』, 페르가몬 프레스(Pergamon Press), 1989년.
23 R. J. 엘리스.
24 『듄』, "그들은 얼마나 훌륭한~".
25 『듄』, "우리 세대는 그~".
26 『듄으로 가는 길』, 199쪽.
27 W. E. 맥넬리, 1969년.
28 『듄』, "섬처럼 솟아 있는~".
29 『듄』, "달빛을 받아 은빛으로~".
30 J. 프레이저, 『황금가지(The Golden Bough)』, 맥밀런 앤드 컴퍼니(Macmillan and Co), 런던, 1890년.
31 J. 엘킹턴(J. Elkington), 232쪽.
32 W. E. 맥넬리, 1969년.
33 F. 허버트, LP 「듄의 모래벌레」의 해설서, 캐드먼 레코드 TC 1565, 뉴욕, 1978년.
34 『듄』, "사막 텐트, 에너지 모자~".
35 J. G. 워크맨(J. G. Workman), 『가뭄의 핵심: 도래하는 영원한 가뭄의 시대를 견뎌내야 하는 우리에게 최후의 부시맨이 주는 교훈(Heart of Dryness: How the Last Bushmen Can Help Us Endure the Coming Age of Permanent Drought)』, 워커 앤드 컴퍼니(Walker & Co.), 뉴욕, 200쪽.
36 『듄』, "칼라단에서는 해군력과 공군력이~".
37 J. G. 워크맨, 『가뭄의 핵심: 도래하는 영원한 가뭄의 시대를 견뎌내야 하는 우리에게 최후의 부시맨이 주는 교훈』, 워커 앤드 컴퍼니, 뉴욕, 200쪽.
38 R. 와인버그(R. Wynberg), D. 슈뢰더(D. Schroeder), R. 체넬스(R. Chennells), 『원주민, 동의, 그리고 이익 공유: 산-후디아 사례가 주는 교훈(Indigenous Peoples, Consent and Benefit Sharing: Lessons from the San-Hoodia Case)』, 스프링어 사이언스 앤드 비즈니스 미디어(Springer Science and Business Media), 베를린, 2009년.
39 L. 반데어 포스트(L. van der Post), 『잃어버린 세계, 칼라하리(The Lost World of the Kalahari)』, 펭귄(Penguin), 런던, 1958년.
40 S. 우즈만(S. Ouzman), 「남부 아프리카의 토착 지식 및 체화된 지식을 침묵시키는 동시에 공유하기(Silencing and Sharing Southern Africa Indigenous and Embedded Knowledge)」, C. 스미스(C. Smith), H. M. 웝스트(H. M. Wobst)(다수 편저) 『토착고고학: 이론과 실천을 탈식민화하기(Indigenous Archaeologies: Decolonizing Theory and Practice)』, 루틀리지(Routledge), 테일러 앤드 프랜시스 그룹(Taylor & Francis Group), 애빙던, 2004년.
41 『듄』, "고효율 필터와 열교환~"

## 2장

1 L. 블랜치(L. Blanch), 『낙원의 사브르(The Sabres of Paradise)』, 존 머리(John Murray), 런던, 1960년.
2 M. 개머(M. Gammer), 「제국과 산: 러시아와 캅카스의 사례(Empire and Mountains: The Case of Russia and the Caucasus)」, 『사회 진화와 역사(Social Evolution and History)』, 우치텔 출판사(Uchitel Publishing House), 러시아 볼고그라드, 2013년 9월.
3 L. 블랜치, 『낙원의 사브르』.
4 L. 블랜치, 『야생의 물가에 피어난 사랑(The Wilder Shores of Love)』, 피닉스 프레스(Phoenix Press), 런던, 1954년.
5 L. 블랜치, 『이란의 황후 파라(Farah, Shahbanou of Iran)』, 하퍼 콜린(Harper Collin,) 런던, 1978년.
6 『듄』, "아라킨 착륙장의 출구~".
7 A. 칸(A. Khan), 『낙원의 사브르』가 『듄』에 미친 영향(How "The Sabre of Paradise"(sic) Inspired Dune)』, 미디엄(Medium), 2020년 7월(arnoldkhan.medium.com/how-the-sabre-of-paradise-inspired-dune-f2b892c4869e).
8 L. 블랜치, 『낙원의 사브르』, W. 콜린스에서 인용.
9 『듄』, "억압이 있는 곳에서~".
10 W. 콜린스.
11 L. 블랜치, 『낙원의 사브르』, C. 셰퍼드(C. Shepherd), 「다게스탄의 전사 신부(Dagestan's Warrior Priest)」에서 인용, 이스트 오브 엘브루스(East of Elbrus), 2021년 7월 23일(eastofelbrus.com/articles/dagestans-warrior-priest).
12 K. 케네디(K. Kennedy), 2016년.
13 『듄』, "순니 조상들이 나일 강의~".
14 A. 카르주 라바리(A. Karjoo-Ravary), 「중동과 이슬람 문화에 커다란 영향을 받은 프랭크 허버트의 『듄』 시리즈(Frank Herbert's Dune novels were heavily influenced by Middle Eastern, Islamic cultures, says scholar)」, CBC 라디오, 2021년 10월(cbc.ca/radio/day6/introducing-the-metaverse-crisis-in-afghanistan-stuff-the-british-stole-islamic-influence-in-dune-and-more-1.6220405/frank-herbert-s-dune-novels-were-heavily-influenced-by-middle-eastern-islamic-cultures-says-scholar-1.6221670).
15 K. 케네디, 2016년.
16 A. 카르주 라바리, CBC 라디오, 2021년.
17 H. 두라니(H. Durrani), 2021년 10월.
18 K. 바헤옐딘(Baheyeldin).
19 F. 다프타리(F. Daftary), 『이스마일리의 역사와 교리(The Isma'ilis: Their History and Doctrines)』, 케임브리지대학교출판부(Cambridge University Press), 케임브리지, 1990년.
20 B. 루이스(B. Lewis), 『아사신: 이슬람의 급진 종파(The Assassins: A Radical Sect in Islam)』, 바인덴펠드 앤드 니콜슨(Weidenfeld and Nicolson), 런던, 1967년.
21 R. 다 피사(R. Da Pisa), M. 폴로(M. Polo), 『마르코 폴로의 여행(The Travels of Marco Polo)』, 1300년경.
22 F. 다프타리, 『이스마일리 역사 사전(Historical Dictionary of the Ismailis)』, 스캐어크로우 프레스(Scarecrow Press), 메릴랜드, 2012년.
23 E. 버먼(E. Burman), 『아사신: 이슬람의 신성한 살인자들(The Assassins – Holy Killers of Islam)』, 크루시블(Crucible), 런던, 1987년.
24 J. 폰 하머푸르크시탈(J. von Hammer-Purgstall), 『동양 사료에 담긴 아사신의 역사(Die Geschichte der Assassinen aus morgenländischen Quellen)』, 스미스, 엘더 앤드 컴퍼니(Smith, Elder and Co), 런던, 1835년.
25 V. 바르톨(V. Bartol), 『알라무트(Alamut)』, 소설 하우스 프레스(Scala House Press), 런던, 1938년.
26 W. S. 버로스(W. S. Burroughs), 「하산 사바흐의 유언(The Last Words of Hassan Sabbah)」, 1960년 창작, 『노바 익스프레스(Nova Express)』, 그로브 프레스(Grove Press), 뉴욕, 1964년에 첫 출간.
27 B. 허버트, 31쪽.
28 『듄』, "폴은 다시 스틸가~".
29 G. 페팃(G. Pettit), 『라 푸시의 퀼리우트족: 1775년~1945년(The Quileute of La Push, 1775-1945)』, 캘리포니아대학교출판부(University of California Press), 미국, 1950년.
30 D. 임머바르, 2022년.
31 위의 글.
32 위의 글.

## 3장

1 『듄』, "인간의 무의식 깊은~".
2 『듄』, "인생과 같죠. 먹을~".
3 『듄』, "우린 모두 함께~".
4 T. 오라일리, 「포트 타운센드에서의 대화(Conversations in Port Townsend)」, 『듄의 창조자(The Maker of Dune)』, 238쪽.
5 B. 허버트, 85쪽.
6 P. 스타메츠(P. Stamets), 『만연한 균사체; 버섯이 세계를 구하는 방법(Mycelium Running: How Mushrooms Can Help Save the World)』, 텐 스피드 프레스(Ten Speed Press), 버클리, 2005년.
7 『듄』, "독이 든 그 약이~".
8 『듄』, "그곳에서는 바람이 불고~".
9 G. R. 왓슨(G. R. Wasson), 「마약 버섯을 찾아서(Seeking the Magic Mushroom)」, 《라이프》, 뉴욕, 1957년 5월.
10 『듄』, "희망은 관찰을 흐리게~".
11 M. 폴리도로(M. Polidoro), 『마지막 강령술: 후디니와 코난 도일의 기이한 우정(Final Seance: The Strange Friendship Between Houdini and Conan Doyle)』, 프로메테우스 북스(Prometheus Books), 뉴욕 애머스트, 2001년.
12 J. B. 라인(J. B. Rhine), 『초감각 지각(Extra-Sensory Perception)』, 페이버 앤드 페이버(Faber&Faber), 런던, 1935년.
13 W. S. 콕스(W. S. Cox), 「초감각 지각에 관한 실험(An Experiment on Extra-Sensory Perception)」, 『실험심리학 저널(Journal of Experimental Psychology)』, 미국심리학회(American Psychological Association), 워싱턴 DC, 1936년 8월.
14 W. E. 맥넬리, 1969년.
15 위의 자료.
16 『듄의 이단자들』, 서문.
17 B. 허버트, 223쪽.
18 『듄』, "예지력은 예지에 의해~".
19 『하이젠베르크의 눈(The Eyes of Heisenberg)』, 버클리 북스(Berkeley Books), 뉴욕, 1966년. 프랭크 허버트는 『듄』 이후 두 번째로 집필한 이 소설에서도 하이젠베르크라는 이름을 등장시킨다. 이 소설은 옵티멘이 지배하는 미래의 지구를 그린다. 인류를 정체시키려는 이들의 계획을 저지시키는 것은 하이젠베르크의 유전적 불확실성이다. 이와 유사한 아이디어는 훗날 허버트의 『듄의 신황제』에 반영된다.
20 W. 하이젠베르크(W. Heisenberg), 『물리학과 철학: 현대 과학의 혁명(Physics and Philosophy: The Revolution in Modern Science)』, 하퍼(Harper), 뉴욕, 1958년.
21 A. 아인슈타인, 막스 보른에게 1926년에 쓴 편지, I. 본(I. Born)(역자), 『보른과 아인슈타인의 편지(The Born-Einstein Letters)』, 워커 앤드 컴퍼니, 뉴욕, 1971년.

## 4장

1 『듄』, "난 약한 새들~".
2 『듄』, "차갑고 냉담하고 이기적이고~".
3 B. 허버트, 178쪽.
4 B. 허버트, 179쪽.
5 『듄』, "머리를 보니 이 황소는~".
6 B. 콘래드(B. Conrad), '투우(Bullfighting)', 브리태니커 백과사전(Britannica), 1999년 5월(britannica.com/sports/bullfighting/History).
7 B. 허버트, 36쪽.
8 『듄』, "계획 안에 또~".
9 셰익스피어, 『로미오와 줄리엣』, 1594년/2003년, 프롤로그 5번째 줄.
10 K. 브레넌(K. Brennan), 「듄」, 스타워즈 오리진(Star Wars Origins)(moongadget.com/origins/dune.html).
11 『듄』, "인기가 좋은 사람은~".
12 F. 허버트, LP 「듄: 연회 장면(Dune: The Banquet Scene)」의 해설서, 캐드먼 레코드 TC 1565, 뉴욕, 1978년.
13 D. 빌뇌브(감독), 「듄」, 레전더리 픽처스(Legendary Pictures), 2021년.
14 T. M. 무어(T. M. Moore), 「『듄』의 과학: 민족지학」, 《로스앤젤레스 리뷰 오브 북스》, 2022년 3월(lareviewofbooks.org/article/ethnography).
15 『듄』, "그들은 어떤 사람이~".
16 D. 임머바르, 2022년.

## 5장

1 『듄』, "너의 동족들이 영웅의~".
2 J. 엘킹턴, 230쪽.
3 F. 허버트, LP 「듄(연회 장면)」의 해설서, 캐드먼 레코드 TC 1565, 뉴욕, 1978년.
4 B. 허버트, 182쪽.
5 D. 그린(D. Green), 『나일강의 세 제국: 1869년~1899년, 빅토리아 시대의 지하드(Three Empires on the Nile: The Victorian Jihad, 1869–1899)』, 프리 프레스(Free Press), 뉴욕, 2007년, 87쪽.
6 위의 책.
7 『듄의 메시아』, "여기 무너진 신이~".
8 『듄』, "이곳의 사막 원주민들은~".
9 N. 퍼거슨(N. Ferguson), 『제국: 영국은 어떻게 근대 세계를 형성했나(Empire: How Britain Made the Modern World)』, 펭귄 북스(Penguin Books), 런던, 2003년,

267~272쪽.
10 A. E. W. 메이슨, 『네 개의 깃털』, 맥밀런, 런던, 1902년.
11 B. 허버트, 22쪽.
12 R. 키플링, 「백인의 임무」(1899), 러디어드 키플링의 『시(Verse)』에 수록됨, 더블데이(Doubleday), 뉴욕, 1940년.
13 H. R. 해리스(H. R. Harris), 「『그린 북』의 오스카 수상에 경악한 돈 셜리의 가족이 영화 속 셜리의 모습을 거짓이라고 주장하다(Don Shirley's family dismayed by Green Book Oscar wins, calls portrait of pianist false)」, USA 투데이(USA Today), 2019년 2월(eu.usatoday.com/story/life/movies/academy-awards/2019/02/25/don-shirleys-family-green-book/2979734002).
14 H. 두라니, 2020년.
15 위의 글.
16 B. 허버트, 141쪽.
17 J. 윌슨(J. Wilson), 『아라비아의 로렌스: T. E. 로렌스의 공식 전기(Lawrence of Arabia: The Authorised Biography of T. E. Lawrence)』, 아테네움(Atheneum), 뉴욕, 1990년.
18 T. E. 로렌스, 『지혜의 일곱 기둥(Seven Pillars of Wisdom)』, 개인 출간, 영국, 1926년.
19 J. 윌슨, 『아라비아의 로렌스: T. E. 로렌스의 공식 전기』.
20 알렌비 장군과의 인터뷰, 「청자(The Listener)」, 1935년 5월. PBS에서 필사(pbs.org/lawrenceofarabia/players/allenby2.html).
21 D. 린(감독), 「아라비아의 로렌스」, 컬럼비아 픽처스(Columbia Pictures), 1962년.
22 S. 레이시(S. Lacy)(감독), 「스필버그(Spielberg)」, HBO, 2017년.
23 알렌비 장군과의 인터뷰, 「청자」, 1935년 5월.
24 『듄』, "그는 전사이자 신비주의자였으며~".
25 W. E. 맥넬리, 1969년.
26 T. E. 로렌스, 『지혜의 일곱 기둥』.
27 위의 책.
28 『듄』, "한 영웅으로 인해~".
29 「듄 창세기」.
30 W. E. 맥넬리, 1969년.

## 6장

1 『듄으로 가는 길』, 헌정사(브라이언 허버트의 글로 추정).
2 J. 엘킹턴.
3 F. 허버트, LP 「듄의 모래벌레」의 해설서, 캐드먼 레코드 TC 1565, 뉴욕, 1978년.
4 Z. 샤프(Z. Sharf), 「빌뇌브, 영화 「듄」에서 레이디 제시카의 역할을 '몸값 비싼 엑스트라' 이상으로 확대(Villeneuve Expands Lady Jessica Role in Dune to Make Her More Than "an Expensive Extra")」, 인디와이어(IndieWire), 2020년 9월(indiewire.com/2020/09/denis-villeneuve-expands-lady-jessica-role-dune-1234583740).
5 K. 케네디(게스트), 「『듄』 연구자 인터뷰(Dune Scholar interview)」, 듄 팟캐스트(Dune Pod podcast), 2022년 4월 18일(solo.to/dunepod).
6 T. 오라일리, 「포트 타운센드에서의 대화」.
7 위의 글.
8 『듄의 신전』, "마법 우주의 어두운~".
9 K. 케네디, 「여성 예수회: 가톨릭이 베네 게세리트에 미친 영향(Female Jesuits: The Catholic Origins of the Bene Gesserit)」, 듄 연구자(Dune Scholar), 2020년 3월 19일(dunescholar.com/2021/03/19/female-jesuits-the-catholic-origins-of-the-bene-gesserit).
10 『듄』, "마오메트 사리, 마하야나~".
11 A. 코집스키(A. Korzybski), 『과학과 정신: 비아리스토텔레스적 체계와 일반의미론 개론(Science and Sanity: An Introduction to Non-Aristotelian Systems and General Semantics)』, 국제 비아리스토텔레스적 문헌 총서 출판사(International Non-Aristotelian Library Publishing Co), 코네티컷 레이크빌, 1933년.
12 R. 딕스트라(R. Diekstra), 《하를렘 다그블라드(Haarlemmer Dagblad)》, 1993년. L. 더크스(L. Derks), J. 홀란더(J. Hollander), 『NLP의 본질(Essenties van NLP)』에서 인용, 세르비러(Servire), 위트레흐트, 1996년, 58쪽.
13 S. I. 하야카와(S. I. Hayakawa), 『사고와 행동의 언어(Language in Thought and Action)』, 하코트(Harcourt), 샌디에이고, 1949년.
14 W. E. 맥넬리, 1969년.
15 『듄』, "삶의 신비는 풀어야~". 하리스 두라니와 다른 학자들이 지적했듯, 많은 곳에서 인용되는 네덜란드의 작가이자 신지학자인 야코뷔스 요하네스 판데르레이우(Jacobus Johannes van der Leeuw)의 이 말은 때로 쇠렌 키르케고르(Soren Kierkegaard)의 말로 오인되기도 한다. 프랭크 허버트는 이 문구를 빌려올 때, 출처를 표기하지 않았다.
16 『듄』, "그가 미처 어떤~".
17 A. 와츠(A. Watts), 『영혼을 보라: 신비주의 종교의 필요성에 관한 연구(Behold the Spirit: A Study in the Necessity of Mystical Religion)』, 존 머리, 런던, 1947년.
18 B. 허버트, 165쪽.
19 위의 책.
20 M. 와인그래드(M. Weingrad).
21 F. 골턴(F. Galton), 『유전적 천재(Hereditary Genius)』, 맥밀런 앤드 컴퍼니, 런던, 1869년.
22 I. W. 샤니(I. W. Charny)(단독 편저), 『집단 학살 백과사전(Encyclopaedia of Genocide)』, 1권, ABC-클리오(ABC-CLIO), 샌타바버라, 2000년.
23 T. 코언(T. Cohen), 「순혈 백인, 유전학, 그리고 대량 학살(White Purity, Eugenics, and Mass Murder)」, 킨주립대학(Keene State College), 2022년 5월(keene.edu/academics/cchgs/resources/documents/white-purity-eugenics-and-mass-murder).
24 『듄』, "다루는 법을 미리~".
25 J.S. 캐럴(J.S. Carroll).

## 7장

1 『듄』, "우리 같은 생명체에겐~".
2 『듄』, "도망치듯 후닥닥 달려가는~".
3 『듄의 이단자들』, "길이는 45킬로미터, 너비는~".
4 『듄』, "아트레이데스 가문 사람이~".
5 저자 미상의 기사 「칼리굴라」에서 인용, 히스토리(History), 2009년 12월 16일(history.com/topics/ancient-history/caligula).
6 『듄』, "레슬링을 할 기분이~".
7 『듄』, "그대가 경멸하는 것이~".
8 B. 허버트, 250쪽.
9 위의 책.
10 『듄의 신황제』, "청소년기의 남자아이들은 물론~".
11 B. 허버트, 472쪽.
12 B. 허버트, 180쪽.
13 『듄』, "여기서는 샤워 못 해~".
14 『듄』, "있는 건 근육밖에~".
15 『듄』, "쾌락의 건물 안에~".
16 G. W. 트렌들(G. W. Trendle), F. 스트라이커(F. Striker)(제작), 「그린 호넷(The Green Hornet)」, 20세기 폭스 텔레비전(Twentieth Century Fox Television), 1966년~1967년.
17 T. 오라일리.

## 8장

1 『듄』, "인간의 정신을 본뜬~".
2 S. 버틀러(S. Butler), 『에레혼: 또는, 다양성 너머(Erewhon or, Over the Range)』, 밸런타인(Ballantyne), 런던, 1872년.
3 S. 버틀러, 「기계 속의 다윈(Darwin among the Machines)」, 《더 프레스(The Press)》, 뉴질랜드 크라이스트처치, 1863년 6월.
4 S. 버틀러, 『에레혼: 또는, 다양성 너머』(제2판), 그랜드 리처드(Grant Richard), 런던, 1901년.
5 S. 버틀러, 「기계 속의 다윈」.
6 F. 허버트, 「기원후 2068년(2068 AD)」, 《샌프란시스코 선데이 이그재미너 앤드 크로니클(San Francisco Sunday Examiner and Chronicle)》, 1968년 7월 28일.
7 『컴퓨터 없는 인간은 무용지물: 가정용 컴퓨터 필수 가이드(Without Me You're Nothing: The Essential Guide to Home Computers)』.
8 T. 오라일리, 「포트 타운센드에서의 대화」, 『듄의 창조자』 233쪽.
9 『듄』, "옛날에 사람들은 생각하는~".
10 P. 스톤(P. Stone).
11 B. 홀란드(B. Holland), 「인간 컴퓨터: NASA의 여성들(Human Computers: The Women of NASA)」, 히스토리, 2016년 12월(history.com/news/human-computers-women-at-nasa).
12 『듄』, "도망치려야 도망칠 수~".
13 B. 허버트, 34쪽.
14 『듄』, "모래벌레, 창조자가 죽어가면서~".
15 B. 허버트, 71쪽.
16 C. G. 융(C.G. Jung), 「무의식의 구조(The Structure of the Unconscious)」, 『C. G. 융 전집(Collected Works of C. G. Jung)』, 7권, 판테온 북스(Pantheon Books), 뉴욕, 1953년.
17 C. G. 융, 「정신의 구조와 역동성(The Structure and Dynamics of the Psyche)」, 『C. G. 융 전집』, 8권, 판테온 북스, 뉴욕, 1960년.
18 C. G. 융, 「본능과 무의식(Instinct and the Unconscious)」, 『C. G. 융 전집』, 8권, 판테온 북스, 뉴욕, 1960년.
19 R. W. 제몬, 『밈(The Mneme)』, 조지 앨런 앤드 언윈(George Allen & Unwin), 런던, 1921년.

**9장**

1 『듄』, "상상조차 못 할".
2 『듄』, "통나무, 당나귀, 말~".
3 『듄의 이단자들』, 서문.
4 J. D. 콜건(J. D. Colgan), 『부분적 헤게모니: 석유 정치와 국제 질서(Partial Hegemony: Oil Politics and International Order)』, 옥스퍼드대학교출판부, 옥스퍼드, 2021년.
5 『듄』, "그들이 바다의 풍부한~".
6 「SF 소설과 위기의 세계(Science Fiction and a World in Crisis)」, 『듄의 창조자』, 21쪽.
7 K. 케네디, 2021년.
8 C. 앤더슨(C. Anderson), N. 프라이크마(N. Frykma), L. H. 반보스(L. H. van Voss), 렉스 헤이르마(Lex Heerma), M. 레디커(M. Rediker)(다수 편저), 『혁명 시대의 반란과 해양 급진주의 전반에 관한 조사(Mutiny and Maritime Radicalism in the Age of Revolution: A Global Survey』, 케임브리지대학교출판부, 케임브리지, 2013년.
9 V. C. 로스(V. C. Loth), 「개척자와 네덜란드 농장주: 17세기의 반다섬(Pioneers and Perkeniers: The Banda Islands in the Seventeenth Century)」, 『카카렐레(Cakalele)』, 6권, 호놀룰루, 1995년, 13~35쪽.

**10장**

1 「듄: 녹음 인터뷰(Dune: A Recorded Interview)」, 프랭크 허버트와 데이비드 린치의 인터뷰가 담긴 카세트테이프는 린치의 영화 「듄」이 개봉하기 전에 공개됐다. 월든테이프(Waldentapes), 미국, 1983년.
2 『듄의 신전』, "모든 정부(政府)들은 반복적으로~".
3 D. 임머바르, 2020년.
4 F. 허버트, 「SF 소설과 위기의 세계」, 『듄의 창조자』, 41쪽.
5 P. 스톤.
6 『듄』, "궁정의 신하들을 희롱하고~".
7 『듄의 신황제』, "역사의 흐름, 조류~".
8 『듄』, "대가문들이 타락해 가고~".
9 「듄: 인터뷰 녹음본」, 월든테이프, 미국, 1983년.
10 「듄 창세기」.
11 『듄』, "하갈에서 가져온 커다란~".
12 『듄』, "이 행성에서 저놈들을~".
13 R. D. 맥패든(R. D. McFadden), 「레이건, 이슬람 학자를 인용하다(Reagan Cites Islamic Scholar)」, 《뉴욕 타임스》, 뉴욕, 1981년 10월 2일, 26쪽.
14 G. 토머스(G. Thomas), 필명 퀸투스 쿠르티우스(Quintus Curtius), 「제국들의 흥망성쇠: 이븐 칼둔의 사회 발전 이론(The Rise and Fall of Empires: Ibn Khaldun's Theory of Social Development)」, 퀸투스 쿠르티우스 정신의 요새(Quintus Curtius Fortress of the Mind), 2015년 5월(hqcurtius.com/2015/05/08/the-rise-and-fall-of-empires-ibn-khalduns-theory-of-social-development).
15 Ibn M_(크리에이터), 「이븐 칼둔과 『듄』: 서론(Ibn Khaldun and Dune: Introduction)」, 유튜브(YouTube), 2021년 10월(youtube.com/ watch?v=GHLndQ84ovg).
16 『듄』, "우리는 인간들이 이런~".
17 『듄』, "부유한 생활, 아름다운~".
18 G. 드 라 베도예레(G. de la Bédoyère), 「근위병: 황제의 무시무시한 종복(The Praetorian Guard: the Emperors' Fatal Servants)」, 《히스토리 엑스트라(History Extra)》, 2020년 8월 16일(historyextra.com/period/roman/the-emperors-fatal-servants).
19 다타트라야 만달(Dattatreya Mandal), 「예니체리: 정예병 체제의 놀라운 기원(Janissaries: The Remarkable Origins and Military System of the Elite Soldiers)」, 역사의 왕국(Realm of History), 2022년 4월 19일(realmofhistory.com/2022/04/19/facts-ottoman-janissaries).
20 P. 밸푸어(P. Balfour), B. 킨로스(B. Kinross), 『오스만 시대: 튀르키예 제국의 흥망성쇠(The Ottoman Centuries: The Rise and Fall of the Turkish Empire)』, 퍼레니얼(Perennial), 런던, 1977년.
21 『듄』, "샤담 4세 시절에도~".

**11장**

1 『듄』, 제국의 용어들(파우프레루체스).
2 『듄의 신황제』, "만약 패턴이 내게~".
3 M. M. 던바(M. M. Dunbar), 「제2차 세계대전과 그 이후 시기의 그린란드(Greenland During and Since the Second World War)」, 『인터내셔널 저널: 캐나다 세계 정책 분석 저널(International Journal: Canada's Journal of Global Policy Analysis)』, 5(2), 캐나다, 1950년 6월.
4 P. S. 매켄지(P. S. Mackenzie), 「프랭크 인터뷰와의 녹음 인터뷰 2번(Recorded interview with Frank Herbert No. 2)」, 1977년 1월 16일에 인터뷰 실시. 전문: gwern.net/docs/fiction/science-fiction/frank-herbert/1977-mackenzie-frankherbertinterview.txt.
5 『듄』, "행성 혹은 행성계를~".
6 F. L. 간쇼프(F. L. Ganshof), 『봉건제란 무엇인가(Qu'est-ce que la féodalité)』, 롱맨(Longmans), 런던, 1952년.
7 J. G. 그리피스(J. G. Griffiths), 『신성한 평결: 고대 종교의 신적 심판에 관한 연구(The Divine Verdict: A Study of Divine Judgement in the Ancient Religions)』, 브릴(Brill), 네덜란드 레이덴, 1991년.
8 F. 그레고로비우스(F. Gregorovius), 『코르시카섬에서의 방랑: 그 역사와 영웅들(Wanderings in Corsica: Its History and Its Heroes)』, 콘스테이블 앤드 컴퍼니(Constable & Co), 런던, 1855년.
9 K. 베스트(K. Best), 「오늘날에 교훈을 던져주는 햇필드-맥코이 갈등(Hatfield-McCoy Feud Carries Lessons for Today)」, 코네티컷대학교(University of Connecticut), 2019월 9월 10 일(today.uconn.edu/2019/09/hatfield-mccoy-feud-carries-lessons-today).
10 J. 화이트(J. White), 「알바니아의 오랜 가문 간의 분쟁을 매듭지은 중재자(Peacemaker breaks the ancient grip of Albania's blood feuds)」, 크리스천 사이언스 모니터(The Christian Science Monitor), 2008년 5월 25일(csmonitor.com/World/Europe/2008/0625/p01s02-woeu.html).

**12장**

1 『듄의 아이들』, "'항법 무아지경'을 통해~".
2 『듄의 메시아』, "발에는 지느러미가 달리고~".
3 D. 눕(D. Knoop), 『프리메이슨의 기원(The Genesis of Freemasonry)』, 맨체스터대학교출판부(Manchester University Press), 맨체스터, 1947년.
4 A. 코난 도일(A. Conan Doyle), 『네 사람의 서명(The Sign of the Four)』, 스펜서 블래킷(Spencer Blackett), 런던, 1890년.
5 D. 브라운(D. Brown), 『잃어버린 상징(The Lost Symbol)』, 더블데이(Doubleday), 뉴욕, 2009년.
6 『듄의 신전』, "우리 조상들이 살던~".
7 『듄의 신황제』, "이 우주의 특이한~".
8 E. R. 버로스, 『화성의 공주(A Princess of Mars)』, AC 맥클러그(AC McClurg), 시카고, 1917년.
9 J. M. 대니얼스, 「프랭크 허버트의 『듄』 속 별과 행성들: 지명 사전」, 1999년. 꼼꼼히 연구한 이 천문학 논문은 1999년에 온라인에 공개되었지만, 원 링크는 만료됐다. 다행히도 널리 재판되어 온라인에서 쉽게 찾아볼 수 있다.
10 P. 쿠니츠(P. Kunitzsch), T. 스마트(T. Smart), 『현대의 별 이름 사전(A Dictionary of Modern Star Names)』, 스카이 앤드 텔레스코프(Sky & Telescope), 매사추세츠 케임브리지, 2006년.
11 『듄으로 가는 길』에는 다른 '삭제 장면'과 함께 이 흥미로운 삭제 장면이 248쪽에 실려 있다.
12 P. 터너, 34쪽.
13 B. 허버트, 24쪽.
14 「다른 행성의 인간(Men on Other Planets)」, 『듄의 창조자』, 77쪽.
15 B. 허버트, 161쪽.
16 J. 밴스, 「세계적 사상가(The World Thinker)」, 『세계적 사상가와 이야기들(The World-Thinker and Other Stories)』, 스패터라이트 프레스(Spatterlight Press), 캘리포니아 월넛, 2017년.
17 J. 클루트(J. Clute), P. 니컬스(P. Nicholls), 31쪽.
18 『초기의 아시모프(The Early Asimov)』, 더블데이, 뉴욕, 1972년.
19 J. L. 그릭스비, 150쪽에서 인용.
20 「SF 소설과 위기의 세계」, 『듄의 창조자』, 45쪽.
21 「다른 행성의 인간」, 『듄의 창조자』, 77쪽.
22 T. 오라일리.
23 「다른 행성의 인간」, 『듄의 창조자』, 83쪽.

**맺음말**

1 J. J 피어스(J.J. Pierce), 『SF 소설의 초석: 상상력과 진화에 관한 연구(Foundations of Science Fiction: A Study in Imagination and Evolution)』, 그린우드 프레스(Greenwood Press), 코네티컷 웨스트포트, 1987년.
2 T. 오라일리.
3 B. 허버트, 244쪽.
4 F. 파비치(F. Pavich)(감독), 「호도로프스키의 듄(Jodorowsky's Dune)」, 소니 픽쳐스 클래식(Sony Pictures Classics), 2013년.
5 B. 허버트, 289쪽.
6 B. 사이먼(B. Simon), 「데이비드 린치, 자신의 초기작 「인랜드 엠파이어(Inland Empire)」 리마스터링과 「듄」 재도전에 관해 말하다(David Lynch on remastering Inland Empire, revisiting his earlier work and the chances

of a Dune do-over)」, AV 클럽(The AV Club), 2021년 4월 14일(avclub.com/david-lynch-inland-empire-interview-dune-restoration-1848795394).
7 『듄의 이단자들』, "사람들은 '그 사람은 3P-O야'~".
8 L. 로즌(L. Rozen), 「또 다른 베스트셀러의 탄생과 곧 개봉할 영화에 힘입어 인기가 치솟고 있는 프랭크 허버트의 『듄』(With Another Best-Seller and an Upcoming Film, Dune is Busting Out All Over For Frank Herbert)」, 《피플》, 뉴욕, 1984년 6월 25일.
9 『듄』, "음악을 연주해 주게~".
10 R. 에버트(R. Ebert), 『듄』 서평, 《시카고 선 타임스(Chicago Sun Times, Chicago)》, 1984년 12월.
11 J. D. 빈지(J. D. Vinge), 『듄 스토리북(The Dune Storybook)』, G. P. 퍼트넘스 선스, 뉴욕, 1984년.
12 B. 사이먼, 「데이비드 린치, 자신의 초기작 「인랜드 엠파이어(Inland Empire)」 리마스터링과 「듄」 재도전에 관해 말하다.
13 위의 글.
14 R. 핀하스(R. Pinhas), 「크로노리스(Chronolyse)」, 코브라(Cobra) COB 37015, 파리, 1978년.
15 K. 슐체(K. Schulze), 「듄」, 브레인(Brain) 660.050, 함부르크, 1979년.
16 제드(Zed), 「듄의 비전들(Visions of Dune)」, 소노프레스(Sonopresse) 2S 068 16666, 파리, 1979년.
17 M. 월(M. Wall), 『언덕을 향해 달려라: 아이언 메이든 공식 전기(Run to the Hills: the Authorised Biography)』(제3판), 생크추어리 퍼블리싱(Sanctuary Publishing), 영국, 2004년.
18 S. P. 해리스(S. P. Harris)(작곡가), 아이언 메이든(가수), 「대지를 길들이려면(To Tame a Land)」, 「마음의 조각(Piece of Mind)」 수록곡, EMI 1A 064-07724, 네덜란드 위던, 1983년.
19 위의 노래.
20 피어 팩토리(Fear Factory), 「두려움은 정신을 죽인다(Fear is the Mindkiller)」, 로드러너(Roadrunner) RR 9082-2, 뉴욕, 1993년.
21 골렘(Golem), 「두 번째 달(The Second Moon)」, 아르스 메탈리(Ars Metalli) ARS CD 008, 프랑크푸르트, 1999년.
22 A. 미노프(A. Minoff), 「『듄』의 독자 킴 스탠리 로빈슨과 세라 이머리 워커를 만나다(Meet the Dune Readers: Kim Stanley Robinson and Sara Imari Walker)」, 사이언스 프라이데이(Science Friday), 2014년 8월 5일(sciencefriday.com/articles/meet-the-dune-readers-kim-stanley-robinson-and-sara-imari-walker).
23 T. 허들스턴, 『침수된 세계(FloodWorld)』 삼부작, 1권은 『침수된 세계』, 노지 크로우 북스(Nosy Crow Books), 런던, 2019년.
24 G. 얄츤카야(G. Yalçınkaya), 「미야자키 하야오의 「바람 계곡의 나우시카」에 『듄』이 미친 영향에 대하여(How Dune inspired Hayao Miyazaki's Nausicaä of the Valley of the Wind)」, 데이즈드(Dazed), 2021년 9월 17일(dazeddigital.com/film-tv/article/54206/1/how-dune-inspired-hayao-miyazaki-s-nausicaa-of-the-valley-of-the-wind).
25 『듄의 신전』, "삶은 하나의 게임이며~".
26 T. 시겔(T. Siegel), 「버그, 파라마운트의 「듄」 감독으로 발탁(Berg to direct Dune for Paramount)」, 《버라이어티》, 로스앤젤레스, 2008년 3월 17일(variety.com/2008/film/features/berg-to-direct-dune-for-paramount-1117982560).
27 N. 스펄링(N. Sperling), 「피에르 모렐을 감독으로 내세워 다시 시동을 거는 「듄」 리메이크(Dune remake back on track with director Pierre Morel)」, 《엔터테인먼트 위클리(Entertainment Weekly)》, 뉴욕, 2010년 1월 4일.
28 J. 크롤(J. Kroll), 「『포레스트 검프』 작가 에릭 로스, 드니 빌뇌브의 「듄」 리부트에서 펜 잡는다(Forrest Gump Writer Eric Roth to Pen Denis Villeneuve's Dune Reboot)」, 《버라이어티》, 로스앤젤레스, 2017년 4월 5일(variety.com/2017/film/news/dune-reboot-writer-eric-roth-denis-villeneuve-1201998001).
29 W. 휴스(W. Hughes), 「드니 빌뇌브, 「듄」을 2부작으로 제작 중이라고 밝혀(Denis Villeneuve says he's now making two Dune movies, actually)」, AV 클럽, 시카고, 2018년 3월 9일(avclub.com/denis-villeneuve-says-hes-now-making-two-dune-movies-1823660070).
30 『신세계 아니면 종말』.
31 S. 브랜드(S. Brand)(편집자), 《지구백과(Whole Earth Catalog)》, 1010호, 스튜어트 브랜드(Stewart Brand), 캘리포니아 멘로 공원, 1968년, 43쪽.
32 『신세계 아니면 종말』.
33 J. 복(J. Bock), '아라키스로 가는 길: 『듄』과 지속 가능한 미래(The Road to Arrakis: Dune and a Sustainable Future)', 폴락 라이브러리(Pollak Library), 캘리포니아주립대학교(California State University), 2015년 10월 20일. (libraryguides.fullerton.edu/ld.php?content_id=17320963).
34 D. 스탠리(Denise Stanley), '천연자원 채취의 저주: 『듄』의 스파이스와 레드 랍스터의 새우를 통해 배우는 교훈(Natural Resource Extraction Curses: Observations from Dune's Spice and Red Lobster's Shrimp)', 폴락 라이브러리, 캘리포니아주립대학교, 2015년 10월 23일.
35 D. 페르난데스(D. Fernandez), '마지막 한 방울까지 - 안개에서 물을 추출하기(Every Last Drop – Extracting Water from Fog)', 폴락 라이브러리, 캘리포니아주립대학교, 2015년 10월 10일.
36 『듄』, "사람들이 생태학에 눈을~".
37 『듄』, "무언가에 대한 욕망을~".
38 『듄』, "결과를 이해하는 것~".

브루스 페닝턴이 그린 1972년 판 『듄의 메시아』(위)와 1977년 『듄의 아이들』 페이퍼백(아래)의 이목을 사로잡는 커버 디자인

## 사진 저작권

이 책에 포함된 작품들의 전재를 기꺼이 허락해 준 기관, 사진 보관소, 아티스트, 갤러리, 사진작가에게 감사드립니다.
모든 저작권자를 표기하기 위해 최선을 다했으나, 혹여 누락된 부분이 있다면 최대한 빨리 필요한 조치를 취하겠습니다.

# 참고문헌


### 프랭크 허버트의 작품

#### 『듄』 시리즈

- 『듄(Dune)』, 칠턴 북스(Chilton Books), 매사추세츠 보스턴, 1965년.
- 『듄의 메시아(Dune Messiah)』, G. P. 퍼트넘스 선스(G.P. Putnam's Sons), 뉴욕, 1969년.
- 『듄의 아이들(Children of Dune)』, G. P. 퍼트넘스 선스, 뉴욕, 1976년.
- 『듄의 신황제(God Emperor of Dune)』, G. P. 퍼트넘스 선스, 뉴욕, 1981년.
- 『듄의 이단자들(Heretics of Dune)』, G. P. 퍼트넘스 선스, 뉴욕, 1984년.
- 『듄의 신전(Chapterhouse: Dune)』, G. P. 퍼트넘스 선스, 뉴욕, 1985년.

#### 기타 작품

- 「바다의 용(The Dragon in the Sea)」(원제는 「심해에서(Under Pressure)」), 더블데이 앤드 컴퍼니(Doubleday & Co), 뉴욕, 1956년.
- 『녹색 두뇌(The Green Brain)』(혹은 『녹색 노예(Greenslaves)』), 에이스 북스(Ace Books), 뉴욕, 1966년.
- 『하이젠베르크의 눈(Heisenberg's Eyes)』, 버클리 북스(Berkeley Books), 뉴욕, 1966년.
- 『산타로가 장벽(The Santaroga Barrier)』, 버클리 북스, 뉴욕, 1968년.
- 『신세계 아니면 종말(New World or No World)』(편집자), 에이스 북스, 뉴욕, 1970년.
- 『소울 캐처(Soul Catcher)』, G. P. 퍼트넘스 선스, 뉴욕, 1972년.
- 『신 창조자들(The Godmakers)』, G. P. 퍼트넘스 선스, 뉴욕, 1972년.
- 『헬스트롬의 벌집(Hellstrom's Hive)』, 더블데이 앤드 컴퍼니, 뉴욕, 1973년.
- 「듄 창세기(Dune Genesis)」, 옴니(OMNI), 뉴욕, 2(10), 1980년 7월, 72~75쪽.
- 『인간 없는 컴퓨터는 무용지물: 가정용 컴퓨터 필수 가이드(Without Me You're Nothing: The Essential Guide to Home Computers)』(맥스 버나드 공저), 사이먼 앤드 슈스터(Simon & Schuster), 뉴욕, 1981년.
- 『눈(Eye)』, 버클리 북스, 뉴욕, 1985년.
- 『듄의 창조자: SF 소설계 거장의 통찰(The Maker of Dune: Insights of a Master of Science Fiction)』(티모시 오라일리 편집), 버클리 북스, 뉴욕, 1987년.
- 『듄으로 가는 길』(브라이언 허버트, 케빈 J. 앤더슨과 함께 공저), 토르 북스(Tor Books), 뉴욕, 2005년.

참고: 위 목록은 프랭크 허버트의 저작물 일부일 뿐이며, 이 책을 위해 참고한 자료만 나열했다.

### 다른 작가의 글

- 바헤옐딘, 칼리드(Baheyeldin, Khalid). 「프랭크 허버트의 『듄』에 담긴 아랍 및 이슬람적 테마(Arabic and Islamic themes in Frank Herbert's Dune)」, 바헤옐딘 왕국(The Baheyeldin Dynasty), 2004년 1월 22일(baheyeldin.com/literature/arabic-and-islamic-themes-in-frank-herberts-dune.html).
- 캐럴, 조던 S.(Carroll, Jordan S.). 「인종 의식: 파시즘과 프랭크 허버트의 『듄』(Race Consciousness: Fascism and Frank Herbert's Dune)」, 《로스앤젤레스 리뷰 오브 북스(Los Angele s Review of Books)》, 2020년 11월 19일(lareviewofbooks.org/article/race-consciousness-fascism-and-frank-herberts-dune).
- 클루트, 존(Clute, John), 니컬스, 피터(Nicholls, Peter). 『SF 백과사전(The Encyclopedia of Science Fiction)』, 오르빗(Orbit), 런던, 1993년.
- 콜린스, 윌(Collins, Will). 「듄의 비화(The Secret History of Dune)」, 《로스앤젤레스 리뷰 오브 북스》, 2017년 9월 16일(lareviewofbooks.org/article/the-secret-history-of-dune).
- 두라니, 하리스(Durrani, Haris). 「『듄』은 백인 구세주 서사가 아니라 훨씬 복잡한 작품이다(Dune's Not a White Savior Narrative. But It's Complicated)」, 미디엄(Medium), 2020년 9월 11일(hdernity.medium.com/dunes-not-a-white-savior-narrative-but-it-s-complicated-53fbbec1b1dc).
- 두라니, 하리스. 「『듄』의 무슬림성: '부록 2: 『듄』의 종교' 밀착 독서(The Muslimness of Dune: A Close Reading of "Appendix II: The Religion of Dune")」, 토르(Tor), 2021년 10월 18일(tor.com/2021/10/18/the-muslimness-of-dune-a-close-reading-of-appendix-ii-the-religion-of-dune).
- 두라니, 하리스. 「시에치포스팅: 『듄』 관련 최근작에 관한 짧은 안내(Sietchposting: A Short Guide to Recent Work on Dune)」, 《로스앤젤레스 리뷰 오브 북스》, 2021년 3월 27일(lareviewofbooks.org/article/sietchposting-a-short-guide-to-recent-work-on-dune).
- 두라니, 하리스와 콜스, 헨리 M.(다수 편저). 「『듄』의 과학(The Sciences of Dune)」, 《로스앤젤레스 리뷰 오브 북스》, 2021년 3월 27일(lareviewofbooks.org/feature/sciences-of-dune-an-introduction).
- 엘킹턴, 존(Elkington, John). 「프랭크 허버트에 관하여(Profile of Frank Herbert)」, 《환경운동가(The Environmentalist)》, 1(3), 엘스비어(Elsevier), 네덜란드 암스테르담, 1981년, 239~234쪽.
- 엘리스, R. J.(Ellis, R. J.), 「프랭크 허버트의 『듄』과 종말론적 생태주의(Frank Herbert's Dune and the Discourse of Apocalyptic Ecologism)」, R. J. 엘리스와 R. 가넷(R. Garnett). 『SF 소설의 뿌리와 가지: 동시대 작품에 대한 비판적 접근(Science Fiction Roots and Branches: Contemporary Critical Approaches)』, 맥밀런(Macmillan), 런던, 1990년, 104~124쪽.
- 그릭스비, 존 L.(Grigsby, John L.), 「아시모프의 『파운데이션』 삼부작과 허버트의 『듄』 삼부작: 뒤집힌 비전(Asimov's Foundation Trilogy and Herbert's Dune Trilogy: A Vision Reversed)」, 『SF 소설 연구(Science Fiction Studies)』, 8(2), SF-TH 주식회사(SF-TH Inc), 드포대학교(DePauw University), 인디애나, 1981년 7월, 149~155쪽.
- 허버트, 브라이언(Herbert, Brian). 『듄의 몽상가(Dreamer of Dune)』, 토르 북스, 뉴욕, 2003년.
- 케네디, 카라(Kennedy, Kara). 「거대한 세계 창조: 『듄』의 이름과 문화(Epic World-Building: Names and Cultures in Dune)」, 『이름들: 명명학 저널(Names: A Journal of Onomastics)』, 64(2), 피트 오픈 라이브러리 퍼블리싱(Pitt Open Library Publishing), 피츠버그, 2016년, 99~108쪽.
- 케네디, 카라. 「허버트의 『듄』 속 스파이스와 생태계: 생각과 행성 바꾸기(Spice and Ecology in Herbert's Dune: Altering the Mind and the Planet)」, 『SF 소설 연구』, 48(3), SF-TH 주식회사, 드포대학교, 인디애나, 2021년 11월, 444~461쪽.
- 임머바르, 대니얼(Immerwahr, Daniel). 「듄의 이단들(Heresies of Dune)」, 《로스앤젤레스 리뷰 오브 북스》, 2020년 11월 19일(lareviewofbooks.org/article/heresies-of-dune).
- 임머바르, 대니얼(Immerwahr, Daniel). 「퀼리우트족과 『듄』(The Quileute Dune)」, 『미국학논집(Journal of American Studies)』, 56(2), 2022년 5월.
- 카르주 라바리, 알리(Karjoo-Ravary, Ali). 「성전이 아니라 지하드를 이끈 『듄』의 폴 아트레이데스(In Dune, Paul Atreides Led a Jihad, Not a Crusade)」, 알자지라, 2020년 10월 11일(aljazeera.com/opinions/2020/10/11/paul-atreides-led-a-jihad-not-a-crusade-heres-why-that-matters).
- 맥넬리, 윌리스 E. 『듄 백과사전(The Dune Encyclopaedia)』, 버클리 북스, 뉴욕, 1984년.
- 맥넬리, 윌리스 E. 프랭크 허버트의 집에서 실시한 녹음, 1969년 2월 3일, 캘리포니아주립대학교에서 원본 카세트 디지털화, 풀러턴(Fullerton), archive.org/details/cfls_000091.
- 오라일리, 티모시. 『프랭크 허버트』, 프레더릭 웅가 퍼블리싱 컴퍼니(Frederick Ungar Publishing Co), 뉴욕, 1981년.
- 리딩, 카린 크리스티나(Ryding, Karin Christina). 「『듄』의 아랍어(The Arabic of Dune)」, D. F. 버디스(D. F. Virdis), E. 주루(E. Zurru), E. 라헤이(E. Lahey)(다수 편저), 『장소의 언어: 풍경, 장소, 환경에 관한 문체론적 관점(Language in Place: Stylistic Perspectives on Landscape, Place and Environment)』, 존 벤저민스(John Benjamins), 네덜란드 암스테르담, 2021년.
- 스톤, 팻(Stone, Pat). 「플로우보이 인터뷰: SF 소설가, 프랭크 허버트(The Plowboy Interview: Frank Herbert, Science Fiction Author)」, 《마더 어스 뉴스(Mother Earth News)》, 토페카(Topeka), 캔자스, 1981년 5월.
- 투폰스, 윌리엄 F.(Touponce, William F). 『프랭크 허버트』, 트웨인 퍼블리싱(Twayne Publishing), 보스턴, 1988년.
- 터너, 폴(Turner, Paul). 「버텍스, 프랭크 허버트를 인터뷰하다(Vertex Interviews Frank Herbert)」, 《버텍스: SF 잡지(Vertex: The Magazine of Science Fiction)》, 1(4), 로스앤젤레스, 1973년 10월, 34~37쪽.
- 와인그래드, 마이클(Weingrad, Michael). 「『듄』 속 유대인(Jews of Dune)」, 《쥬이시 리뷰 오브 북스(Jewish Review of Books)》, 클리블랜드 하이츠(Cleveland Heights), 오하이오, 2015년 3월 29일(jewishreviewofbooks.com/articles/1633/jews-of-dune).

## 감사의 글

저자가 이런 말을 하기란 쉽지 않지만, 참 즐겁게 이 책을 썼다. 장편 논픽션을 한 번도 써 본 적 없는 나를 믿어주고, 글을 쓰는 내내 아낌없는 열정과 격려를 보내준 《콰르토》의 존 파튼에게 감사하다. 여기저기 위험 요소가 도사리는 인용 작업을 묵묵히 도와준 로라 불벡과 매의 눈으로 글을 검수해 준 빅토리아 림퍼스에게도 감사의 말을 전한다. 『듄』 연구자 카라 케네디에게도 찬사와 감사의 뜻을 표하고 싶다. 그녀의 전문적인 조언과 정확한 비평안이 돋보이는 글들은 매우 유용했다.

여느 훌륭한 베네 게세리트와 마찬가지로 내 에이전트 엘라 다이아몬드 칸은 서로의 이익을 위해 배후에서 힘든 기색도 없이 상황을 조정해 주었고, 레이디 제시카가 레토 공작에게 그랬듯 로지 그레이토렉스가 흔들림 없이 지지해 준 덕에 우리의 복잡다단한 유전적 초인으로 인해 사막에 대고 소리치고 싶은 기분이 들 때조차 '성전'은 계속될 수 있었다.

이 책은 학술 연구서가 아니다. 하지만 글을 쓸 때 수많은 전문가와 학자의 통찰을 참고했다. 대니얼 임머바르는 살펴봐야 할 귀중한 자료와 연구 주제들을 제공해 주었고, 하리스 두라니는 글을 쓰기 시작한 시점에 꼭 필요했던 용기를 북돋워 주었다. 카라 케네디, 티모시 오라일리, 카린 크리스티나 리딩과 같은 똑똑한 사람들이 『듄』에 관해 쓴 글 덕에 이 책이 세상에 나올 수 있었다.

디어드리 누난은 내가 아는 이들 중 『듄』을 가장 좋아하는 사람이자 가장 훌륭한 사람이다. 그러니 여기서 그녀를 언급하지 않는 건 어불성설이다. 「듄: 파트 2」가 개봉하면 사우스뱅크에서 그녀를 만나 누구보다 빠르게 영화를 관람할 것이다. 마지막으로, 이 모든 일의 기폭제가 되어준 오랜 친구 데이비드 젠킨스에게 고맙다고 말하고 싶다. 적어도 그에게 맥주 한 잔, 파이 한 조각 정도의 빚은 진 것 같다.

# 찾아보기

ㅂ



ㅅ



ㅇ



ㅈ

옮긴이 | **강경아**

대학에서 영문학을, 대학원에서 문화 연구를 공부했다. 영화와 게임과 문학같이 상상력이 담긴 콘텐츠를 사회학적인 시선으로 뜯어보기를 좋아한다. 약한 것들, 낯선 것들의 목소리를 전하는 번역가가 되고자 한다. 글밥 아카데미 수료 후에 현재 바른번역 회원으로 활동 중이다.


THE WORLDS OF DUNE

**듄의 세계**

1판 1쇄 펴냄 2024년 1월 4일
1판 3쇄 펴냄 2024년 3월 5일

글 | 톰 허들스턴
옮긴이 | 강경아
발행인 | 박근섭
편집인 | 김준혁
펴낸곳 | 황금가지

출판등록 | 2009. 10. 8 (제2009-000273호)
주소 | 06027 서울 강남구 도산대로 1길 62 강남출판문화센터 5층
전화 | 영업부 515-2000 편집부 3446-8774 팩시밀리 515-2007
홈페이지 | www.goldenbough.co.kr

도서 파본 등의 이유로 반송이 필요할 경우에는 구매처에서 교환하시고
출판사 교환이 필요할 경우에는 아래 주소로 반송 사유를 적어 도서와 함께 보내주세요.
06027 서울 강남구 도산대로 1길 62 강남출판문화센터 6층 민음인 마케팅부





ISBN 979-11-7052-321-5 03840

㈜민음인은 민음사 출판 그룹의 자회사입니다.
황금가지는 ㈜민음인의 픽션 전문 출간 브랜드입니다.